Reglindis Rauca

Vuchelbeerbaamland

Roman

Mitteldeutscher Verlag

Für Götz

Mittendrin

Sanft erhebt sich das Vuchelbeerbaamland zwischen Hügeln und grünen Wiesen. Korn rauscht, klare Quellen springen über schwarze Steine ins Tal. Plauen liegt mittendrin. Es gibt ein Rathaus, prächtige Schulen, die der geistigen und körperlichen Ertüchtigung der Jugend dienen, stolze Kirchen für die seelische und moralische Erbauung der religiös Gebundenen und ein neoklassizistisches Theater mit Operndiven, tragischen und heiteren Musen sowie einem glänzend befrackten Orchester am Geradewohlplatz, wo alle Straßenbahnen geradewohl münden, ordnungsgemäß Otto-Grotewohl-Platz, auch »Tunnel« genannt. Darunter fließt der Syrabach. Nach dem Krieg, als es mehr Schutt und Asche als Dächer überm Kopf gab, wurde die Syra in Röhren geleitet und mitsamt der Brücke, unter der sie hindurchfloss, zugeschüttet, betoniert, eingeebnet, um auf diesem soliden Fundament einen schönen, geraden Platz zu errichten. Kurz vor der Elsterbrücke kommt die Syra wieder ans Licht und stürzt sich mit ihren Wellen kopfüber in die Elster.

Das Rathaus ist zur Hälfte mit einem Renaissancegiebel samt einer kunstvollen, zierlichen Uhr geschmückt, auf der Löwen im Takt die Viertelstunde anschlagen. Eine Sonnenuhr wirft schmale Schatten. Die andere, neue Rathaushälfte kündet von ihrem hohen, gründerzeitlichen Turm weit sichtbar Stunde um Stunde, über blühende Kastanien, scharfe Schlosszinnen und klatschende Fahnen hinweg. Der alte Reichsadler hockt immer noch drauf, in den stürmischen Anfangsjahren hatte man versucht, ihn runterzuholen, aber er hatte sich mit der Rathausuhr verbunden, eisern in die Mechanik gekrallt, man hätte das Fortschreiten der neuen Zeit behindern müssen, und so wendet er sich jeden Morgen der aufgehenden Sonne zu, um unaufhaltsam im Laufe des Tages mit ihr nach Westen zu wandern. Die Rückseite des Neues Rathauses erstrahlt in farbigen Fenstern, einer fröhlich blinkenden Glasfront, die Volksnähe, Frieden und vertrauensvolle Transparenz des Staates für seine Bürger verheißt, aber von den meisten Bewohnern »Insekt« oder »Rotes Gespenst« genannt wird, hinter vorgehaltener Hand natürlich. Durch die Fenster der historischen Hälfte sieht man auf den Altmarkt, durch die modernen auf die grau barocke Lutherkirche hin. Wenn man etwas weiter blickt, kann man durch das flackernde Halbdunkel der Straßenlaternen bis in die Frauenklinik sehen und ein Auge auf die schreienden, rosigen, vuchelbeerbaamischen Neuankömmlinge werfen.

Ein großkopfertes Denkmal wie den »Nischel« in Karl-Marx-Stadt gibt es hier nicht, dafür Plastiken aus der Werkstatt des Malers und Bildhauers Willi Fetthals. Aus den Amtsstuben des Rathauses führen mittig abgelatschte Treppen auf das Katzenkopfsteinpflaster des Altmarktes. Hochzeitspaare und Blumen streuende Kinder machen die Runde, kleine und große Bürger der Stadt, die amtliche Stempel auf eine freudige oder bittere Wendung in ihrem Leben haben wollen oder müssen.

Vom Marktplatz aus schlingen sich Gassen in alle Himmelsrichtungen, bepflastern die wichtigen Enden der Welt. Sie laufen um den inneren Rathaushof mit seinen langen, verworrenen Gängen und Büros herum, ebnen den Weg zur Johanniskirche und dem herrschaftlichen Pfarrhaus mit seinen bleiverglasten Fenstern, das wie fast alle Plauener Gemeinden evangelisch-lutherisch geprägt ist, weisen dem neugierigen Wanderer die Pfade vom Malzhaus zur Stadtmauer, die so vollgesogen mit Historie sind wie das Flussbett weiter unten mit dem Schneewasser der Frühlingsschmelze, sie wälzen sich von der Feuerwache zur Bibliothek hinauf, verbinden den romanischen Nonnenturm und die Würstelbude am Geradewohlplatz mit der kühn gespannten Friedensbrücke, in der Geflüstertes am nicht enden wollenden steinernen Brückenbogen entlangläuft und sich dem Horchenden am anderen Ende des Bogens flüsternd mitteilt, sie schleichen sich am Kartoffelbällchen- und Rehrückenduft des Ratskellers vorbei, bis zu einer Bank im Lutherpark, auf der man unter hohen Eichen sitzen, kleine Vogelbeerbäume in der Abendsonne bestaunen und auf das dröhnende Achtzehnuhr-Läuten der Johannisglocken warten kann, das alles erzittern lässt.

Kan schinnern Baam gibt's wie ann Vuchelbeerbaam
Vuchelbeerbaam, Vuchelbeerbaam;
es ka aah so leicht net ann schinnern Baam gaam,
schinnern Baam gaam, eija!

Die meisten Menschen wollen hier nicht weg. Mit zuckelnden Bummelzügen kann man Schneckengrün, Gansgrün, Hundsgrün, Pfaffengrün, Wernesgrün, Lottengrün, Poppengrün und Schnarrtanne erreichen, auch Bösenbrunn, Geilsdorf, Mahnbrück und Siehdichfür. Und wenn einen doch das Fernweh packt, dann geht vom Unteren Bahnhof ein wiesenbewachsener Schienenstrang ins Thüringische hinein, unter der Elstertalbrücke hindurch, von ratternden Güterzügen und Fernzügen malträtiert, völlig überlastet, denn das zweite Gleis hatte man damals abmontiert und ins siegreiche russische Bruderland befördert. Auch die Obere Bahn fuhr teilweise noch eingleisig, bis man endlich alles repariert hatte, über die Elstertalbrücke, dann weiter über die Göltzschtalbrücke, auf der den Reisenden ein mulmiges Gefühl beschleicht und es im Bauch zu kribbeln beginnt, weil er aus dem Fenster weit ins Vuchelbeerbaamland hinein- und hinuntersieht.

D-Züge rasen an prächtigen Wäldern, verschachtelten Schrebergärten und betonierten Plattenbausiedlungen vorbei bis in die barock-musikalischen Städte Leipzig und Dresden, unter den dunklen Himmeln bei Leuna und Merseburg weg, mitten in die verrückte Metropole Berlin, weiter unter tiefhängenden Wolken an uferlosen Seen, an Broilerbuden, Fischteichen, Bullenzuchtanstalten, höheren Lehranstalten, Schlachthöfen und geheimnisvollen Sperrgebieten vorüber, bis sie an einem großen, grauen, blauen, manchmal grünbewegten Wasser enden. Wer seine Neugierde dann immer noch nicht zähmen kann, wen es noch weiter in die Welt hinauszieht, der reist in bequemen Transitzügen nach Warschau, Moskau oder Budapest. Der Karlex entführt die Reisenden ins heilsame Quellbad Karlovy Vary, der berühmte Vindobona in die siebentürmige Stadt Prag, der Interzonenzug ins schöne Alpenvorland. Vor dem Alpenvorland muss man allerdings aussteigen, denn im Alpenvorland fängt der Kapitalismus an.

Lichtblick

Mutter liegt erwartungsvoll in der Klinik und keucht, die Schwesternschülerin setzt Kaffee auf und nimmt die gute Butter aus dem Kühlschrank. Gegen drei Uhr kommen die Wehen.

Ein ahnungsloser Engel kullert sich. Ein Mädchen, blütenschön.

Glitschig hier, verdammt, und stinkt.

Es hat die Augen zu. Ist fertig gebacken und tickt. Es hat seine Chance.

Willste drin bleiben, Puppe? Noch ist Zeit. Noch biste nicht Großmutters Liebling. Noch kannste zurück … Überleg's dir. Draußen gibt's wilde Mustangs, gelbe Flüsse und rauschende Blumen. Silberne Fische, die im Wasser springen. Warmen Wiegebraten frisch auf die Hand, wenn du schön artig bist. Am ersten Mai kannst du im Chor fröhliche Lieder singen und bunte Wimpel basteln, ich würde da nicht drauf verzichten, ehrlich nicht. Hast du das Meer gegen sein Ufer brüllen hören? Dünengras rotgolden in der Abendsonne zittern sehen? Weißt du, wie sich am Ende des Tages die Erde unter der sengenden Sonne wegdreht und gegen Morgen nasser Nebel über die Wiesen sinkt? Schnee leise aufs Land fällt und alles still wird … Draußen kannste lesen und schreiben lernen, und wennde nicht aufpasst, wirste Schauspieler oder Spion oder Modistin. Und wennde mal gar nicht weiter weißt …

Raus hier.

Die Hebamme schlägt die Hände über dem Kopf zusammen: »Das hat ja rote Haare!«

Mutter nimmt es entkräftet in den Arm, guckt es an und sagt: »Nu, du hast doch rote Haarle!«

»Nu, das hab ich doch gesagt!«

Der Arzt steht abseits und wäscht sich fröhlich die Hände. Von der nahen Johanniskirche beginnen die Glocken zu läuten. Das Kind wird Marie genannt. Es lächelt.

Gelbe Blüten schwimmen auf einem Meer.
Ein Steg führt darüber, schmale dunkle Bretter.
Kein Land, kein Ende. Schwankendes, leuchtendes Gelb.

Marie ist gelbsüchtig. Nichts Dramatisches, erklärt der junge Arzt, doch aus Vorbedacht wird sie auf eine Station verlegt, wo nur Leichtgewichtige liegen, unter sorgsame professionelle Beobachtung. Von ebenso liebevollen wie streng kontrollierenden Blicken überwacht, dass aus den Leichtgewichten Ordentliche werden.

Mit den Leichtgewichten hat es eine besondere Bewandtnis. Einige werden aus Versehen zu leicht geboren, sind selbstverständlich Ordentliche und kommen nur aus Neugier zu früh auf die Welt. Sie können es nicht abwarten, drängeln und klopfen so lange, bis die Mutter schweißgebadet aus dem Schlaf fährt und beunruhigt den werdenden Vater weckt. Der legt murrend das Ohr auf den Bauch, hört es drinnen rappeln und trampeln, beruhigt die Mutter, das Kind werde ein aufgewecktes, es werde sich im Leben nicht die Butter vom Brot nehmen lassen, die Augen offen halten, wissen, wie es zu was kommt, und seinen Vorteil getrost auf die Seite schaffen. Er versucht, nicht an all die schlaflosen Nächte zu denken, wenn der Schreihals erst da ist, dreht sich aufs äußere Ohr und schläft wieder ein.

Diese Leichtgewichte treten und boxen, bis sich ihre Mütter unter entsetzlichen Qualen winden, die Verwandtschaft alarmieren, den Krankenwagen bestellen, sich alles in heller Aufregung befindet, sie mit Blaulicht in die Klinik gefahren werden, wo sie die Quälgeister, die sich ihren Weg bahnen, endlich an die Luft setzen, in Anklam, Mecheln, Berlin oder sonstwo.

Kaum sind die Helden draußen, reißen sie das Maul auf, bepissen die Hebamme und brüllen den Kreißsaal zusammen. Sie entwickeln sich rasch und prächtig, beißen, obwohl noch ohne Zähne, kräftig in die dargebotenen Brustwarzen, können nicht genug von allem haben, verschlingen Unmengen Brei, schreien bei der ersten Gelegenheit, bei der sie was kriegen können, »Hier!«, sind proper, gut drauf und kennen keine Skrupel. Alle wissen es, das wird mal ein echter Champ. Er trägt sich ins goldene Buch der Stadt ein, in Anklam, Mecheln, Berlin, heiratet eine blonde Zahnärztin und fickt den Besen in der Kammer.

Den anderen Leichtgewichten wird ein biologischer Defekt zum Verhängnis, eine lapidare Laune der Natur oder tragische Umstände. Träge treiben sie im Fruchtwasser und geben sich diffusen Träumen hin. Das mütterliche Herz dröhnt von Nahem fordernd und besorgt, wie das

Schlagen der großen Rathausuhr: Werde. Werde. Werde. Darein mischt sich der Gesang der kleinen, zierlichen Renaissanceuhr, die leise bimmelt und klirrt: Ich bin. Ich bin. Ich bin.

Das ziellose Dösen wird jäh unterbrochen, denn plötzlich macht das System schlapp, es will nicht mehr, kann nicht mehr und stürzt den verblüfften Zögling in eine grell bunte, fordernde Welt. Da liegt er im Glaskasten, hygienisch steril, mit einem gelben Schlauch in der Nase. Frisch und exakt tickt es aus dem Gerät heraus: tick tick tick. Das Leichtgewicht antwortet mit einem hellen, klaren: ick ick ick.

Möchtest du sterben, du Wicht? Willst du wieder ins Dunkel zurück, ein Staubkörnchen sein, das durchs All segelt und träumend schwebt?

Das Leichtgewichtige antwortet nicht. Es weiß zwar nicht, warum und wozu, aber es ist unzweifelhaft da. Es hat genuckelt und war zufrieden. In der Zukunft könnte es eine sichere Laufbahn anstreben, es könnte seinerseits schwebende Vehikel bauen, die träumend durchs All fliegen, sein Geist eilt weiter, verweilt einige Minuten gedankenvoll vorm Ministerium für Sicherheit, verteilt Baugenehmigungen für Brücken und geschützte Wasserlöcher, bannt Gärten, Flughäfen und Ferienheime aufs Reißbrett, gründet einen Elternrat und beschwatzt die Journalisten.

Das wird. Die Tagschwester nimmt es heraus, wiegt und misst, freut sich, das wird. Der Arzt kommt, besieht Kind, Werte und Kurven, spricht mit den Schwestern, zieht den Schlauch aus der Nase. Das wird.

Marie war keine zu früh Geborene. Sie wurde nicht vor der Zeit aus dem gemütlichen Dunkel vertrieben, sondern ordentlich fertig, mit allem, mit Fingern, Nägeln, Drüsen, Zehen, dem Gehirn und anderen Dingen. Ein bisschen zart, dünnhäutig, aber sonst ganz in Ordnung, tipptopp. Bei den

Leichtgewichtigen ist es hell und sonnig, während den scharfen Augen der Ärzte und Schwestern kein Detail entgeht, nicht das Geringste.

Etwas ist merkwürdig an diesem Kind, das einen aus meerblauen Augen so strahlend ansieht, und das ist bedenklich, das gilt es zu beobachten und unter ganz besondere Obhut zu stellen. Hier im Vuchelbeerbaamland sind die Kinder schwarzhaarig, braunhaarig oder blond, hier stellen die Derben und Drallen das Übermaß – frische Bauernbuben und Maiden werden mit Harke oder winzigen Suppenlöffeln in der Hand auf die Welt gepresst. In Irland werden die Winzlinge mit grünen Regenschirmen geboren, in Italien mit einem losen Mundwerk, amerikanische Girls kommen in Stars and Stripes zur Welt, irakische in einem Sack und in Holland holt die Schwester zuletzt das kleine Fahrrad aus dem Mutterkuchen, das mit den Jahren mitwächst, das weiß doch jedes Kind.

Marie hat feuerrote Haare.

Vogelbeerbaum, Sorbus aucuparia. Im nördlichen Europa verbreitetes Rosengewächs, Früchte glänzend scharlachrot, kugelig, für Marmeladen und Schnaps geeignet.

Nordturm

Das Vuchelbeerbaamland wölbt sich über 499 Meter hoch, in barocken Zwiebelkuppeln, weißen Schneekuppeln, blauen Teichkuppeln und grünen Wiesenkuppeln. Verwindet, verkindet, verbeutelt, verbittert und verbohrt. Schon von Weitem sieht man die mächtigen Türme der Johanniskirche, gotische Quader in selbstvergessener Gewissheit, Nordturm und Südturm versteinert im eisernen Durchstehen der Jahrhunderte, stumme Zeugen der Zeit. Geliebt von der Sonne, die ihre Mauern wärmt. Vereint im Regen, im Wind und dem dunklen Aufschrei der Glocken.

Marie steigt durch die kleine, schmiedeeiserne Hintertür in das Innere des Nordturms hinauf, mit neugierigem Zittern im Herzen, am eisernen Geländer entlang, über den Eingang zur Empore hinweg, schnurstracks Vater hinterher, bis zur großen Turmuhr mit den vorrückenden Zeigern, eine Handbreit unter der geschwungenen Kuppel. Großartiges Monstrum aus geflecktem Messing. Zackig in sich greifendes Räderwerk, Aug in Auge, Zahn in Zahn. Vater zieht den Schlüssel aus der Tasche, öffnet einen kleinen, braunen Kasten, bastelt an der Mechanik, stellt auf Sommerzeit und gleicht sie mit der Armbanduhr ab, die sein schmales, sommersprossiges Handgelenk umschließt.

Vater erklärt die Glocken, die kleine, mittlere und die große, die nur an Festtagen geläutet wird und bei der man taub werden kann, bliebe man hier oben in unmittelbarer Nähe, wenn sie zu schwingen beginnt. Blind kann man werden, wenn man mit offenen Augen in das gleißende Licht des Projektors sieht.

Marie kriecht durch den niedrigen Gang links herum in das gotische Sterngewölbe, balanciert auf der Kirchendecke, tastet sich über die mittelalterlichen Bögen, den Rippengrat hinauf und hinunter, gen Osten, zum Altar.

Über der Kanzel.

Über den barocken Pissputten.

Über den Säulenheiligen.

An den Rändern ist das Kriechen schwierig, weiter drin wird es besser, die Wölbungen sind großzügig gehalten und buckeln erst wieder um die dicken Stützpfeiler herum. Spaziergang auf Kalk. Sie schreit flüsternd in das Gewölbe:

Der Rabe Ralf
will will hu hu

dem niemand half
still still du du ...

Das Sterngewölbe flüstert hallend zurück, vom Altar her:

... half sich allein
am Rabenstein
will will still still
hu hu ...

Nahezu in der Mitte angekommen, erstarrt sie. Das Gewölbe beginnt zu singen. Weiß bricht auseinander, rieselt in die Augen, zerfrisst das Blau, tiefe Risse zerfahren das Gebälk unter den Händen. Eine Glocke versetzt sich in dunkle, taumelnde Schwingungen, zittert und stöhnt. Der Schock fährt ihr in Herz, Knie und Gehirn.

Kein Halten mehr. Keine Bedenkzeit. Sie tastet sich blind und bleich zurück, Grat um Grat auf dem Gewölbe, zurück zum Turm, kriecht mit letzter Kraft heraus, weiß und schlotternd. Da steht Vater und dreht glücklich am Glockenwerk.

»Risse ...«, stottert Marie, »da sind ...«

»Ach, da sind immer Risse. Muss generalüberholt werden, der Laden. – Bist blass, Naseweis!«

Aus dem Nordturm heraus geht es, durch die alte Pforte, an der Stadtmauer entlang, ein Steg führt über klares kühles Wasser und langwelliges Mooshaar, hinunter in die südliche Vorstadt, vorbei an riesigen, halbverfallenen Backsteingebäuden, verrußt und dreckig. Linker Hand das Stadtbad mit den spiegelnden Jugendstilkacheln und blinkenden Messingknäufen, rutschigen Seifennäpfchen und halbnackten Damen mit Bubikopf in Badekappen. Die langgestreckte Textilfabrik daneben, in der Großmutter Gretl schuftete. Vom kleinen Berg links oben grüßt das bleiverglaste

Pfarrhaus, den großen Berg rechts hinauf geht's zum alten Schloss, heute Knast mit Stacheldraht und Glaszinnen, für Politische, wird gemunkelt.

Verweile auf dem Steg über dem welligen Mooshaar. Die Türme der Johanniskirche schwanken zwischen eiserner Pflichterfüllung und eifrigem Stolz. Von einem Ufer zum andern erhebt sich frei und kühn die alte Elsterbrücke. Zu nachgiebig für all die kreischenden Straßenbahnen, knatternden Trabis, schaukelnden Wartburgs und summenden Ladas, die über sie hinwegdonnern. Also hat man sie gestützt, ein Gestänge um sie gebaut, damit sie nicht einknickt vor Lachen und Seufzen, die Brücke der Verliebten, einst, der Stillen, Zärtlichen, die lautlos schrien vor Glück, in wilden Aufruhr gerieten, wenn der Himmel über ihnen mächtig die Sternenhand erhob und die Knospen des Frühlings sprießen machte. Glücklich schwang sich auf, behäbig Stein um Stein, die alte Elsterbrücke.

Flusen

Marie kriecht tiefer, hält sich mit doppelten Deckenzipfeln die Ohren zu, hofft wie immer, dass es nicht wahr ist, dass Mutters Wecker wenigstens eine halbe Stunde vorgeht, viertel vor sechs, draußen ist es kalt und stockfinster. Die wollene Decke hat es gut, sie kann mit Maries Wärme in den Flusen weiter zärtlich vor sich hin dämmern, träumen, ohne auf die stetig verrinnende Zeit zu achten, auf den gurgelnden Regen hören, der langsam die Dachrinne entlangplätschert und sich gegen Ende kopfüber panisch hinunterstürzt, als ob es da unten wunder was zu sehen gibt.

Wenn das Eis schmilzt, sickert alles, der Schnee macht sich auf die Socken, kleidet sich in weich fließende Gewänder und läuft freudig die Dachrinne runter, zur Schnecken-party. Tauwetter. Leuchtend blaue und gelbe Krokusse schießen durch die Froststarre. Marie klatscht in die Hände. – Nee, das war Mutter. »Raus jetzt!«

Marie springt auf, die Decke ringelt sich zurück, wird noch ein Stündchen warm bleiben, eingesponnen, bis sie von Mutter im Laufe des Vormittags auf dem Balkon ausgeschüttelt, zu einem ordentlichen Stapel getürmt und am Fußende des Bettes drapiert wird. Bis dahin vergeht Zeit, nicht eingetaktet in Dreiviertelstunden mit lehrreichen Vorträgen, quietschender Kreide und einer still vor sich hin kritzelnden Marie. Zeit, in der eine Fluse sich selbst überlassen bleibt.

Ich, Fluse, Teil einer wollenen Decke, Teil des großen Ganzen, einer dicht gewebten Gemeinschaft, mit Sinn und Verstand. Ich wärme Marie in der Nacht, manchmal auch am Tag, wenn es draußen minus 20 Grad hat und der Vater trotz fugendichtender Daunendecke im Doppelfenster und einem vor Hitze fast zerspringenden Kachelofen das Zimmer nicht richtig warm bekommt. Oder wenn Marie eine Angina hat und rasselnd Vaters große, karierte Taschentücher vollrotzt, keucht, an dem Schleim in ihrem Hals würgt, weil sie zu ersticken droht und fürchtet, er könne sich über Nacht verfestigen, den wichtigen Zugang zur Luftröhre verpappen, von dem sie schließlich nur einen hat, dürftiger ausgestattet als die wilden grünen Drachenjungen im polnischen Märchenbuch, die sieben Köpfe und demzufolge sieben Hälse haben. Weil die Mutter es ablehnt, bei jedem Mist mit den Kindern zum Doktor zu rennen, besser, das Kind nimmt ein heißes Bad und schwitzt tüchtig im stinkenden, aber wohltuenden »Pertussin Balsamgel«, eingewickelt in eine warme Decke, dick vermummt im Winterbett, das sich türmt wie Matterhorn, Pik Lenin und Schneckenstein. Die Flusen wissen über Marie einige Dinge, die sie eigentlich nichts angehen.

Mutter sitzt und singt. »*Guten Abend, gut Nacht, mit Rosen bedacht, mit Näglein besteckt, schlupf unter die Deck. Morgen früh, wenn Gott will, wirst du wieder geweckt, morgen früh, wenn Gott will* … – Gute Nacht, mein Kind.«

»Mutterle …?«, fragt Marie rasselnd.

»Ja?«

»Du singst das so schön!«

Mutter ist gerührt. Sie kommt noch einmal heran.

»Was ist, wenn er nicht will?«

»Wie?«, fragt Mutter.

»*Morgen früh, wenn Gott will*. Und wenn er nicht will? Werde ich dann nicht geweckt?«

»Um Gottes willen. Das darfste gar nicht denken. Wollen wir hoffen, nu … Schlaf jetzt, morgen ist ein neuer Tag.«

Marie betet, Gott möchte auf den Schleim in ihrem Hals ein Auge haben oder einen Helfer schicken, falls er gerade nicht kann.

Die Flusen wissen auch von ungezählten Tagen und Stunden, in denen Marie auf den Knien vor dem halb geöffneten Schrank mit den Büchern und hölzernen Murmeln hockt und geheime Zeichen in linierte Schulhefte einträgt, an deren Ende beispielsweise in nicht gerade regelmäßiger, aber fester Schrift steht: Buch 5, Kapitel 7, heute beendet. Harmlose Erzählungen vom Erdmännchen, das gelbe Wurzeln frisst, Fortsetzungsromane in mehreren Bänden sowie diverse Frühlingsgedichte können inzwischen zum Vortrag gebracht werden. Das freut die Eltern und ärgert Gerda, die schöne, um vier Jahre ältere Schwester, die nicht dichten will oder kann.

Es gibt allerdings auch Machwerke, die nicht für familiäre Ohren bestimmt sind, zum Beispiel Gereimtes über die rot leuchtende Fahne auf dem Brandenburger Tor – Vaters Gesicht stellt sich Marie lieber nicht vor, würde sie dies mit hoch erhobenem Haupt im grünen Salon zitieren, den Blick fest auf den braunen Blumenvorhang gerichtet, oder die kurze, feurige Ode an Ho-Chi-Minh-Stadt ... die kennen die Flusen in- und auswendig. Sie können sich rühmen, gut Freund mit Marie zu sein, ihre allerbeste Freundin, haben literweise Tränen, kiloweise Flüche und endloses Gekicher in sich aufgenommen.

Klein Klausi pflegt ein praktisches Verhältnis zu seiner Decke. Nachts, wenn er schläft, den linken Daumen im Mund, zupft er mit der Rechten kontrapunktisch zum Saugerhythmus Fluse für Fluse aus ihrer gewebten Verankerung. Vielleicht träumt er sich als Arbeiter auf amerikanische Baumwollfelder, nach Florida oder Texas ins feucht-tropische Meeresklima. Wenn er genug Flusen gesammelt hat, wirft er sie kurzerhand unters Bett. Marie lacht beim Anblick des Wolle pflückenden Klaus und stöhnt beim Staubsaugen im endlosen Wolkengebirge.

Und Gerda? Vielleicht lacht und weint sie so still in ihre Kissen, dass weder Marie noch Klausi etwas davon mitbekommen.

Drei Kinder, die in einem Zimmer toben, schreien, auf dem Sessel Trampolin springen, Löcher in Eisblumen hauchen, am heißen Kachelofen kleben, sich mit Gerdas quietschenden Tonbandaufnahmen der »Biene Maja« zudröhnen, während Mutter einkaufen und Vater noch nicht von seiner wissenschaftlichen Arbeit im Lichtmaschinenwerk zurück ist, unterm Sofa weinen, dabei Flusen verschlucken, die im Kopf zu Flausen mutieren, die ihre langen, starken Wurzeln in die Magengrube senken, dort festwachsen und von denen einem das Kotzen kommt, weil man sie sich aus dem Kopf schlagen soll. Ein für alle Mal! Auch, wenn's weh tut!

Pfeift der Sturm?
Keift ein Wurm?
Heulen
Eulen
hoch vom Turm?

Drei Kinder, die schwitzen, schnarchen, träumen, rasseln, tote Fliegen mit beiden Händen aus den Doppelfenstern schaufeln, auf Zehen hinauslaufen und mit heißem Kräutertee wieder hereinkommen, manchmal auch mit dem Geschmack von Vaters Johannisbeerlikör auf der Zunge. »Schraps hat'n Hut verlorn. Wer hat'n? Klausi hat'n!« Klausi brüllt: »Klausi hat'n nich, Gerda hat'n!« Gerda lacht: »Gerda hat'n nicht, Marie hat'n!«

Beim Wörterraten pennt Klausi meistens früh ein. Marie und Gerda raten allein weiter, lesen und flüstern bis tief in die Nacht, die Lampe über den Kopfenden strahlt, ein verlässlicher Leuchtturm zwischen drei weißen Dampfern auf hoher See.

Von Mutter droht keine Gefahr, durch die Wand kann sie nicht, sie muss durch das erste Zimmer, wenn auch noch so leise, ein Quietschen und Treten ist immer. Marie versteckt ihr Buch, Gerda löscht den Leuchtturm, umdrehen zur Wand und tiefe Atemgeräusche. Mutter öffnet vorsichtig die Tür, lauscht, Marie kichert in die Flusen. Manchmal dreht Mutter wieder ab, manchmal knipst sie auch die große Lampe an, stemmt die Arme in die Hüften und sagt entrüstet: »Ihr braucht gar net so zu tun, ich hab euch bis in de Küch gackern gehört!« Der Kleine fährt aus dem Schlaf, reibt die Augen und fragt knautschend: »Was is?« Gerda und Marie werfen sich herum und sehen die Mutter unschuldig, aber innerlich zuckend vor Lachen an.

Es war einmal ein Lattenzaun,
 mit Zwischenraum, hindurchzuschaun.

Marie trägt noch die hübschen Kinderkleider mit Samtborte und Blumenkragen. Tänzelt gelenkig über den Schwebebalken, die Arme kokett zur Seite gestreckt. Sie ist stolz auf ihren braunen Ranzen aus echtem Leder, kann rechnen, liest flüssig und hat immer eine pfiffige Antwort parat, wenn sie aufgerufen wird. Sie freundet sich mit der blonden, properen Katja an und gehört zu den Ersten. Manuelas Haare sind fettig, sie hat schon einen Bauch und schwabbelige Schenkel. Ohne Hilfe schafft sie es nicht auf den Schwebebalken und klebt wie ein nasser Sack am unteren Ende der Sprossenwand. Wenn sie aufgerufen wird, sagt sie meistens nichts.

Die Sonne versteckt sich hinter dem dichten Schneehimmel. Der Berg hinauf zum backsteinernen Schulgebäude ist dick gestreut mit Schotter und feinkörnigem braunem Kies, von unzähligen Kinderfüßen zermahlen. Zu beiden Seiten türmen sich hohe Schneeberge, und auch wenn sie an den Rändern leicht zu rieseln beginnen, schmelzen sie noch lange nicht. Oben an der Ecke ein Schneemann, ein bisschen angetaut, schwarze Kohlenaugen, eine vergammelte Möhre mitten im Gesicht. Paff. Marie beeilt sich, Punkt sieben wird das Schultor geschlossen und eine Lehrerin notiert unerbittlich alle Schüler, die zu spät kommen. An der Biegung steht jemand. Tritt aus dem Schatten der schneebedeckten Äste heraus, auf Marie zu. Manuela. Verstellt ihr den Weg.

Marie sagt: »Hallo!« Sie steht und weicht nicht. »Ist gleich sieben, komm mit.«

Manuela schweigt. Packt Marie am Arm, windet ihn zurück. Marie ist eingeklemmt in den Klauen des achtjährigen Mädchens, doppelte Portion. Dann holt Manuela ein paar Mal kräftig aus und drischt ihr den schweren Turnbeutel in den Bauch.

»Wenn de was sachst, was sachst ... kriegste noch mehr!«

Für ein paar Sekunden ist es stockdunkel und totenstill. Marie krümmt sich vor Schmerz und Entsetzen. Sie schleppt sich weiter, gerade noch rechtzeitig durch die Doppeltür. In die Klasse. Manuela schielt Marie an, lauernd und funkelnd durch halbgeschlossene Augenlider.

Scherenschnitt

Marie thront beim Herrenfrisör. Mit fünf hatte man sie, wie sich das gehört, zu den Damen gesetzt. Sie jedoch fing an zu schreien und zu zetern. War das Wasser zu heiß? Fühlte sie sich vom Busen der Friseuse bedroht? Die Mutter war ratlos und entschuldigte sich betreten. – »Nu, so was!«

Jemand kommt auf die Idee, Marie zu den Herren zu setzen. Man hebt sie mit Schwung auf ein dickes, vierkantiges, buntkariertes Kissen, damit der hochaufgeschossene Mensch mit Bart sie bearbeiten kann. Er wetzt lächelnd das Messer. Das Schreien verstummt. Eine schwarze Katze streift durch die Tür. Die Tränen trocknen. Neugierig sitzt das Kind auf dem karierten Gipfel und schaut ins weite Land.

Durch den Spiegel, der die Querseite des Frisörsalons fast vollständig einnimmt, hat sie die Eingangstür im Blick, hat Kommende und Gehende im Visier, während der Bursch an ihr herumschnippelt, ein Stück belebte Straße, die im Viertelstunden-Takt vorbeiratternden Straßenbahnen, eine bauchige Kommode im Gang, die manchmal halb offensteht und in der Kämme lagern, Pulver, bunte Wässerchen und lange gebogene Nadeln mit kleinen durchsichtigen Köpfen. Selbst einen Teil des Kassenbereichs kann sie einsehen und beobachten, wer Trinkgeld gibt und wer nicht, während die Damen mit Strickzeitungen, im zarten Dunst süßlicher Duftwasser schwebend, in rosagrün geblümte Frisiermäntel gehüllt hinter einem hellbraunen Paravent ihr Dasein fristen.

Der junge Bärtige tut sein Handwerk nach allen Regeln der Zunft mit Kamm, Schere und Rasiergerät. »Die hat Pferdehaar!« Das heißt aus dem Vuchelbeerbaamischen übersetzt: Du hast sehr schönes, dickes Haar, mein Kind. Doch

Maries Mutter stand zu Anfang mit dabei und forderte resolut: »Richtig schön kurz!« Der sanftmütige Mensch sah sie misstrauisch von der Seite an, als solle sie sich das noch mal überlegen.

Wärst du bei den Damen geblieben, Marie! Jetzt läufst du als komischer Junge herum, den knallroten Pony gerade an der Stirn abgeschnitten, akkurat die Ohren ausgespart, den Nacken ausrasiert wie die Kerls bei der Fahne. Am Ende jeder Sitzung spricht der bärtige Henker jedes Mal den bedeutsamen Satz: »So, nu bisde widder die Schennste darhamm.«

In Erwartung der üblichen Prozedur sitzt Marie auf dem karierten Kissen, als ein Mädchen an der Hand seiner Mutter hereinkommt, ein reiner Engel, ohne eine einzige Sommersprosse, blaue Augen, das lange blonde Haar fällt wie Seide über den rosa geringelten Pulli. Der Bärtige lässt Marie auf ihrem Thron sitzen und kümmert sich liebevoll um den Engel, beugt sich herab, fragt, was es sein solle, sicher nur die Spitzen.

»Nein«, sagt der Engel, »ab sollen die Haare«.

Der Bärtige steht ungläubig da. So wunderschönes Haar – ab? »Ein wenig kürzen, dann wächst es besser.«

»Nein«, betont die ebenfalls blonde Mutter sanft, »einen kurzen Schnitt bitte«.

»Willst du das denn auch?«, fragt er das Kind.

Marie hat er noch nie gefragt. Die Blonde nickt tapfer.

»Dann siehst du aber aus wie die«, er zeigt mit dem Finger auf Marie, »willst du so aussehen?«

Bittere Scham überkommt Marie, während sie wie angenagelt auf dem Kissen sitzt und hofft, das blonde Mädchen werde sich die Sache noch einmal überlegen.

Sie sieht sich im Spiegel an, zweifelt, ob sie wirklich so aussieht wie der Affe da drin, und streckt ihm die Zunge heraus. Die Blonde lacht leise. Marie kneift das linke Auge zusammen und macht Affenohren. Dann das rechte Auge.

Schiebt das Kinn vor, während sie sich mit beiden Händen heftig auf die Rippen trommelt. Der Engel sieht interessiert zu.

Unbeirrt macht der Bärtige sich über Marie her. Zentimeter um Zentimeter fällt das Haar zu Boden. Dort liegt es in roten Fransen, irre Leuchtpunkte auf dem gekachelten Spiegelmeer. »Nu bisde widder die Schennste darhamm. Eins zwanzig.«

Als Gerda mit 13 unter großem Geheul durchsetzte, ihr Haar einige Zentimeter länger stehen zu lassen, drehte sie es mit bunten Gummis zu kleinen, abstehenden Zöpfen zusammen, was Vater zu der Bemerkung »Rattenschwänzel« und ihre Klassenkameraden zu Gelächter bewog. Im jugendlichen Alter von 14 ließ sie sich sanfte Donauwellen legen und irgendwann eine Krause, mit der sie aussah wie Jimmy Hendrix in concert. Alle Versuche Maries, das Haar wachsen zu lassen, wenigstens ein bisschen, scheiterten. Das ist praktisch, wozu stundenlang waschen und kämmen, Zöpfe flechten, Spangen drapieren, drei Kinner, hab die erst mal.

In großen Abständen, doch regelmäßig, kommt ein Brief von Großvater, der den Geruch der großen weiten Welt an sich hat und aus dem Vater mit glücklichen Augen zum allgemeinen Familienvergnügen manchmal einige Passagen vorliest. Schon der Absender ist interessant. Da steht nicht einfach Manfred H. Maler, 9900 Vuchelbeerheim, Memelstraße 12, sondern

Hartmut A. Maler
96 Otonabee Avenue
Huntsville, Ontario
P2H 4J2, Canada

Fremde Zahlen, geheimnisvolle Orte, eine Welt, in der es keinen Kummer und keine Tränen gibt.

Vater liest: »… alle nett, alle adrett, Frau und Kinder, wohlerzogen, kurzes Haar.« Marie ist stolz auf sich und verwirft
für einen kurzen Augenblick den Gram über Spottreime
und Schmährufe ihrer Klassenkameraden.

Rotkopf. Kupferplatte. Streichholz. Feuermelder. Rote
Haar und Sommersprossen, hätt ich mich scho längst erschossen. Karotte, Karotte, pisst auf dem Schafotte!

Wassergefängnis

Eine Horde sieben-, achtjähriger Mädchen und Jungen stürzt
aus der roten, gründerzeitlichen Backsteinschule, hüpft,
juchzt, gackert und lärmt den Berg hinunter, jeden Dienstag.
Die Birken zwischen den Plattenbauten stehen noch nackt
und kahl, die Luft riecht halb nach Schnee, halb schon nach
Frühling. Beutel baumeln an den Armen, über den Rücken.
Von hier oben hat man einen wunderbaren Blick auf das ma-
jestätische Rathaus, die alte Elsterbrücke und die alles über-
ragenden Türme von St. Johannis. Am Jungfernstieg vorbei,
durch die Unterführung, über die früher die Untere Bahn fuhr,
jetzt wuchern hier wilder Majoran und verschissene Kamille,
Trampelpfade führen durch kniehohes Gestrüpp ins Nichts,
nachts treffen sich hier dubiose Gestalten, pissen in die
Ecken und tun unanständige Dinge. Es stinkt nach Bier und
Vergewaltigung. Gras wächst drüber, pfeifend wandern die
Jungen Pioniere. Aus dem Bäckerladen duftet es nach frisch
gebackenem Brot, goldbraune Doppelsemmeln, saftiger Bienenstich und Butterkuchen türmen sich in der Auslage. Das
Ladenmädel wischt sich das Gesicht mit der Schürze ab, die
Leute kaufen wie verrückt, kaum, dass sie drin mit dem Ba-
cken nachkommen. Die große Straße überqueren, mehrere
Trabis halten an, drei Wartburgs, ein Lada. Da steht es, das
verwunschene Wasserschloss.

»Zweierreihen, bitte!« Die Lehrerin zählt ab, alle da, niemand ausgebüchst. Sie öffnet die schwingenden Doppeltüren. Marie tritt mit den anderen in die große Halle: reiner Jugendstil, hoch gewölbt, blaugrün schillernde Kacheln an den Wänden, ein langes, geschwungenes Messinggeländer läuft blitzend daran entlang und endet in kunstvoll geschliffenen Knäufen. Starker Chlorgeruch aus allen Ritzen. Eine enge Treppe windet sich hinauf zu den Umkleiden, Einzelgarderoben und Kabinen mit abwaschbaren grünen und gelben Vorhängen, die Mädchen in einen großen Raum, Jungs in einen anderen. Eine glattpolierte, saubergewienerte hölzerne Bank rundherum. Schweiß hängt in der Luft.

Marie legt das Häuflein Klamotten neben sich, zieht die Knie ans Kinn, umklammert sie. Bonjour Schafott. Die Lehrerin kommt herein, im roten Badeanzug, durchtrainiert, lange, braungebrannte Beine, schöner Busen, schlanke Taille, das schwarze Haar lässig hochgesteckt. »Hopp, Mädels, Handtuch und Seife nicht vergessen. Hat jede eine Badekappe? Mir nach!« – Aus der Kabine, rechts herum schwenken, der Chlorgeruch wird stärker, pfeifendes Brüllen und Schreien dringt nach oben, jedes Wort aus der Halle wird dreifach zurückgeworfen. Sie gehen über die Galerie, die wie ein Rang im Theater oder die Empore in der Johanniskirche auf halber Höhe die Halle durchläuft, als Tribüne für Wettkämpfe und Zuschauer. Den engen Gang hinunter, die blumige Waschtasche in einem der seifenschmierigen Fächer abstellen, unter die Brause. – »Fertig, Kinder?«

Das Wasser zeichnet bewegte Schatten, verschnörkelte Seepferdchen spiegeln sich auf seiner verzerrten Oberfläche. Rechts Fenster, kleine runde Bullaugen, durch die der frühe Morgen sein trübes Licht wirft. Die Decke wölbt sich hoch und wirft die Spiegelungen des Wassers zitternd zurück. Achtundzwanzig nackte Füße trippeln am Beckenrand entlang, stellen sich auf, Zehe an Zehe.

»Stillgestanden! Richt euch! Augen geradeaus! Zur Meldung die Augen links! – Frau Blumenkohl, ich melde, die Klasse 2a ist zum Schwimmunterricht angetreten.«

Bedrohlich wankt die Wand. Marie heftet die Augen fest auf die Jugendstilkacheln gegenüber.

Lieber den ganzen Tag Mathearbeiten schreiben, einen Aufsatz nach dem anderen, als hier stehen und hoffen, dass aus mir ein Fisch wird. Schillernde, goldene Schuppen an den Schlüsselbeinen wachsen und Flossen aus den spitzen Knöcheln. Lieber Gott, lass es an mir vorübergehen, lass mich wieder nur ins Seichte müssen, auf den weißen Korkringen treiben, auch wenn sie die Haut an den dünnen Armen zwacken und quetschen.

Der Chlorgeruch beißt in den Augen und setzt das Denken schachmatt.

»Alle mir nach!«, ruft die Lehrerin mit hoher Stimme. Die Füße setzen sich in Bewegung, rechts das flache Wasser, links das tiefe für Schwimmer, die Lehrerin nimmt den Weg nach links. Marie ist kein Schwimmer, sie stellt sich ganz hinten in der Reihe an. Die Kinder springen ins Wasser, ein Junger Pionier nach dem anderen, manche köpfen munter hinein, andere hopsen zaghaft in die Tiefe. Die Reihe wird kürzer, Kati zögert, wird ermuntert, springt, die blonde Katja mit kräftigem Schwung, das Wasser spritzt, nur noch drei Mädchen vor Marie, sie tauchen, schwimmen – platsch, die nächste, die Sportlehrerin steht daneben, Katja prustet und paddelt, jetzt Betty, Marie steht vor dem gurgelnden Grund, grünsichtig, die Kacheln schwanken.

»Spring!«, ruft die Lehrerin.

Marie starrt ins Wasser. Sie steht wie angewurzelt, Arme und Beine gelähmt.

»Du sollst springen!«

Lichthelle Schatten an der Wand. Die Lehrerin wartet und sieht Marie ungeduldig an. Drei Meter, fünf Meter, zwölf Meter, fünfundvierzig Meter, unendlich tief. Nie wird sie von dort wieder auftauchen, es ist das Ende.

»Spring!«

Die bleichen, blauen Knie zittern. Jemand nimmt sie in die Zange, sie fühlt sich umklammert, zappelt, schreit wie angestochen, ahnend, was kommt, windet sich in den Fängen der Lehrerin, schlägt wild um sich. Ihre spitzen Schreie schmettern gegen die gewölbte Decke und gellen hundertfach zurück. Die anderen sehen sich erschrocken um. Hände lösen sich, Augen lösen sich, Knochen lösen sich, sie schwebt für den Bruchteil einer Sekunde im All, über ihr stirbt der Schrei hallend in der Kuppel, sie greift wie wahnsinnig in die Luft, dann klatscht das Wasser über ihr zusammen.

Über ihr grünes Chlorwasser, unter, neben ihr, nicht atmen, nicht schlucken, wohin, links, rechts, sie paddelt panisch, erscheint an der Oberfläche, ringt nach Luft, etwas Hartes fasst an den Hinterkopf, schiebt sie vorwärts, der Gummi der Badekappe verrutscht, was ist das, sie sieht am Beckenrand hoch, an einer glänzenden Stange aus Aluminium entlang, erfasst vier braungebrannte nackte Zehen mit rotlackierten Nägeln in rosa Badelatschen aus Plastik. Die Lehrerin hat eine lange Stange in der Hand, mit einer stählernen Gabel am Ende, die auf Maries Hinterkopf sitzt, ihren Kopf über Wasser hält und sie gleichzeitig unaufhaltsam vorwärts drängt, links die Beckenwand, rechts die bunte Plastikschnur, nichts zu greifen. Das Eisen schiebt und schiebt, alle anderen haben das rettende Ufer längst erreicht und planschen im Seichten.

Hexenkind

Trinken, kauen, Zähne putzen, Haare kämmen. Mutter steht hinter Marie, ihre Linke umfasst das Kinn, hält wie zufällig den Mund dabei zu, die Rechte fährt mit dem Kamm durch das dichte, kurze Haar, nicht sonderlich zärtlich in Anbetracht der morgendlich fliegenden Zeit. Ratsch, macht der Kamm. Marie schreit, fasst sich mit der Linken an den Kopf, sieht rot, springt auf und schreit die verdatterte Mutter zornentbrannt an: »Du weißt, dass ich da eine empfindliche Stelle habe, du Schöps, du Puttel, du trottelige, dumme Gans!«

Mutter ist entsetzt. »Dieses Kind, dieses hochnäsige, arrogante …, ich finde keine Worte, … bösartige, vorlaute, dieses …« Sie schreit es Marie ins Gesicht: »Geh zum Teufel, du … Hexenkind!« Laut aufschluchzend schlägt sie die Hände vors Gesicht und weint.

Marie stiert in den Spiegel, sieht das kurzgeschorene Haar, den Topfschnitt ohne Schleifen und Spangen, den treudoofen Pony, der wieder brav in die Stirn gekämmt ist, den kackgelben Pulli, die himmelblauen Strickhosen, diesen ganzen lächerlichen und grotesken Aufzug, über den die ganze Schule wieder lachen wird. Sie bringt es nicht über sich, ein versöhnendes Wort zu sagen, irgendeins, ihr Hals ist wie mit Metallsaiten verschnürt, ein unerbittlicher Würgeengel hält sie fest in seinen Griff gepresst.

Das sickernde Blut vermischt sich dunkelrot klebrig mit den Haaren. Die Gardine bewegt sich leise, und Mutter stellt mit unterdrücktem Schluchzen fest: »Es zieht.«

Was soll ich machen. Umbringen darf ich mich nicht, weil das verboten ist, das bestraft der liebe Gott. Erschlagen darf ich sie nicht, weil das auch verboten ist, das bestraft der Staat. In die Schule muss ich gehen, sonst bestrafen mich die Lehrer, und ich will doch wenigstens mit etwas Eindruck schinden.

Traumtag

Marie stellt sich mit beiden Füßen auf die blecherne Mülltonne, ignoriert die langbeinigen, dünnen Spinnen, breitet die schmalen Arme aus und hebt ab. Bäuchlings die Memelstraße hinunter.

Soldaten sind vorbeimarschiert
im gleichen Schritt und Tritt.

Der Sturm nimmt sie mit, runterzu.

Wir Pioniere kennen sie
und laufen fröhlich mit ... »Juchhei!«

Nie weiß sie, wo sie zum Stehen, Hängen oder Liegen kommt. Augen auf, sonst teilt sie sich für den Rest des Lebens vorgekaute Regenwürmer mit der Brut im Amselnest. Sie landet vis-à-vis von Vaters Loggia im Garten der Villa Rosa, direkt auf den frisch geharkten Gräbern der Schäferhunde, die bei Vollmond auferstehen und herzzerreißend in den Nachthimmel heulen, oder sitzt bei den Käuzchen im Doppelschornstein.

Ein Leutnant führt den zweiten Zug
mit fröhlichem Gesicht.
Als Lehrer gab er früher uns
den schönsten Unterricht ... »Juchhei!«

Mutter lehnt in der geblümten Schürze aus dem Fenster des Schlafsalons und schreit: »Na, spinnste wieder?«

Vater flüstert: »Das Leben ist eine ernstzunehmende Sache, Marie!«

Eins zwanzig, dann biste widder die Schennste darhamm. – Wenden und zurück.

Der Flügelmann im ersten Glied
mit Stahlhelm und MPi,
als Melker der Genossenschaft
betreute er das Vieh ... »Juchhei!«

Scharfe Wendung nach rechts, fast wäre das linke Auge an
einem Fliederbusch hängen geblieben.

Soldaten sind vorbeimarschiert,
die ganze Kompanie.
Und wenn wir groß sind,
wollen wir Soldat sein, so wie sie!

Einer kommt

Drei Kinder, und ein viertes ist seit gestern dazugekom-
men. Vater fuhr Mutter mit dem dicken Bauch in die Klinik
gegenüber dem großen, grauen Lutherhaus und holte sie
und einen kleinen Menschen wieder heraus. Rotblond mit
meergrünen Augen lächelt er aus dem Korb heraus. Die
Julisonne strahlt durch die Fenster, er lächelt und schläft.

Eine Schwester, eine richtige Schwester, freut sich Marie,
obwohl es ein Junge ist, was Mutter da gebacken hat, und
auch Gerda gegenüber unfair, die ja bereits als Schwester
existiert. Ein Ebenbild. Sie nennt ihn Linda, nur für sich, denn
er soll ja später mal ein Mann werden und kein verkapptes
Mädchen. Ein Junge weint nicht, aber Linda sieht nicht so aus,
als ob er sich dran halten wird. Maigrüne, klare Seen sind seine Augen, bis auf den Grund kann sie sehen, weiße Sonnen
tanzen darin und ein helles, glockenklirrendes Lachen. Winzige Nägel, dünn wie Papier. Wimpern, zart wie die Beine der
langgewebten, federnden Spinnen über den Mülltonnen. Ein
lebendiges, zerbrechliches Spielzeug. Mutter kommt.

»Mutter, wie kam denn Linda in deinen Bauch und wieder heraus?«, will Marie wissen.

»Nu guck«, sagt Mutter. »Du fragst Sachen.«

»Oder hast du ihn vorher in der Klinik bestellt, wie den
Stollen zu Weihnachten beim Bäcker Striezel?«

»Wenn du mal so weit bist, Rehlein, mach's bloß net weg, das is eh Sünd, die vergibt der liebe Gott fei net.«

Linda miaut was Unverständliches, dreht sich auf die sonnige Seite und lächelt.

Die Rehlein beten zur Nacht,
hab acht!

Mutter trägt das Kind nach ein paar Wochen hoheitsvoll gemessenen Schritts im langen weißen Taufkleid und gestickten Batistmützchen durch die gotische Johanniskirche zum Altar, die Orgel rauscht, Vater steht glücklich da, Gerda, Marie und Klausi reihen sich andächtig auf, wie die Orgelpfeifen.

Wie sie orgeln, wie sie pfeifen!

Mutter hält das Kind behutsam über das mittelalterliche Taufbecken, der Herr Pfarrer gießt aus einem großen, silbernen Krug heiliges Wasser über das geringelte Haar. »Ich taufe dich im Namen des Vaters« (Wasser), »des Sohnes« (Wasser) »und des Heiligen Geistes« (Wasser) »auf den Namen Albertus Hartmut Maler« (kein Wasser). In liebevoller Erinnerung an Großvater Hartmut Albert, Grizzlybären und rotgefärbtes Laub auf weiten Seen. Das heilige Nass plätschert in das Becken, mit einem hellen, durchsichtigen Klang. Albertus lächelt, er ist getauft. Ein Kreuz auf die winzige Stirn über den meergrünen Augen gezeichnet und er ist ein von Gott geliebter Mensch. Jetzt kann nichts mehr schiefgehen. Freundlich aufgenommen in die Gemeinschaft der Seligen, die himmlischen Heerscharen erkennen ihn als einen der ihrigen, wann und warum immer er dort eintrifft. Klausi sammelt Krümel aus dem bröseligen Sandstein des Taufbeckens, Gerda himmelt den Kantor auf der Empore an (holder Knabe in lockigem Haar) und Marie zählt die Bögen des Kreuzrippengewölbes, um in Heimatkunde darüber zu berichten.

Eltern und Kinder empfangen den Segen. Gerade fasste die Hand des Pfarrers noch federleicht den schwappenden, mit Amethysten und Rubinen geschmückten Kelch, nun ruht sie eine Sekunde lang schwer auf Maries rotem Topfschnitt. Die lastende Hand auf ihrem Haupt kann nur Gutes bedeuten, sei es, dass sie in Mathe keine Nullen vergisst, sei es, dass der liebe Gott an sie denkt, wenn es um die Verteilung von Glück und Liebe geht, sei es, um verächtliche Blicke der Klassenkameraden oder abfällige Bemerkungen zu ertragen, die peinliche Stille einsamer Pausen, weil sie nun mal rot und schmal und nicht blond und stämmig ist.

Noch auf der Heimfahrt im Lada, vis-à-vis die hochherrschaftlichen Gefängnismauern, über die sommerliche Elsterbrücke hinweg, vorbei an Kastanien mit tiefgrün gefächerten Blättern, am Fisch-, Papier- und Fleischerladen, heute sonntäglich geschlossen, an der Sauinsel vorbei (»Warum Sauinsel, Mutti?« – »Weil man hier Säue sortiert, verkauft und geschlachtet hat vor langer Zeit.«), die scharfe Linkskurve beim Bäcker Striezel zur steilen Pickelstraße hinauf, spürt Marie den Druck der freundlichen warmen Hand des Pfarrers auf der Schädeldecke lasten, als wollte sie einen Abdruck hinterlassen wie Kinderfinger in bunter Knete.

Sie falten die kleinen Zehlein,
die Rehlein.

Heimatkundelehrer Wiese lächelt mitleidig über die »religiös Gebundenen«, Diakon Markus presst die roten Lippen und blond behaarten Hände zusammen, wenn die Rede auf Pionierehrenwort und Waffenbrüderschaft kommt. Doch unser Herr Pfarrer ist ein freundlicher Gott, wie gut, dass er

Fleisch, Blut und eine menschliche Stimme hat, sogar Frau und Kinder sind ihm gestattet, zur Erheiterung oder zum Verdruss, auch bekommt der Herr Pfarrer Lohn –

»Von Gott?«

»Wo denkst du hin, Schaf! Vom Staat«, sagt Mutter.

»Von unseren Steuergeldern«, wirft Vater lässig ein.

»Auch von den Steuergeldern der Menschen, die nicht gläubig sind?«, will Marie wissen.

»Über solche Menschen sprechen wir nicht, am Sonntagvormittag.«

Wie passt das zusammen? Ein normaler Mensch zieht ein schwarzes Kleid an und ist ab sofort ein Diener Gottes. Seine Hände haben besondere Kraft. Sie sprengen massenhaft Liebe über die wurmdurchlöcherten Kirchenbänke. Wie ein Adler spreizt der Pfarrer die weiten Ärmel, hebt fünf Zentimeter vom Altarboden ab und lässt Güte und Gewissheit regnen. Nur er predigt von der Kanzel, Vater muss sich am Lesepult bescheiden.

»Er hat ja auch nicht Theologie studiert«, wendet Mutter ein.

Ah, etwas, was Vater mal nicht studiert hat! »Macht Gott aus Theologiestudenten direkte Diener?«

»Marie, Amt und Würden darf man nicht anzweifeln, das käme einer Gotteslästerung gleich, das ist Auflehnung gegen Gott. Eine Sünde, die nicht vergeben werden kann!«

Marie staunt. Alles vergibt Gott, nur nicht, wenn man sich gegen ihn auflehnt?

»Ja.« Mutter nickt.

»Mord, Totschlag, Diebstahl, Autoknacken, Zigarettenrauchen, Kinderprügeln, Fünfenschreiben … alles vergibt Gott, nur Auflehnung nicht?« Das ist ungerecht, findet Marie.

»Du kleine Trine befindest, was Recht und Unrecht ist?«, rügt Vater. »Das bisschen Wassersuppe in deinem Kopf reicht gerade mal fürs Einmaleins.«

Theater

Das neoklassizistische Stadttheater am Geradewohlplatz gibt die »Zauberflöte«. Ein Darsteller, im grünen Kostüm mit Federn, hopst auf die Bühne und singt: »*Ein Vogelfänger bin ich ja, stets lustig, heißa hopsassa. Ich Voho-gehel-fähän-geher bin bekannt, bei Alt und Jung im ganzen Land* ...« Das berührt die Menschen, die auf ihren roten Samtstühlen unter dem blinkenden Glaslüster im Parkett oder auf dem Rang sitzen, ihr Herz wird heiß, kalt, sie müssen lachen, geben Szenenapplaus oder wischen sich die Augen, auch Vater räuspert sich mehrmals, als es in die Pause geht. Marie springt auf. »Krieg ich Sekt, Mutti?« – »Du bist wohl albern.«

Die Bühne ist ein viereckiger Kasten, mit Gold oder Blech verziert, mal mit, mal ohne Vorhang, das Volk sitzt erwartungsvoll davor. Die Spielweise ist psychologisch subtil oder komödiantisch, spröde oder kraftvoll erzählend, je nach Stück, Regisseur und Laune des Hauses. Zur Einleitung eine Ouvertüre oder ein Prolog, gut verschnürt noch das kompakte Bündel, das sich erst im Laufe des Abends entfaltet. Oder man lässt sich auf neumodische Weise überraschen, was, wie Marie bald merkt, interessanter ist als der altehrwürdige Opernaufbau, bei dem man sich am besten nahe ans Notlicht setzt und was zu lesen mitnimmt.

Ehr sei dem Vater und dem Sohn und dem Heiligen Geist,
wie es war im Anfang, jetzt und immerdar
und von Ewigkeit zu Ewigkeit. Amen.

Die Schuhe des Herrn Pfarrer sind blank gewienert, er federt elastisch in den Altarraum, sein Gesicht trägt einen freundlichen, verbindlichen Ausdruck. Zur Einleitung gibt es Orgelspiel oder Kinderflöten, der Prolog erfolgt aus dem Buch der Bücher. Er singt zu Anfang, zwischendurch und zum Ende hin mit der Gemeinde rituelle Gesänge aus dem allgemein verbindlichen Text- und Liederbuch, er donnert, flüstert, beschwört und ermahnt, macht auf ein Problem aufmerksam, beschreibt und löst es von der Kanzel herab. Vater, Mutter, Gerda, Marie und die anderen, die in der kalten, harten Kirchenbank sitzen, sind gerührt. Der Kollektenbeutel geht durch die Reihen.

»Der Herr sei mit euch.«

Die Gemeinde antwortet dankbar: »Und mit deinem Geist.«

Eine Spielweise ist prunkvoll weihrauchgeladen, eine andere spartanisch kühl, die nächste einladend pietistisch oder locker intellektuell, je nach Laune des Hauses. Auf der Vorderseite der Bühne steht ein Tisch mit Requisiten und Büchern. Im Altarraum hängt eine Puppe am frühmittelalterlichen Folterinstrument, die Marie in verschiedenen Ausführungen kennt, in Gold, Holz, Glas, Papier oder Bronze, ganz oder teilweise verhüllt, meist mit qualvoll gebrochenen Augen.

Gehet hin im Frie-hi-den des Herrn.
Gott sei e-wi-hig-lich Dank.

Der Herr Pfarrer verschwindet nach dem Gottesdienst im Kostüm in der Sakristei und kommt im sauber gebügelten schwarzen Anzug zurück. Vater und Gerda zählen die Kollekte. Marie verschwindet ebenfalls in die Sakristei. Ein karg ausgestatteter Rundbau, die dicken Mauern sind weiß getüncht, helles Vormittagslicht fällt durch schmale, hohe Fenster. Durch das Bleiglas schimmert die Wiese mit den Kastanien, deren Laub sich bereits zu verfärben beginnt.

An einem alten, hölzernen Kleiderschrank hängt der schwarze Talar, Beffchen und Hemd liegen fein säuberlich auf einem hölzernen Stuhl.

Marie muss dran riechen. Was ist das? Herrenparfum? Rasierwasser? Manchmal riecht es im Bad so, wenn Vater drin war. Ein strenger, beißender Geruch. Macht sich der Herr Pfarrer schön? Für Gott? Sieht der nicht nur alles, sondern riecht es auch? Auf einem kleinen, runden Tisch stehen zwei halbvolle Flaschen Wein, die gleichen wie im Lebensmittelladen beim Kabarett Tivoli. Wie verwandelt sich der rote Cabernet aus der HO in das heilige Blut Christi?

Einer geht

Albertus verabschiedete sich früh aus dem real existierenden Sozialismus. Atemstillstand, konstatierte der Arzt und wollte wissen, ob man das fiebernde Kind allein gelassen habe.

»Nie!«, schrie Mutter unter Tränen. Einen Infekt habe das Kind gehabt, wie ihn alle Kinder hatten, die Tropfen habe es selbstverständlich auf die Minute bekommen, Tag und Nacht sei sie zur Stelle gewesen, sie lebe doch für die Kinder und nur für die Kinder, Gott sei ihr Zeuge! Sie habe aber auch nach dem fast dreijährigen Klaus sehen müssen, der an vereiterten Mandeln würge im anderen Zimmer, der Ansteckungsgefahr wegen, Karottenbrei wärmen, Milch kochen und warme Wickel anlegen, auch Marie habe mit Knochenschmerzen und geschwollenen Drüsen auf dem Sofa gelegen, brauchte ein geschlagenes Ei, dann wieder Zuckerwasser mit Zitrone.

Aschfahl stand Mutter an der Wiege, nahm das Bündel aus den Kissen. »Albertus? Bertchen? Nu, was issen das. Was machste denn? – Lieber Gott, ach, tu mir das nicht an, tu es mir nicht an!« Qualvoll drang ihr Schreien und Schluchzen aus dem Salon, so dass Marie erschrocken mit dem zitternden Klaus herbeikam, fragend in ihre Flusendecke gewickelt.

Mutter steht neben dem Stubenwagen, fassungslos winselnd wie ein angeschossenes Tier, den um Atem ringenden Jungen mit der weißen Mütze auf dem Arm, seine meergrünen Augen angstvoll aufgerissen, der weiche Mund verzerrt, die rotblonden Haarkringel schweißverschmiert in der Stirn, sie geht hilflos auf und ab, hebt das Kind, klopft, fasst ihm an die Stirn, kippt Albertus nach vorn und zurück, hebt ihn wieder, jammert, »Wenn Vater nur da wäre, Vater, das Vaterle«. Marie fällt ein, dass man ihn anrufen kann in seinem Lichtmaschinenwerk, bei Frau Sauerbier klingeln, die haben Telefon.

»Schnell!«, ruft Mutter. Marie reißt den Zettel mit der Nummer aus der Vitrine, läuft atemlos die Treppen hinunter, klingelt Sturm, drei Mal, vier Mal, acht Mal, zwölf Mal, niemand öffnet, keiner zu Hause, nichts zu hören, sie lauscht, klopft, wummert an die Tür, donnert mit den Füßen verzweifelt gegen das grüne Glas, rast die Treppen wieder hoch, rafft eine Handvoll Zwanzig-Pfennig-Stücke aus der Schüssel im Küchenschrank, rennt laut weinend zur nächsten öffentlichen Telefonzelle. Die Leute auf der Straße sehen sich entsetzt und mitleidig um, niemand drinnen, Gott sei Dank, sie wählt mit zitternden Fingern Vaters Nummer in der Lichtmaschinen-Entwicklungsabteilung, verwählt sich, ein sinnloses Knacken im Hörer, versucht es noch einmal, sie stellen durch.

»Notfall, bitte schnell!«, schreit sie. Sie müssen ihn aus dem Labor holen. – »Ja, hier Maler?« – Sie stottert vor Aufregung, sagt, dass etwas mit Linda nicht stimme, »Albertus«, verbessert sie sich, »er bekommt keine Luft und Mutter schreit um sein Leben.«

Vater setzt die Maschinerie in Bewegung, in fünf Minuten ist der Notarzt im Haus, Vater in zehn Minuten mit dem Taxi, er stürzt herein, Albertus liegt in den Armen der Mutter, tot.

Mutter weint und weint, Vater läuft grau im Gesicht mit blau geäderten Händen auf und ab, Marie erbricht sich auf der Toilette.

Ich bin schuld. Ich habe Linda umgebracht, habe ein Zitronenwasser getrunken, ich habe nicht laut genug geklopft, bin nicht schnell genug gelaufen, ich habe die Wählscheibe nicht schnell genug gedreht, wurde nicht schnell genug verbunden, ich habe nicht laut genug geschrien, sie haben Vater nicht schnell genug aus dem Labor geholt, ich habe nicht schnell genug gesprochen, der Krankenwagen ist nicht schnell genug gekommen, deshalb. – Marie, das Hexenkind. Marie, das Mörderkind. Macht mich bitte auch tot und schickt mich zu Albertus.

Gerda schleicht still mit ihrer Mondpuppe umher, während sich Marie würgend mit Klaus in die Flusendecke wickelt und zu Gott betet, er möge Albertus wieder lebendig machen, so, wie er sich selber gesund gemacht hat, nachdem sie ihn mit den schrecklichen Wunden an den Händen vom Kreuz herab gelegt haben ins Grab.

So blieben es drei Kinder, die schnarchen, schwitzen, träumen, rasseln und jeden Morgen geweckt werden. Schraps hat'n Hut verlorn. Wer hat'n? Drei Dampfer auf hoher See.

Das herrschaftliche Haus prangt mit hohen Decken und buntem Stuck, die Kinder werden behütet und bekocht von einer treu sorgenden Mutter, fläzen sich auf blau gesprenkelten Sesseln, robben über rotbraune Fransenteppiche und strapazieren das chronisch verstimmte Klavier im musikalischen Salon, dessen Töne von Hitze und Kälte verzerrt werden, während von den quietschenden Kerzenhaltern langsam der Lack bröckelt. Die Sonne scheint abwechselnd auf beide Balkone, morgens und mittags auf den, der in den großen Vorgarten mit der hohen Tanne hinausgeht, abends auf den anderen, gegenüber der Villa Rosa. Die schöne Jugendstilvilla steht seit Jahren fast leer, nur ein altes Mütterchen schaukelt sich im Vorgeschmack der Seligkeit in ihrem Stuhl, während im Schornstein junge Käuzchen nisten. Der riesige Garten verwildert, der Teich verschlammt, doch die Gräber zweier Schäferhunde sind stets wie von Geisterhand frisch geharkt. Nachts sollen dort Werwölfe heulen. Oder sind es die Hunde, die bei Vollmond auferstehen?

Marie füttert die Wicken in den stabilen grünen Balkonkästen, auch Cosmea und stämmige Gladiolen im Garten, erst mit einer winzigen roten Gießkanne, später mit einem gelbgrau gestreiften Wasserschlauch, den sie wie ein Steckenpferd zwischen die Beine hält und »Junge pisst« spielt, aber nur, wenn niemand hinsieht – worin man sich verdammt irren kann. Nahe der Tanne vor den Garagen prangt ein kleiner Kirschbaum, der im Mai üppig blüht, aber selten Früchte trägt und einer fremden Frau gehört, die im Nachbarhaus wohnt, in der Musikschule Violinunterricht erteilt und ein reines Deutsch spricht, auch manchmal das vuchelbeerbaamische der Kinder zu verbessern sucht, allerdings ohne hörenswerten Erfolg, was sie offensichtlich missmutig stimmt und ihrem schönen ovalen Gesicht einen bitteren Ausdruck verleiht, der von beiden Mundwinkeln herabrinnt wie saure Sahne. Neben den kleinen Kirschbaum baut Vater eine Wippe aus hellen Buchenstämmen, und für den Balkon in der Mittagssonne baut er eine Buchenbank.

Vater berichtet vom österlichen Brunnenkressepflücken im heimischen Moor. Von herbstlichen Kriechgängen ins Stöckichter Unterholz. Vom Eishauch auf sternenverwehten Wegen. Vom Geflüster des Schneehimmels. Pitsch pitsch, botsch botsch, und zerkratzt ist man vollständig.

Dieweil ein später Wanderstrumpf
sich nicht verlief in Teich und Sumpf.

Marie wandert an Vaters Hand ins Moor und vertraut fest darauf, dass er sie im Falle eines Falles aus der Pampe zieht, schließlich möchte er nicht der kariert beschürzten Mutter unter die Augen treten und betreten murmeln: Tut mir leid, meine Jüngste ist im heimatlichen Sumpf stecken geblieben.

Wilde Reizker

Im Schwarzen Wald sind Krater, bei deren Anblick Marie erstaunt fragt, woher die tiefen Löcher im Waldboden kommen. »Solche Tiere gibt's doch gar nicht bei uns.«

»Das sind Bombentrichter«, erklärt Mutter.

Gras ist über den Einschlag gewachsen, kleine Sträucher wuchern und getupfte Fliegenpilze. Ein junger Vogelbeerbaum breitet seine Blätter in der Abendsonne aus. Bienen summen. Ob da noch Bomben im Boden sind, unentdeckt über all die Jahrzehnte? Die unterirdisch ticken, wo man reife Brombeeren sucht, gelbe Stockschwämmchen und rosige Perlpilze sammelt, sich im nassen Oktober über saftige Maronen mit glitschigen, leicht schleimigen Kappen freut?

Klausi springt in den Krater, schreit »bum, bum!«, hält eine imaginäre Knarre vor sich und legt einen Fliegenpilz um.

Mutter krallt Vater am Ärmel fest. »Raus hier, Klaus!«

»Ach«, meint Vater, »die Bomben sind längst eingesammelt, hier draußen liegt nichts mehr.« In der Stadt drin, da könne man noch Blindgänger finden, kaum buddeln sie was auf, bauen wo was Neues hin, schon rückt die Feuerwehr geschlossen aus, der Kampfmittelbeseitigungsdienst schiebt Sonderschicht.

Alle Pilze will Vater sehen, bevor sie geputzt in Mutters gebutterte gusseiserne Pfanne wandern, besonders aber die

Perlpilze, die dem giftigen Pantherpilz oder braunen Knollenblätterpilz ähneln. Am Perlpilz muss die zarte Haut der Kappe sorgfältig von unten nach oben abgezogen werden, spätestens dann muss das Rosa sich zeigen, sonst hat man sich einen knollenblättrigen eingefangen. Das Häutchen am Stielanfang nur leicht abstreichen. Marie entjungfert Pilz um Pilz. Die Kappe klopfen, ob Würmer ausfallen. Das Bedauern, wenn ein prächtiger, tiefbrauner Steinpilz mit Netzstrümpfen am Bein wurmstichig ist. Ein Buch mit glänzenden Abbildungen liegt aufgeschlagen auf dem Tisch. Vater prüft die Beschaffenheit der Lamellen. »Lang abstehend, röhrenförmig, aha«, er klopft auf die Kappe, »nicht zu grünlich, kannste essen, keine Bedenken. Nein, gutartig, ganz bestimmt.«

Für sich selbst legt er Delikatessen zurück. Wilde Reizker, die herb duften und für die er tief ins Dickicht unter den großen dunklen Kiefern gekrochen ist. Ebenso einige Exemplare, die nicht eindeutig zuzuordnen sind. »Besonders giftig sind die wohl nicht«, sagt er mit pfiffigem Lächeln. Raritäten sind dabei, von denen er behauptet, es würde sich ausgesprochen lohnen, sie zu probieren. Man müsse nur mit kleinen Mengen beginnen und dürfe nicht zu viele auf einmal verschlingen. Genauso gut könne man generell ein wenig Fliegenpilz beimischen, zum Magenauspumpen wäre ja immer noch Zeit.

Mutter schüttelt entsetzt den Kopf und trennt strikt Vaters Spezialitäten von der großen Familienpfanne. Butter zischt auf, als sie die frisch gehackten Zwiebeln zugibt. Sie wendet die Pilze, die kross zusammenschrumpeln, streut Salz und Pfeffer. Es duftet irrsinnig lecker. Danach brät Vater seine abstrusen Extras und pickt sie Stück für Stück verzückt in den Mund, von der Familie misstrauisch beäugt. Nur Marie bettelt um eine Kostprobe aus seinem Giftpfännchen und schluckt unter Mutters Protest, was Vater schluckt.

43

Der große Salon mit dem schweren Blumenvorhang mündet in den kleinen musikalischen Salon. Hier reitet Marie enthusiastisch auf einem braunen Schaukelpferd mit schwarzen Knopfaugen zu Orff, der sich aus Vaters Tonbandgerät ergießt, krallt sich in der struppigen Mähne fest und übt sich in der Kenntnis von Sprüngen und Synkopen. Hier hört sie die »Brandenburgischen Konzerte«, das »Schwarzwaldmädel«, »My Fair Lady«, Arnold Schönberg, Karl Valentin und Gustav Mahler.

Über dem Klavier erklimmt eine tiefgrüne, zerklüftete Monstera die Wand, frisst sich mit langen, gelbbröckeligen Klauen in die Tapete. Zarter Flaum, wo das Blatt aus dem Finger herauswächst. Irgendwann wird sie ins Kinderzimmer durchbrechen. Streicht Marie mit den Fingern über die Tapete aus Samtpapier mit dem gelbbraunen Blumenmuster, wird sie zu lichtem Ocker. Dann wieder zu dunklem Sand.

Ocker.

Sand.

Schöner Stuck an den Decken. Am äußeren Rand verlaufen Jugendstilgeraden, das Ende von Glockenblumen bekränzt, die mit Schleifen, Punkten und Ranken verziert sind. Sie begegnen sich symmetrisch und markieren den Beginn einer neuen Geraden, ohne sich zu berühren. Vater hat sie eigenhändig bemalt, nur die Decken in reinem Weiß. Abend für Abend stand er auf der obersten Stufe der großen Malerleiter, den Kittel mit dem losen Gürtel über und über mit bunten Klecksen bedeckt, mint, atlas, ocker, einen spitzen Hut aus Zeitung auf dem Kopf, meist das Kirchenblatt, azur, ocker und altrosa gesprenkelt, den Kopf zum Stuck gereckt, den jungenhaften Kirschmund prüfend gespitzt, einen pfiffigen Ausdruck im Gesicht, die Rechte fröhlich erhoben, und pinselte, malte und wischte. Maler Klecksel mit glücklichen Augen.

Im kleinen blauen Salon prangen Schleifen in prächtigem Altrosa, die Geraden laufen atlasblau und münden in zarten grünen Blütenkelchen.

»Das haben die Kulis in den Wohnsilos im Mammenge-biet nicht!«, jubelt Mutter. »Die leben zwischen Raufaser, Schrankwand und Glotze.«

»Dafür haben die moderne Bäder, Einbauküche und Etagenheizung«, wirft Marie ein.

»Alles kann man nicht haben«, erwidert Mutter. »Die drehen zwar nur am Rädchen und die Wohnung ist warm, aber wir haben Loggia mit Abendsonne und einen großen Balkon. Einen großen Garten, in dem ihr spielen könnt. Kein Vis-à-vis. Die gucken sich ja gegenseitig in den Hin-tern in ihren Betonschachteldörfern, pfui Spinne!«

Grandyddy

Die Familie sitzt gemütlich im großen Salon, im Ofen flackert das Holz. Knack. Rrr-n-knack. Vater und Mutter schenken sich Rotwein-Punsch ein, eine kleine Flamme wärmt die schmale Karaffe aus feuerfestem Jenaer Glas. Gerda und Marie nippen am heißen, süßen Kräutertee, Klausi nuckelt an seiner Saftflasche. Mutter spendiert Bahlsen-Kekse und Pralinen aus der geheimen Vorratskammer, Rum, Kirsch und Nougat. Vater liest ein wissenschaftliches Werk, Mut-ter erzählt.

»Urgroßvater war Postmeister in Steina. Aus Steina stammt euer Großvater raus, Hartmut Albert. Er ist im Post-haus geboren, e' schönes, altes Haus mit nem großen Ka-min, gleich rechts, wenn mer reinkommt. Später ist er nach Plauen gezogen. Hier wurde euer Vater geboren, hier ha-ben wir uns kennengelernt und in der Johanniskirche ge-heiratet. Bis dahin alles klar, Kinder?«

»Alles klar, Mutti.«

»Klausi, sag es einmal: Urgroßvater in Steina.«

»Ugovaterin Steia.«

»Steina, Klausi.«

»Steia.«

Marie lacht, Gerda pufft sie kichernd in die Seite.

»Warum fahren wir nie ins alte Posthaus?«, will Gerda wissen.

»Ach«, erwidert Mutter, »das gehört jetzt der Kirch.«

»Der Kirche? Wieso denn?«

»Das war damals so. Nachem Kriech war alles anders. Wenn es jetzt der Kirch gehört, erfüllt es einen guten Zweck.«

»Und Ur-Urgroßvater? Der Vater vom Urgroßvater in Steina?«, fragt Marie.

»Gott«, stöhnt Gerda, »zurück bis ins Mittelalter.«

»Tja«, überlegt Mutter gedehnt, »der kam aus dem Böhmischen«,

»Habsburgerreich«, wirft Vater lässig ein.

»War der ein Revolutionär?, will Marie wissen. »So wie August Bebel und Wilhelm Liebknecht?«

Mutter schüttelt missbilligend den Kopf. »Kindern solches Zeuch zu erzählen. Die verdrehen dir den Kopf, die Roten!« Sie greift mit beleidigter Miene nach einer Praline, kaut.

»Ein übles Pack«, murmelt Vater.

»Dein Ur-Urgroßvater war Schmied in einem Dorf, in der Nähe von Prag. Er kam gleich nach dem Herrn Pfarrer und dem Herrn Apotheker, so ein wichtiger Mann war das.« Mutters Augen leuchten.

Marie ist beeindruckt von der stolzen Ahnenreihe.

»Rote Haare hat er gehabt und blaue Augen.«

Marie stutzt. »Dann sah der aus wie ich?« Ein Lichtblick. Ein Zeichen dafür, dass sie doch nicht vom Himmel gefallen ist. Dass es irgendjemanden auf dieser verdammten Welt gibt, dem sie ähnlich sieht.

»Na«, meint Mutter, »Vater hätte ja einen roten Bart, aber er rasiert sich immer aalglatt, amerikanisch, wie er sagt.«

»Und wo stammt Großmutter Gretl heraus?«, fragt Gerda.

»Aus Tanna«, erwidert Mutter trocken. »Eine Bauerntochter.«

»Reich?«

»Ach was. Hof, paar Ziegen, Schaf, Hühner, Karnickel und ein Hund. Aber schön war sie. De Schennste vom Dorf.«

Für Vater ist es »Großmutter«. Marie hat ihn noch nie »Mutter« zu ihr sagen hören. Wohin fahren wir heute? Zur Großmutter.

Großmutter Gretl besitzt einen wundervollen Garten, eingebettet in sanft hügelige Wiesen und leuchtende Rapsfelder am Rande der Stadt. Den frühen Schneeglöckchen im März folgen gelbe und blaue Krokusse und Narzissen im April, manchmal Maiglöckchen am Zaun. Auf der Wiese rechts hinter dem Gatter blühen feste, biegsame Gräser mit scharfen Schnurrhaaren, Glockenblumen, Wiesenkümmel und Akelei. Im Juli darf niemand mehr das »gute Futter« betreten, das ein Bauer im August mäht, wenn es zu Heu geworden ist, einfährt und Großmutter ein Handgeld zahlt. Ganz unten eine hohe, dunkle Tanne. Daneben drei Büsche: rosa Rhododendron. Zwei knorrige Fliederbäume, pechschwarze, regenfeuchte Stämme, die im Mai schwere, prächtige, weiße und tiefviolette Blüten tragen, die wild und süß duften. Ein Strauch mit fetten schwarzen Johannisbeeren, über die Mutter sich jedes Jahr selbstvergessen hermacht, von Großmutter scheel beäugt. Dichtes Gestrüpp am Zaun, in dem empfindliche Himbeeren wachsen, die Marie mit äußerster Geschicklichkeit an den scharfen Dornen vorbeiwindet. Warum wachsen die großen, zarten immer ganz hinten?

Großmutters Stolz sind drei lange Beete voller Erdbeeren. Sie schleppt die schweren Blechgießkannen, tagein, tagaus. Ist der Sommer trocken, barmt sie, dass alles verdorrt. Ist er nass, ringt sie klagend die Hände, dann ersäuft alles. Großmutter deckt die Familie mit Obst ein, verkauft einen Teil der Früchte an den Bäcker und kocht den madigen Rest zu süßer Marmelade.

Neben dem Holunderbusch steht das neue kleine Gartenhaus, das sich Vater und Mutter nach jahrelangem Kampf errungen haben, mit einer tiefgrünen Tanne vor dem knarrenden Holzfenster und gelben Rosenranken über dem niedrigen Eingang. Muscheln liegen davor, groß wie Kindsköpfe, die stammen garantiert nicht aus einem heimischen Tümpel, dem Burgteich oder der Talsperre Pirk, nicht mal aus der Ostsee, die riechen nach Atlantik und Südsee, nach Korallenriff und buntfeuchter Hitze. In ihnen rauscht das durchsichtige grüne Meer.

Vater ist immer noch in sein wissenschaftliches Werk vertieft. Mutter schweigt eine Weile und sagt dann bedächtig: »Großmutter Gretl hamse angespuckt.«

Marie fühlt die Spucke im Gesicht herunterrinnen. »Warum haben sie das getan?«

»Nachem Kriech. Da durften se. Vorher hamse gekuscht.« Mutter kaut eine Nougatpraline. »Großmutter war eine feine Frau, früher. Ein Fahrrad mit Damennetz. Eine milchweiße Ziech. Nerz. Kleider. Schmuck. Und drei Häuser in einer besseren Gegend. Eins in der Bürgerstraße, eins in der Sommerstraße, das dritte gleich daneben. Waldrichs Gret. Hochmütig. Große Madam.«

»Woher hatte sie denn die vielen Häuser?«, staunt Gerda. Mutter verschluckt sich, würgt einige Sekunden am Nougat. Vater kommt zu Hilfe. »Geht's wieder?« – »Danke, ja.«

»Aber woher …«, fragt jetzt auch Marie.

»Die hatte sie eben. Sie haben ihr im Krieg ja alles zerschmissen, die Amis und die Engländer, zur Strafe. Zwei Häuser weg, das dritte angekokelt. Erst spucken die einen, dann spucken die anderen, so ist das im Leben.«

»Was ist aus dem dritten Haus geworden?«, will Gerda wissen.

»Das hält sie mit Ach und Krach.«

»Wie das?«

»Da wohnen Kinderreiche drin, mit acht, neun Kindern. Die ham de große Gusch und verweigern obendrein die Mietzahlung.«

»Aber Mieten sind doch subventioniert, spottbillig, genau wie Milch, Brot und Fisch.«

»Tja«, lacht Vater bitter, »das dreiste Pack wird vom Staat bevorzugt und bekommt alles vorne und hinten reingesteckt.«

»Was ist jetzt mit dem Haus?« Gerda bleibt hartnäckig.

»Es fehlt an allen Ecken und Enden«, sagt Vater. »Für Baumaßnahmen ist kein Geld da, die Bäder müssten dringend erneuert werden, die Heizung hat es nötig, vom Dach nicht zu reden, sie wird es sicher nicht mehr lange halten können. Ein Haus aus der Gründerzeit, mit schönen Erkern und Giebeln, nicht wie die Wohnsilos. Man hat ihr schon oft zum Verkauf geraten, aber sie krallt sich dran fest.«

»Und Großvater? Der Mann von Omi Gretl?«, fragt Marie.

»Der wollte studieren. Aber sein Vater war ja nur e' kleiner Postmeister, und ein Studium war teuer. Da ist er zur Polizei gegangen, dort hat man schnell was werden können.«

»Bei der Polizei?«

»Die sorgt für Recht und Ordnung.« Mutter denkt einen Moment nach. »Für Ruhe und Sicherheit. Die Polizei ist wichtig, sonst macht ja jeder, was er will. Er wollte eben weiterkommen, war ehrgeizig. So wird es erzählt.«

»Wer erzählt das?«, fragt Marie.

Mutter hält einen Augenblick inne. »Nu, die Leut.«

»Die Leut? Wer sind ›die Leut‹?«

Mutter hält die Luft an. »Also …«, sagt sie und wendet sich an Vater. »War er nicht auf der Polizeischule?«

Vater lächelt schlau. »Ja, das war er.«

»Dann hat er diesen Beruf ordentlich erlernt. Von der Pike auf. Kinder, er hat es weit gebracht.«

Vater verlässt den Raum. Finger waschen, pinkeln.

»Was hat er denn bei der Polizei gemacht?«, will Marie wissen.

»Das Übliche. Ein Auge auf alles haben. Ordnung halten. Sicherheit. Lauter gute Sachen.« Mutter leckt die Lippen. Die Praline hat geschmeckt.

»Und jetzt schickt er uns zu Weihnachten Kirschpralinen ... und Schecks!«, ergänzt Gerda.

»Freilich«, nickt Mutter. »Großvater ist ein guter Mann. Und so weit weg, dass Gott erbarm' ... der arme Mann.« Sie bekommt feuchte Augen. »Er tut uns allen furchtbar leid.«

»Warum tut uns Großvater leid? Mir auch?«

»Weil er so weit weg ist«, spricht Mutter. Sie sucht nach ihrem Taschentuch, findet es hinter dem Sofakissen, drückt es auf die Augen.

Vater kommt zurück, mit einem Glas saurer Gurken.

»Was ist aus Großvater geworden?«

»Er ist nach Kanada gegangen. Viele sind nach dem Krieg ausgewandert und ham sich dort e' neues Leben aufgebaut. In Kanada hat es ihm gefallen, wegen der großen Wälder und Seen. Riesige Wasserfälle! Es muss beeindruckend sein. Sogar Elche und Bären gibt es – wie heißen die, Vaterle?«

»Grizzlys«, brummt er.

»Grizzlybären?«, staunt Marie. »Die gibt es dort?«

»Ja«, lächelt Vater, »die gibt es dort. Großvater nimmt das Gewehr mit, wenn er in den Wald geht, wegen der Wölfe und Bären. Denkt euch nur, Kinder.«

»Peng«, ruft Klausi. »Puff. Peng!«

»Die haben Leut gebraucht, die zupacken können, tüchtige Hände haben und gesunden Menschenverstand. Da isser hin. Das kann ihm keiner verdenken. Hier gab es doch nichts! Alles hamse zerschmissen. Ein Trümmerhaufen neben dem anderen. Die Russen haben dann den Rest rausgeholt, von dem, was noch stand.«

Mutter seufzt aus den tiefsten Tiefen ihrer Seele.

»Euer Großvater hat klein angefangen, als Tellerwäscher in einem Restaurant. Hat sich hochgearbeitet, zum stolzen Hotelbesitzer. Der hat es zu etwas gebracht, Kinder, nehmt euch an dem e' Beispiel.«

Vater langt in das große grüne Gurkenfass, futtert schweigend. Auch Marie greift zu. Zwei Hände mit schmalen Gelenken und sommersprossigen Fingern im Gurkenglas. Sie lächeln sich an, er grüngrau, sie blaugrau.

»Aber Großmutter …?«, will Gerda wissen.

Vater steht auf und geht hinaus. Finger waschen, pinkeln.

»Jeder lebt, wo es ihm gefällt. Großmutter wollte net mit, damals. Vielleicht hatte sie Angst vor der großen Überfahrt. Es gibt Menschen, denen wird schlecht auf hoher See. Ja, er hat lang gebettelt. Sie wollte hierbleiben, mit ihren Söhnen, in der Heimat, unbedingt.«

»Dann wären wir jetzt alle in Kanada? Dämliche Gretl. Saudämlich!« Marie kann es nicht fassen.

»Nu«, meint Mutter, »dann hätte ich doch euren Vater nicht kennengelernt und ihr wärt alle nicht da, meine Schätzle.«

Gerda wäre sicher da. Marie wäre wahrscheinlich mit Vater in Kanada. Später würde sie das Hotel übernehmen und ein Gourmet-Restaurant draus machen, weltberühmt. Frische Barsche, Flundernflambee und Bärenpfoten in Honigtunke. Gurken bräuchte sie, die Spreewälder. Vater hat das Rezept für grüne Klöße im Kopf, die kann er ausgezeichnet, sie könnte variieren, mit Holunderfüllung, im Bärenfell, am Preiselbeersee. Großmutter Gretl züchtet Lauch und Kräuter, macht Apfelsaft, Heringshappen in Dill und Likör, weckt Äpfel ein und Christbirnen mit Zimtstange.

Hotel zum grässlichen Grizzly. Zum gegrillten Grässly. Hotel zum tapferen Grandyddy.

Vater kommt herein, kniet sich vor den Kachelofen, stochert mit dem langen, gebogenen Eisen in der Kohle und besieht die Flammen. »So müssen sie sein«, spricht er halblaut in die aufmerksame Runde, »blau züngeln, fast schon violett.«

Mutter und Marie rücken heran, Gerda legt die Wolldecke über Klausi, der sich auf dem Teppich einspinnt und beginnt, Flusen zu sammeln, alle sehen freundlich in den warmen offenen Schacht. Es knistert. Jetzt kann man den Ofen getrost zuschrauben. Wärme bullert in den Salon. Mutter beschließt den Abend mit einer Praline.

»Kein schönes Thema, der Krieg. Lasst uns e' Lied singen zum Ausklang des Tages.«

»Ein Lied«, brummt Vater freundlich.

Mutter stimmt an, Marie und Gerda fallen leise ein, Vater eine Oktave tiefer.

Der Mond ist aufgegangen,
die goldnen Sternlein prangen
am Himmel hell und klar ...
der Wald steht schwarz und schweiget,
und aus den Wiesen steiget ....

Marie stimmt die zweite Strophe an. Die dritte beginnt Gerda, Marie flicht die Terz darunter.

So legt euch denn ihr Brüder,
in Gottes Namen nieder,
kalt weht der Abendhauch ...
verschon uns Gott mit Strafen
und lass uns ruhig schlafen ...

Klaus liegt mit roten Backen, Mutter hebt ihn auf, in der Linken die Decke, trägt ihn ins Bett. Marie betrachtet den kleinen Berg Flusen, den er zurückgelassen hat und holt sich ein Glas Wasser. Vater klappt sein wissenschaftliches Werk zu, bringt das leere Gurkenglas in die Küche, begibt sich zur Nacht. Marie schreibt heimlich die Zutaten vom Gurkenglas ab. Gerda lehnt noch ein Weilchen im sanften gelben Licht der Lampe, zufrieden lächelnd.

Das kleine Meer

Wellen laufen auf den kieseligen Grund. Sekunde für Sekunde, Tag für Tag. Schlick verfängt sich am Ufer, umfängt die schlanken Wurzeln der Birken. Bändelt an und bleibt hängen. Weiden spiegeln sich in der Stille.

Der Abend ist kühl, Mückenschwärme schweben in dichten schwarzen Schwaden, die roten Früchte der Eberesche leuchten. Vater schwimmt in die Abendsonne hinaus. Marie traut sich nur bis zu den Rippen ins Wasser, stakt vorsichtig über die spitzen Kiesel, die sich in die Fußsohlen bohren, und muss dann an Land eine halbe Stunde in der untergehenden Sonne laufen und die bleichen Knochen mit der mattvioletten Färbung schlagen, bis sie wieder auf Normaltemperatur kommt.

Einmal war Vater übel geworden. Mutter zog ihn panisch vor Angst halbtot aus dem seichten Wasser und schleppte ihn ans Ufer: »Vater, Manfred, Vaterle, komm zu dir!« Er sank blass und blau auf dem grobkörnigen Grund zusammen und kam erst nach lautem Rufen und Schlägen zu sich. Mutter hatte Tränen in den Augen, Gerda stand still abseits, Marie kam erschrocken mit blauen, schlotternden Gliedern angelaufen. Als Vater wieder bei Sinnen war und die fatale Situation mit kühlem sprachlichem Spott überspielte – »ein leichtes Ohnmächteln, wie?« –, war Marie endgültig davon überzeugt, dass es für den Menschen besser sei, Wasser von außen zu betrachten, selbst wenn goldbehängte Schwimmer und Schwimmerinnen mit staunenswert tiefen Stimmen, glücklich strahlenden Pausbacken und Pickeln groß wie Bäcker Striezels Streuseln auf den breiten Rücken, noch so kräftig mit den Armen wedelten und zwischen bunt gespannten Gummischnüren auf und nieder sausten: Der Mensch gehört nicht ins Wasser. Er hat Lungen und keine Kiemen, es soll wohl eine Meerjungfrau zum Menschen, aber bis jetzt noch kein Mensch zur Meerjungfrau gewandelt worden sein.

Gelb kariert

Fünf Mädchen warten auf Marie. Nicht, um sie willkommen zu heißen. Nicht, um sie lässig zu umarmen und zu kichern: »Ey, haste gestern ›Dallas‹ gesehen?« Sie verstellen ihr den Weg.

Hochrot ihr Kopf. Das Herz schlägt wie verrückt. Sachlich bleiben. Die Angst nicht zeigen. Ruhig weitergehen, wie bei bissigen Hunden.

Manuela steht wie ein Mann: »Halt! Rotkopf!«

Abba eröffnet den Tanz: »Wie sieht'n die aus. Gelb karierter Rock über hellblauer Hose.«

Micki mustert sie gelassen: »Rattenkurze Haare, beschissen!«

Kati: »So läuft kein anständiges Mädchen rum, klar? Streichholz!«

Manuela grinst: »E' Vuchelscheuch. Zum Schießen!«

Sie lachen. Marie kriecht die Angst von den Zehen über die Knie in den Magen über das Herz in den Hals ins Gehirn.

»Guckt euch die Tomate an, gleich kratzt sie ab!«, höhnt Schnauzenmona.

»Lasst mich durch«, flüstert Marie.

»Hat der Vuchel piep gemacht?«, lacht Abba.

Sie kreisen sie ein, stoßen sie herum. Fäuste fliegen. »Rote Haar und spitzes Kinn, wohnt der Deibel mitten drin! Rote Haar und Sommersprossen, heute wirst du abgeschossen!« – »Vuchel aus dem Busch, kriegst eins auf de Gusch!« – »Im Mittelalter hätten sie so was wie dich verbrannt.« – »Dich haben sie vergessen zu vergasen, Feuermelder …«

»Durchlassen!«, schreit Marie. »Arschlöcher! Ihr brutalen Schweine.«

Schnauzenmona greift neugierig an das helle Leder: »Guckt mal hier!«

Maries Lieblingstasche für den Kunstunterricht. Innen haben die Farben grünblaue Flecken hinterlassen, aber außen glänzt sie blütenweiß. Sie schütten die Tasche aus. Stifte, Pinsel und Gouachen kullern in den Matsch. Abba lacht. Krimskrams, Kinkerlitzchen. Kati sieht auf die Uhr, Mathe fängt gleich an. Fröhlich schwatzend ziehen sie weiter. »Haste gestern ›Dallas‹ gesehen, ey?«

Marie sammelt tränenblind die Farben ein, nur nicht zu spät kommen und Aufsehen erregen. So tun, als ob nichts gewesen wäre.

»Mutter, bitte, ich ziehe den Rock nicht mehr über die Hose. Ich möchte ganz normal herumlaufen, wie alle anderen auch. Es muss nichts Teures sein, aber nicht so affig. Das ist lächerlich. Niemand läuft so herum!«

»Was willste?«, fragt Mutter. »Das sieht schön aus! Draußen ist es kalt, ich mach's schon recht. Mir braucht niemand Vorschriften zu machen.«

»Sie verlachen mich. Sie lachen mich aus.«

Mutter staunt: »Wer lacht dich aus?«

»Die anderen. In der Klasse«, fügt sie kleinlaut hinzu.

»Sollen sich die anderen Kinner daran gewöhnen. Das wird wohl möglich sein. Das werden wir schon sehn. – Ha!

Das wäre ja gelacht!« Mutter dreht sich zum Fenster. »Die sticheln e' bissel. Das machen Kinner so. Sie ärgern dich ein wenig, aber im Grunde ham se dich gern, glaubs mir.«

»Das glaube ich nicht. Sie verspotten mich. Ich fürchte mich vor ihnen.«

»Bild dir nur was ein«, sagt Mutter.

Marie quetscht heraus: »Sie haben mich vor der Schule abgefangen ... und schlagen mich.«

»Was?«, ruft Mutter. »Was sind denn das für Kinner? Schlecht erzogen. Böse Kinner! E' schöne Hose, sauber gestrickt! E' schöner Rock, gut gebügelt! Kein Fleck daran.« Sie schweigt und kaut auf der Unterlippe herum. »Na, die wern sich schon gewöhnen.«

»Nein, sie gewöhnen sich nicht! Ich werde das nicht mehr anziehen! Keine hellblauen Strickhosen. Keinen gelb karierten Rock. Weder drunter noch drüber.«

»Du tust, was ich sach! Du ungehorsames Kind.«

»Nee, tu ich nicht!«, schreit Marie.

»Werde noch frech! Lerne gefälligst folgen, du hast es bitter nötig!«

»Ich bin nicht frech. Ich folge und ...« Tränen steigen Marie in die Kehle. »Ich will nicht geschlagen werden ... Ich bin so hässlich!«

»Wer sagt, dass du hässlich bist?«, fragt Mutter entsetzt. »Ihr seid schöne Kinner. Alle drei. Fast wären es vier schöne Kinner gewesen. Wie Gott will. Gottes Wille.«

»Alle!«, schreit Marie. »Hast du keinen Verstand? Du kotzt mich an. Du und Gottes Wille!«

Mutter schlägt die Hände vors Gesicht und läuft laut weinend in den großen Salon.

Die Galgenbrüder wehn im Wind.
Im fernen Dorfe schreit ein Kind.

Darham is darham

Jedes Jahr steht Marie mit klopfendem Herzen vor der jungen blonden Schulärztin. Jedes Jahr streicht die Schulärztin mit der Hand zärtlich über Maries gut sichtbare Rippen, betrachtet die Überbeine, die aus den schmalen Schultern ragen, aus Knien und Knöcheln. Gesund ist das Kind, aber zart, so mager. Jedes Jahr verschreibt sie Marie eine Kur an der See, in den Bergen. Dort wird das Kind kräftiger, spielt, lernt und lacht an der frischen Luft, freundet sich mit Gleichaltrigen an, legt zu an Fleisch und fröhlichem Selbstbewusstsein. Marie möchte gerne ans Meer, in die Berge, verlockend ist die Aussicht, wenigstens für ein paar Wochen den Klassenkameraden zu entkommen. Die Entscheidung liegt bei den Eltern.

Darham is darham
und darham isses am schennsten.

Vater sitzt am Küchentisch und spricht sehr ernste Worte. »Weißt du, was sie mit dir machen, zur Kur?«

Marie antwortet: »Nö.«

Mutter spricht, ebenfalls ernst: »Wenn du nicht aufisst, setzen sie dir das Mittagessen wieder zum Abendbrot vor.«

»Was!?« Marie kann das nicht glauben.

Der Vater ist belustigt über ihre Naivität. »Die anderen Kinder spielen draußen Fangen, hüpfen am Meer herum, sammeln Muscheln, bauen Sandburgen. Und du sitzt den ganzen Tag drinnen allein vor deinem vollen Teller. So lange, bis du alles aufgegessen hast. Na, wäre das etwas für dich, freiheitsliebendes Fräulein?« Er lässt sein glucksendes, klirrendes Lachen hören.

Mutter ergänzt würdevoll: »Du bekommst fettes Schweinefleisch vorgesetzt und musst jeden Mittag drei Mehlklöße essen.«

Marie stöhnt. »Drei? Ich schaffe ja gerade mal einen!«

Vater lächelt. Mutter erinnert sich: »Früher haben sie die Kinder mit Lebertran gefüttert. Einen Löffel voll. Und Fett mussten die essen. Reines Fett!«

Marie schüttelt sich.

»Freilich«, Mutter wird lauter, »du musst dort auch Fett essen. Was sollst du denn sonst dort? Dicker sollst du werden!«, schreit sie. »Das wollen sie! Das geht nur durch essen, essen, reines Fett, was denkst denn du. Dumm, wie du bist.«

Vater, angeekelt: »So mästen die roten Schweine ihre jungen Säue.«

Betroffenes Schweigen.

Marie erinnert sich an ein Puddingessen, Katjas Mutter hatte eingeladen. Dreimal so schnell war Katja fertig, löffelte bereits die zweite Schale. Der Pudding war gut, Schoko-Vanille. Katjas Mutter lächelte. Aber Marie wollte nicht schlingen. Sie spielt mit dem Essen, verliert sich im Duft, prüft den Geschmack, lässt ihn auf der Zunge zergehen, vergisst die Zeit, stochert in der Suppe nach einem verschollenen U-Boot oder toten Soldaten, bewundert die glasigen Augen der Fische, ihre zart schuppige, glänzende Haut, zieht sie ab, hängt sie zum Trocknen über den Tellerrand, betrachtet die Maserung des Fleischs, zerpflückt es in tanzende, weiße Streifen, befühlt die Fasern, drapiert sie gitterartig über die Kartoffeln. Jetzt ist das Essen kalt. Und wenn es kalt ist, schmeckt es nicht.

Vielleicht haben sie recht. Vielleicht auch nicht. Also fragen.

»Woher wisst ihr das?«

»Wir wissen vieles, was du nicht weißt.«

»Man füttert heute keinen Lebertran mehr! Das war früher, zu eurer Zeit. Heute werden wir gegen viele Krankheiten geimpft.«

Mutter schüttelt energisch den Kopf und beißt genussvoll in das dick gebutterte Leberwurstbrötchen.

Vater sieht auf. »Nur gegen Dummheit nicht.«

Marie schweigt. »Sie werden mich in der Schule fragen«, sagt sie nach einer Weile. »Schließlich befürwortet die Ärztin das. Ausdrücklich, wie jedes Jahr.« Ärzte sind nicht irgendwer, sondern anständige und hochgeschätzte Bürger des Landes. Auch Großmutter Gretl will, dass Marie einmal Ärztin wird. Aber nichts passiert. »Bitte! Wir fahren nie richtig in Urlaub, einen Tag nur, und abends zurück! Ich könnte ein paar Wochen lang weg. Wir bekommen dort guten Unterricht. Es kostet euch nichts, das zahlt alles der Staat. Was wollt ihr denn noch?« Keine Reaktion. »Andere Eltern wären glücklich. Lasst mich fahren, einmal wenigstens. Bitte!«

Mutter lehnt kategorisch ab. Ihr Gesicht nimmt heroische Züge an. »Diese Ärztin interessiert uns nicht. Die soll sich um ihre eigenen Kinder kümmern.«

»Falls sie welche hat«, setzt Vater belustigt hinzu.

Da haben sie die gerissene Stasi, jede Menge Panzer, kilometerweise Stacheldraht und die ganze ruhmreiche Sowjetarmee hinter sich. Aber sie sind nicht fähig, ein Mädchen gegen den Willen seiner christlichen Eltern zur Kur an die See zu schicken.

Die nette Lehrerin fragt prompt, wann Marie zur Kur fährt.

Marie windet sich. »Es tut mir schrecklich leid, aber ich darf nicht.«

Die Lehrerin sieht ihr erstaunt in die Augen.

»Die Eltern wünschen es nicht«, soll sie sagen. Sie sagt es und wendet sich enttäuscht und betreten ab.

Nachdenklich bleibt die Lehrerin zurück. Sie schreibt einen Brief an die Eltern, es gehe um das Wohl des Kindes, der

Aufenthalt würde ihm gewiss gut tun, es könnte besseren Kontakt zu Gleichaltrigen finden, erhält medizinische Betreuung, es besteht keine Gefahr, Unterricht zu versäumen.

Marie übergibt das Schreiben, Mutter öffnet es. Vater liest, schweigt, zieht sich zurück, schreibt.

Marie macht einen auf naiv und fragt, was denn in seinem Brief stehe.

»Er hat sich verwahrt«, sagt Mutter brüsk in perfektem Hochdeutsch. »Wir nehmen von Ratschlägen aller Art höflichst Abstand.« Dann mustert sie Marie misstrauisch von der Seite. »Dass de ja nischt sachst, was wir hier redn. Sonst kaaste was erleem.«

Marie übergibt das Schreiben, den weißen, verschlossenen Umschlag mit Vaters kleinen, nach links laufenden blauen Tintenbuchstaben. Die Lehrerin liest und sieht Marie mit einer Mischung aus Trauer, Mitleid, Wut und Entsetzen an.

Guckkasten

Beim Abendessen verkündet Mutter feierlich: »Kinder, heute Abend ist Kino im großen Salon.« – Bilderabend. Schaukino. Guckkasten. Es wird etwas vorgeführt. Wahre Begebenheiten, wunderbare Begebenheiten, Märchen aus der guten alten Zeit. Grimms Märchen, Hauffsche Märchen, Andersens Märchen, Geschichten aus dem Tannenwald, Geschichten aus der großen weiten Welt.

Die Dommel reckt sich auf im Rohr.
Der Moosfrosch lugt aus seinem Moor.

Gerda lächelt erfreut, Klaus wickelt sich in seine Wolldecke und Marie ist Vater auf den Fersen, der die zusammengerollte Leinwand aus dem blauen Salon holt. Sie entfernt vorsichtig das knisternde Cellophan. Er nimmt den Diaprojektor aus dem Schrank, ein robustes Gerät aus den Sechzigern mit stahlblau geriffelter Oberfläche, schraubt an der Lampe, prüft das Kabel.

Mutter zieht die schweren geblümten Vorhänge zu, das schlierende Geräusch läutet rotbraune Gefühle in die Magengrube hinein. Auf einen Schlag ist es dunkel, der Abendhimmel ausgesperrt, schummrige Spannung erfüllt den Raum. Hat jeder ein Glas eiskalte Himbeerlimonade? Mutter eilt in die Küche, plündert die geheimnisvolle Vorratskammer und kommt, etwas langsamer, mit einer großen gläsernen Schale voll Käsegebäck zurück. Käsegebäck aus dem Westen! Das duftet. Das knackt so schön zwischen den Zähnen. Rrr-n-knack. Knack.

Gedämpft raunen die Stimmen durcheinander. Marie lächelt. Jetzt darf sie sich im Sessel zurücklehnen und innerlich die Augen zumachen. Sicher ist Klausi im Augenblick des Knipsens in ein Schneeloch gefallen und Vater balanciert auf einem Bein wie ein Storch. Marie steht grienend mit einem Strauß gelber Blumen in der Hand, unter einer Bronzestatue mit heroisch erhobener Faust ballt sie ebenfalls die Rechte, kreuzt die Beine und wippt lässig mit dem linken Zeh. Schon als Vierjährige behängt sie sich mit Klunkern und Ketten, reißt eine Vitrine auf, schnappt sich was Silbernes und hält den Pokal aufrecht strahlend in die Linse. »Grinsekatze«, nennt Vater sie, da ist sie fünf, sechs, »mei Schmusekatz!«, ruft Mutter. »Fischmäulchen«, weil sie Sprotten, frisch Geräuchertes und salzige Heringe über alles liebt. Aus den schlanken, hellen Birkenstämmen im Garten guckt Gerda freundlich hervor, daneben gurgelt Marie mit den Augen und kreischt lautlos in die Kamera. Keiner spricht von Gerdas hübschem Lächeln, ihrem schwarz gewellten Haar mit dem weißen Kranz aus geflochtenen Gänseblumen, alle schreien unisono: »Seht euch das Mariele an! So ein Äffchen.«

Jetzt wirft der Projektor sein grelles Licht punktgenau an die Wand. Vater besieht im Dunkeln die Dias. Welche Freude, wenn er eins verkehrt herum einlegt, mit den Beinen nach links, lautes Lachen im Salon, Vater lächelt, nimmt es heraus, dreht es in den Händen, legt es wieder ein – ein Aufschrei: Die Familie steht Kopf! Zählen wir die Acht herunter! Sieben, sechs, fünf, vier! Mutter, Gerda, Marie und Klausi schreien aus Leibeskräften, diesmal schafft er es.

Das Foto wird bewundert, wo waren wir, vor acht Wochen auf der alten Burgruine, erinnert ihr euch, Kinder? Die Kinder erinnern sich. Und da? Der Spaziergang zu den ersten Himmelschlüsseln bei Pirk an der Grenze. Ach, ist das zu fassen? Gerda, Marie und Klausi beim Fasching im blauen Salon.

»Wir brauchen kein Kino!«, ruft Mutter euphorisch. »Wir haben unser eigenes!« Unsere Wirklichkeit ist schöner als alles, was Menschen sich ausdenken können.

Nur Gerda murrt manchmal, wenn sie auf einem Foto nicht richtig drauf ist, halb zur Seite gestoßen, wie eine fremde Göre, die zufällig ins Bild läuft. Rrr-n-knack. Knack.

»Zur Krönung des Abends haben wir eine Überraschung. Wollt ihr es raten, Kinder?«

»Vanilleeis mit Erdbeeren?« Gerda hebt den Kopf aus dem Sofakissen.

Da wird sie munter, denkt Marie. »Ein neues Märchen aus den DEFA-Studios? ›Die kleine Meerjungfrau‹?«

»Kalt, ganz kalt.«

Gerda döst mit offenem Mund. »›Die Schneekönigin‹?«

»Noch kälter.«

Klausi kräht: »Hänsel und Gretel verließen sich im Wald.«

Marie lacht in sich hinein, Vater sortiert.

»Vaters Geburtstag! Schnappschüsse von unserer Märchen-Aufführung?«

»Wo denkst du hin, Schaf«, befindet Mutter.

»Verraten! Verraten!«, Klausi verliert die Geduld.

Vater hat Dias bereit liegen, wohlgeordnet. Mutter spricht voller Stolz: »Es sind Bilder von weit her. Seid aufmerksam, Kinder, hier könnt ihr was lernen, das haben andere Leut nicht.«

Die Spannung steigt. »Von weit her?«, fragt Gerda.

»Aus der Tschechoslowakei!« Marie fällt es wie Schuppen von den Augen. Von salzigen und zum Speien bitterschwefeligen Quellen, die Vater mit einer zerfetzten Karte in der Hand über geheime Trampelpfade findet: Hier müssen sie sein, gleich hier! Und aus denen er dann begeistert mit hohler Hand schöpft. Von riesigen Wiesenchampions und grell geschminkten alten Schachteln mit Schnabeltassen in langweiligen Kurbädern. Vom Franzl mit dem glänzenden Schniepel. Gerda hat bereits drangefasst, Mutter war beaufsichtigend in ihrem Rücken aufgepflanzt. Marie macht einen großen Bogen um das Franzl, berührt nicht mal die Zehen, äugt nur vorsichtig auf zehn Schritte von der Seite und beobachtet die jungen, auch reiferen Frauen, die mal scheu, mal dreist der Bronzefigur zwischen die Beine langen. Dann wird es ein Junge.

Mutter lacht: »Nu, ihr erratet es nie. Es sind Fotos von eurem Großvater.«

»Grandyddy!«, flüstert Marie.

Ein geheimnisvolles Zittern läuft das Bücherbord hinauf, dreht eine Runde um den Stuck und macht es sich auf dem Kronleuchter bequem. Ein Hauch der großen, freien Welt weht durch das Kino. Alle sind hellwach. Vater legt das erste Dia ein.

Graugrünes Wasser. Eisernes Gestänge davor, das Heck eines dunkelblauen amerikanischen Wagens im Bild. Eine Palme, gefächert. Marie sieht gebannt auf das Foto. Ein Meer. Offensichtlich im Sturm. Ein großes eckiges Auto.

Im Salon ist es sehr still. Das Licht schießt scharf gleißend durch den Projektor, mit einem Touch Blau darin.

Wüste. Graue Kakteen, dreimal größer als Menschen, die ihre Arme mit spitzen Stacheln in die Landschaft heben.

Am Fenster im blauen Salon stehen ganz kleine, die alle zwei Jahre purpurrote Blüten treiben, und ein Elefantenohr mit weichen Löffeln, dicht und zart behaart. Trockener, aufgerissener Boden, wie eine raue, spröde Hand. Irre.

»Die speichern Wasser«, erklärt Vater.

»Wo ist das? Afrika? Afghanistan?«

»Mexiko«, berichtigt er. Ein stiller Guru. Wenn einer was weiß aus dieser Welt, dann er.

Ein Hirsch mit einem riesigen verzweigten Geweih in knallroten Blättern. Eine Kuh?

»Ein Elch!«, schreit Mutter. »Bist ein Urvieh, Vater, ein …!« Sie springt auf und küsst ihn ab.

Gerda ist peinlich berührt, Klausi guckt erschrocken.

»Ganz richtig, ein Elch«, lächelt Vater und wischt heimlich die Spucke aus seinem Gesicht. »Indian Summer, so nennen sie in Kanada die Zeit der Laubfärbung.«

Freudentränen laufen aus Mutters Augen.

Gischt spritzt auf. Wasser schießt brüllend in die Tiefe, heller Nebel schwebt im Licht. Das Bild ist leicht verwischt, die Linse hat ein paar Tropfen abbekommen, so nah war er dran. Alle rufen wie aus einem Mund: »Die Niagarafälle.«

Ein Meer aus Rosa. Marie ist starr vor Entzücken. Lange, gebogene Hälse. Ein Feld voller Knopfaugen. Der Himmel tiefrot und dunkelblau geflockt.

»Die hab ich im Leipziger Tierpark gesehen!«, ruft Gerda begeistert.

Mutter ist entsetzt. Diese Flamingos mit denen aus dem Ostzoo zu vergleichen! Das ist pietätlos, Gerda.

»Wo ist das?«

»Florida.«

Ein Bungalow, etwas trist.

»Dort wohnt euer Großvater«, kommentiert Mutter.

Sicher nur das Wetter, denkt Marie, bei Sonnenschein sieht alles anders aus. Sie späht nach einem Grizzly. Wo sind die großen Bären? Kann er keinen vor die Linse kriegen?

»Du spinnst wohl«, lacht Gerda.

Eine Straße. Ein »Motel«. Warum nicht Hotel? Motel.

»Euer Großvater hat es zu etwas gebracht«, erklärt Mutter stolz. »Schaut genau hin, Kinder, und merkt es euch.«

Das könnte er auch bei uns haben. Großvaters Bruder hat in Schneckengrün ein schönes Haus, seine Tischlerwerkstatt brummt. Garten mit Hollywoodschaukel, Kegelbahn und Goldfischteich, Swimmingpool, zwei Autos, Motorräder für die Jungs.

Das nächste Foto legt Vater mit besonderer Sorgfalt ein. Ein fremder Mann ist zu sehen, schon älter, grauhaarig, in heller Windjacke und Bundhosen. Er steht vor dem stürmischen Meer, die Palme ist leicht zerzaust. Grandyddy.

Marie wälzt das dicke deutsch-englische Wörterbuch, schreibt, schlägt nach und schreibt.

Hallo grandfather!

How are you? Thank you for the nice pictures with your holidays. The flamingos and plants are great. What about the grizzly bears? Are they very great? I am happy, to be your grandchild. From washing tables to become a millionaire, that is great. We all looking proudly at you. When I am adult, I visit you. I can make a education in DDR and work in your hotel in Canada. I bring a lot of good recipes from my home with green dumplings, roast beef with woodgraps, carp in blue, roasted brain and baked blood with potatoes. The best: tiny salty sardines, herb cheese, red sausage with marjoran and pepper and my favourite: a good fresh farmer bread with bacon and mustard. Okay? You see, we are a crazy, creative and successful pair. And now my question: Can you correct my english letter, grandfather? So my english will get better and better.

In love, grandchild Mary.

Sie zeigt Vater den Brief und bittet, ihn bei seinem nächsten Schreiben beilegen zu dürfen, so dass er übers weite Wasser fliegen kann, bis ins ferne Kanada. Vater wundert sich, will wissen, was drinsteht, liest, sieht Marie an, lächelt erstaunt, seine Augen blitzen wie glühendes Höhlenfeuer. Er findet ein bisschen viel »great«, auch dass »wir alle stolz auf Großvater sind« sei zu dicke, und dass sie in seinem Hotel arbeiten will, solle sie mal besser nicht schreiben.

Als Marie ihn gekränkt ansieht, sagt er freundlich, man wisse ja nicht, wer den Brief noch so alles in die Hände bekäme, Kanada ist schließlich nicht die Tschechoslowakei oder Ungarn, und selbst da müsse man inzwischen vorsichtig sein, leider, auch wisse er nicht, ob es Großvater überhaupt recht sei, Briefe von den Enkeln zu bekommen. Das mit dem »washing tables« sei ja hübsch geschrieben, überhaupt, viel Liebe und Mühe, eine ausgesprochen appetitliche Abhandlung der regionalen Küche, er müsse sich gleich ein Speckbrot mit Senf machen.

Marie steht bedröppelt im großen Salon, möchte den Brief auf der Stelle zerreißen, aufessen und sich weinend zu den Flusen unter das Bett begeben. Mutter kommt herein, sieht das fremdsprachig beschriebene Papier, fragt, flüstert. – Sei bloß vorsichtig, Vater. Macht hier keine Sachen.

Er schlägt eine abgespeckte Version vor, mit Schmackes, aber sachlicher, kürzer. Marie streicht blutenden Herzens Brot, Stolz und Besuche. Vater holt die lederne Schreibmappe aus dem verschlossenen Sekretär im blauen Salon, in dem er seine Korrespondenz sowie zerfledderte Landkarten aus der Zeit der reußischen Fürsten aufbewahrt. Sie schreibt, nach nochmaligem Lesen und Kürzen, in fein geschwungenen Buchstaben, mit ihrem guten Füllfederhalter vorsichtig auf das lichtblaue, raschelnde, leicht transparente Papier, in dessen linker oberer Ecke schräg, in dunkelblauer Schrift, mit zwei schmalen roten Linien unterzeichnet steht: »air mail«.

Es dauert einige Wochen. Dann fliegt neue Post ein, air mail. Grandyddy hat den Brief korrigiert und einige Zeilen dazu geschrieben, für sie ganz allein:

Dear Mary,
yes, the grizzlys are great ... There are five big lakes, the water is green and deep and the woods are very thick. Living is easy in the sommer and hard in wintertime ... you're a good schoolgirl.
Much love,
Hartmut Albert.

Sie bettet den Brief zwischen ihre Lieblingsbücher »Kaule« und »Gift im Blut«.

Mutter ermahnt die Kinder beim Abendbrot zwischen Gewiegtem und Salat. »Dass ihr über unseren Großvater in Kanada nicht sprecht, Kinder, weder in der Schule zu den Lehrern und Schülern, noch zum Herrn Pfarrer, Diakon oder Kantor, noch bei der Verwandtschaft. Zu keinem Bekannten, zu keiner Freundin, zu keinem Menschen ein Wort.«

»Warum darf es keiner wissen, dass wir einen Großvater in Kanada haben?«, fragt Marie.

»Das ist etwas Besonderes«, spricht Mutter. »Er ist unser Geheimnis. Wer ein Geheimnis verrät, ist ein Feigling, ein böser Mensch. Wert, dass man ihm vor die Füße speit. Gott wird ihn strafen, ja, das wird er.« Ihr Blick ballert draufgängerische Geschosse ins Gewiegte. Sie durchlöchert es bis auf den Grund. Gleich wird es sich in ein Straußenei verwandeln oder in Marika Rökk. Kämpferisch hebt Mutter den Kopf, durchlöchert Gardine, Doppelfenster und Fliederbaum, bis hin zu den heulenden Gärten über dem weißen Mond reichen die Salven ihres gerechten Zorns.

»Ihr wollt doch keine Schwierigkeiten haben, in der Schule. Eine gute Ausbildung machen, studieren dürfen. Auch euer Großvater soll keine Schwierigkeiten haben.«

»Was für Schwierigkeiten?«, will Marie wissen.

»Die Stasi«, sagt Mutter nach einer Weile, »hat überall ihre Finger drin.«

»Auch in Kanada?«

»Auch in Kanada.«

Finger am Abzug, am Kopf, puff peng.

»Republikflüchtig ist er gewesen, damals.«

Oha, denkt Marie. Verfluchte Scheiße. 1949, Gründung der DDR. – »Hör mal, die Grenze haben sie doch erst 1961 zugemacht? Bis dahin war noch alles offen.«

»Ja so«, sagt Mutter. »Trotzdem. Man hat schon damals Schwierigkeiten bekommen, da war alles noch dreimal schärfer als jetzt. Sogar die Westantennen haben die FDJ-ler von den Dächern gerissen, in den Fünfzigern.«

»Na«, sagt Marie, »heute würden sie aus dem Reißen gar nicht mehr rauskommen, außer in Dresden, dem Tal der Ahnungslosen.«

»Hoch und heilig müsst ihr es versprechen, meine Schätzle, über alles Stillschweigen zu bewahren. Über das Geld, die Dias, die Palmen und Kakteen, die Briefe, ja über Großvater selbst. Es gibt ihn net. Für andere Menschen net. Nur wir wissen, dass es ihn gibt. Wehe euch. Ich würd's net überleben. Es wär mein Tod, mein sicherer.«

Man sollte es drauf ankommen lassen. Marie schwört. Beim Kräutertee, bei allen löchrigen Fliederbäumen, beim Dotter des Gewiegten. Leicht verwirrt, doch ehrlichen Herzens.

Ich schwöre. Wöre. Öre. Re. Lein.

Die Rehlein beten zur Nacht, hab acht!
Sie falten die kleinen Zehlein, die Rehlein.

Marie und Klausi liegen im Feld zwischen gelben Ähren. Am Himmel ziehen Wolken, blauweiß.

»Ein Bär!«, schreit Marie.

»Ein Löwe!«, Klausi.

»Ein kanadischer Grizzly.«

Ob der immer die Knarre mitnimmt, will Klausi wissen. Auch wenn er nach Tronto fährt?

»Die Knarre braucht er wegen den Wölfen und Grizzlys. Beim Holzhacken im Winter, hat er geschrieben. Ob er die in Toronto braucht? Dort gibt's bestimmt Kriminelle, die leben ja noch im Kapitalismus.«

»Und beim Scheißen? Sind da auch Grizzlys?«

»Lauern ihm auf, wenn er gerade mittendrin ist und abdrückt. Stürmen das Scheißhaus mit Gebrüll. Hauen die braunen, pelzigen Tatzen auf die glattgescheuerten Planken. Fünf große Zehen. Gran-dyd-dy! Gran-dyd-dy!«

»Da wachsen Palmen. Da dürfen wir nicht hin. Nach Florida.«

»Ein Bär!«, schreit Marie.

»Ein Löwe!«, Klausi. »Wieso wohnt der nicht wie alle anderen in Tanna oder Steina oder in Schneckengrün? Wieso ist der so weit weg?«

»Weiß ich nicht.« Marie rupft eine Ähre aus. »Mutter sagt, es hat ihm dort besser gefallen.«

»Besser als bei uns?«

»Wegen der großen Wälder und Seen. Riesenseen mit Riesenfischen darin. Karpfen wie der Eiffelturm.«

Wolken ziehen.

»Und Großmutter Gretl?«, fragt Klausi.

»Vielleicht hatten sie Zoff. Großmutter Gretl haben sie angespuckt. Mutter sagt, sie war eine schöne Frau.« Hatte sich ein andrer in Großmutter Gretl verliebt? Ist Grandyddy deshalb nach Kanada gegangen, wurde sie deshalb angespuckt? Eine frische Brise streicht über das Feld. Reife Ähren biegen sich.

Jetzt rupft Klausi eine Ähre aus. »Nicht kauen. Womöglich hat ein Köter draufgepisst.«

»Als Großvater weg war, war sie dann allein?«, fragt Klausi.

Marie blinzelt in die Sonne. Kleine rotgelbe Ringe tanzen vor den Augen.

»Die haben sich noch mal getroffen, glaube ich. In der Schweiz.« – »Wer?«, fragt Klausi. – »Großmutter Gretl, seine Geschwister und er. Die kleine Puppe, die in der Vitrine steht, ist aus Zermatt. Mutter hütet sie wie ihren Augapfel. Ein Geschenk von Grandyddy.«

Tagtraum

Marie macht sich auf die Suche nach verlorengegangenen Tieren. Wenn es dämmert, finden sich junge Igel im Hausflur ein. An der Tür zu Vaters Bodenkammer wurde ein hektisch um sich blickendes Kaninchen aufgegriffen. Immer wieder werden Nachbars Schildkröten vermisst, die dann in sich versunken im Keller unter der Kartoffelkiste hocken oder seelenruhig über die Kreuzung zur Pickelstraße kriechen, mit klarem Kurs auf Bäcker Striezel.

Vielleicht wandern welche über die Brücke. Wie spät ist es? Gegen sechs. Eine schwarze Limousine fährt in der Pickelstraße vor. Panzerverglaste Fenster, bebrillte Gestalten. Was nehme ich mit? Puppe Lisa und ein Buch unterm Pulli. Welches? »Erniedrigte und Beleidigte«. Oder »Gift im Blut«. »Kaule«? Nur eins. Durch die Vorsalontüre spähen, die Luft ist rein. Klapp. Treppe runter.

Mist, der Pionierausweis. Noch mal hoch, leise aufschließen, durch den Flur schleichen, an die Schultasche, den Ausweis einstecken. Schon gepackt für morgen, fleißige Marie. Das Kind auf dem Foto lächelt, der Knoten sitzt etwas schief nach rechts gedreht, hoffentlich kein Hindernis. Soll ich zur Vorsicht das letzte Zeugnis, alles Einsen außer Sport, ... ach was, die wissen Bescheid.

Mutter hantiert in der Küche. Keine Zeit für Sentimentalitäten, ich schreib euch, lauter knallbunte Karten von der Ostsee, ein Sonnenaufgang nach dem anderen, Vater freut sich über frische Barsche, vielleicht kann ich auch mal 'nen fetten geräucherten Aal beitun.

Geh ich zur Marine? Ay, Käpt'n? Sir! Käpt'n? What you want. Wird sich finden, wie Vater immer sagt. Sich finden. Wo wird es sein, das Camp für die hoffnungsvolle Elite des Landes? Bei Wismar? Auf Rügen? Prerow, wahrscheinlich. Wenn's mir nicht gefällt, paddel ich bei nacht nach Dänemark. Dä 'ne Mark und dä 'ne Mark ... Tschüss, Gerda. Lass dich nicht unterkriegen, mach dein Ding. Schön bist du. Grips haste, auch wenn's hier noch keiner mitbekommen hat. Tschüss Klausi, kleine Laus. *Am Weihnachtsbaume, da hängt 'ne Pflaume* ... da war mein Bruder ... Jetzt bloß nicht doch noch sentimental werden. Klapp, macht die Türe. Uuh, zu laut. Treppe runter, keine Zeit vertrödeln.

Es gießt. Kaum Umrisse in der Dunkelheit auszumachen. Keinen Schirm mit, natürlich. Noch mal hoch? Zu spät. Dieses Rauschen. Rechts die hohe Tanne. Oder ist es der kahle Flieder? Ich seh nix. *Die Wiese blüht, die Tanne rauscht* ... Auf dem Hang unter der Brücke pflanzt Frau Sauerbier jeden Frühling Goldregen und Ginster, der nie richtig wächst. Zu schattig, sicher. Am anderen Ende der Brücke steht jemand. Vorsichtig den Schlüssel auf der Stufe ablegen, dass die Eltern ihn finden, den brauche ich nimmer. Und los.

Der Regen weicht den Pulli durch, keine Rücksicht nehmen, auch nicht auf Lisa und Dostojewski, am anderen Ende wartet der Agent. Wo ist er? War es doch die Tanne? Wahrscheinlich läuft er vor, zeigt den Weg. Urste Typen. Christl und Günter Guillaume, wer hätte das gedacht. Es

71

plattert, Hupfmännel auf dem Asphalt. Weiter. Die Pickel-straße in Sicht. Pitschnass, wo sind die denn? Hallo, hier bin ich, hier! Genossen! Für das Camp!

Keine Limousine da. Nichts. Niemand zu sehen. Sie wollen mich prüfen. Ob ich es ernst meine. Dass ich keine Verräterin bin. Die kennen ihre Pappenheimer. Wollen mir Zeit geben, nach Hause zurückzukehren, falls die Angst mich überkommt. Oder die Reue. Warten sie um die Ecke? Beobachten sie mich? Ich kann doch nicht noch bis zum Kartoffelhannes hochlaufen. Genauso gut können sie unten beim Bäcker Striezel stehen. Mein Pech. Völlig verfehlt, die Mission. Finster wie im Bärenarsch, kein Mensch zu sehen. Zurück?

Es schüttet aus Kannen. Dass das dem Himmel nicht passt, ist klar. Sie haben mich versetzt. Sie machen sich über mich lustig. Nichts. Dichter dunkler Regen, sonst nichts. Die sitzen in ihrer Limousine und saufen.

Zurück am Zaun, das Gatter quietscht, über die Brücke zum Haus. Der Regen rinnt den Rücken herunter, eisig. Wo hab ich nur den Schlüssel ... Schnecken, igitt.

Jemand fasst sie an. Entsetzt schrickt sie auf. Reißt sich zusammen. Da seid ihr ja endlich, Leute. Ihr könnt mich doch nicht so im Regen stehen lassen.

»Bist du das, Marie?«

»Nein, Günter Guillaume.«

Es ist Vater, er hat einen Schirm dabei. »Was machst du hier? Im strömenden Regen?«

»Schlüssel verloren ... ich muss ... die Schildkröten ... ausgerutscht ... wo ist der denn ...« Hier ist er, dicht bei der Türe. Da liegt er. Gott sei Dank. Sie atmet auf. Jetzt nur noch anständig rauskommen aus der Affäre.

Wieder zu Hause. Na toll. Mutter schlägt die Hände überm Kopf zusammen. »Biste denn irre, Mädel, kannst dich ja auswinden, wo warst du denn?« Sie lässt ein heißes Bad ein.

»Habe sie auf der Brücke aufgelesen«, berichtet Vater. »Sie hatte den Schlüssel verloren.«

»Den Schlüssel?«, fragt Mutter besorgt. »Das Fünflein? Wo ist das? Wo hast'n du das verlorn?«

»Da ist es«, sagt Marie. »Alles roger«.

»Rodscher? Wer issn das? Sieh mich mal an, Marie!«

Roger, erklärt Marie zähneklappernd, das heißt: alles in Ordnung, alles okay.

Klaus kommt herbei. »Hey Kleiner!« Es schüttelt sie. Gerda guckt aus der Küchentüre. Gerda, wie schön!

»Was machst du denn auf der Brücke, Mädel, bei dem Wetter!«

»Ich wollte … ich dachte … die Schildkröten …«

Es hat keinen Sinn.

Hold holder Holunder

Marie legt den Kopf in Gerdas Schoß. Sanft schimmern ihre braunen Augen im gedämpften Licht der Lampe, die Fransen bewegen sich leise im Luftzug. Ein schönes, blühendes Mädchen mit rundem Busen und weichen Schultern, kommt nach der Mutter. Sie betrachten Fotos mit Zickzack-Rahmen. Zackige Schwarzweiß-Fotos. *Zicke zacke, zicke zacke, hoi hoi hoi.*

»Sieh mal, Marie«, sagt Gerda, »Großmutter Gretls Vater«. Sein rundes Bauerngesicht blickt stolz aus dem schwarzen Anzug. Das dichte Haar geölt, sauber gescheitelt. Aufrecht schaut er in die helle Linse, über dem Bauch baumelt der Dolch für Kaiser und Vaterland.

»Da, Großmutter Gretls Mutter«. Rechtschaffen glänzt die Wange im zarten Tüll, zitternd vom Halbschleier umkränzt. Der Brautstrauß ordentlich gebunden in ihrer Rechten, ruhend auf ihrem Schoß. Die sentimentalen Augen leuchten. Keine schöne Frau. Streng, aber gerecht. Rechthaberisch.

Satter Bogenstrich auf den Geigen. Fröhlich quietscht das Akkordeon, spielt auf zum Tanz. Die Stiefel treten donnernd den Takt. Sauber drehen sich die Mädel um die eigene Achse. Der Gasthof dröhnt. Eins zwo drei! Stolz marschiert die Jugend uff den Anger. Hoch Zeit.

Vertrocknete Rosen auf vergilbtem Papier.
Erloschen der Blick.
Zerfetzt das Brautband aus weißgrünen Blüten.

Drei Buben kamen und ein Mädchen. Großmutter Gretl, der Liebling ihres Vaters. Er kämmte ihr schwarzes Haar mit dem Peitschenstiel, mit dem er dem alten Fuchs Beine machte. Gretl hat seit Jahren ihren eigenen Platz bestimmt, draußen auf dem alten Friedhof, an der Seite ihrer Eltern. »Bei Papa und Mama«, wie sie sagt.

Draußen ist es dunkel geworden, die Dämmerung setzt immer noch früh ein. Die Wiesen bei Pirk sind noch gefroren. Marie sieht die Schwester an. In diesem Frühjahr stehen die großen Prüfungen für Gerda an, zur zehnten. Sie wird büffeln müssen. Danach lernt sie Kinderschwester im Klinikum, Mutter wollte es unbedingt.

»Was mit Kindern, das ist schön. Das würde ich machen. Gerda, das machst du jetzt.«

Sie sind in die Kinderklinik zur Aufnahmeprüfung gefahren. Dort saßen Ärzte und Schwestern. Zu Hause wurde alles x-mal geprobt, wie zu einer Theateraufführung. Damit Gerda nicht etwa mit offenem Mund dasitzt und in die Luft guckt, wenn sie etwas Wichtiges gefragt wird. Mögen Sie Kinder? – Ja. – Haben Sie bereits Umgang mit Kindern? – Ich habe eine jüngere Schwester und einen siebenjährigen Bruder, um beide kümmere ich mich liebevoll. Das ist für mich das Schönste auf der Welt.

Sie hat einen Platz in der Klasse bekommen, aber nur, weil ein anderes Mädchen abgesprungen ist. Vater munkelt, ihre Eltern seien republikflüchtig, hätten »rübergemacht«, wie es im Vuchelbeerbaamischen heißt, sind von einer Reise ins nichtsozialistische Ausland nicht zurückgekommen. Mutter nickte betroffen.

Gerda wollte so gern Lastkraftwagenfahrer werden, später Zootechnikerin oder Pilot. Einen Mann bekommt sie auch schon ausgesucht von Mutter. Damit sie, wenn sie achtzehn ist, gleich heiraten und Kinder bekommen kann. Damit Mutter wieder e' klaanes Buschele hat, nach dem schrecklichen Unglück mit Albertus.

Seit die ganze Familie nach Dresden gefahren ist, ist Gerda verändert. Grübelt, ob Gerd der Richtige ist. Oder lieber Holder? Andreas? Martin? René? Gerd oder Holder. Holder oder Gerd. Gerd und Gerda. Hold holder Holunder.

»Gerda? Du musst dreißig Mal ›Wacholder‹ sagen.«

»Wacholder. Wacholder Wacholderwach … Holder.«

Marie quiekt. »Jetzt weißt du nicht mehr, was Wacholder ist, nicht wahr?«

»Doch«, sagt Gerda. »Wacholder ist ein Baum mit Holunderbeeren, was sonst.«

»Nein«, widerspricht Marie, »nach dreißig Mal ›Wacholder‹ sagen ist Wacholder ein … Plattenspieler. Ein goldenes Straußenei oder ein schwarzer … schwarzer … ein Uhu fliegt durch das Zimmer. Ein – da! Uh … oh Gott!«

»Du spinnst. Hier ist kein Uhu. Guck mich nicht mit solchen Augen an, du guckst wie eine Hexe. Du hast Hexenaugen. Aouah! Ich kann diese Augen nicht sehen. Woher hast du diese Haare? Hexenhaare. Du bist überhaupt nicht meine Schwester. Du bist eine Hexe. Hexenkind!«

»Ich bin ein Schuhu. Schuhu! Schuhu!«

Gerda wirft sich herum, dreht Marie unter sich und drückt ihre Handgelenke auf den Fußboden. »Du Spinnerin, hast du die Schuhu geputzt?«

75

Jetzt hockt die stundenlang wie ein Nilpferd auf mir. Ich kriege keine Luft und die Handgelenke tun weh. »Du bist schwer, fressen kann jeder.«

Gerda grinst. Jetzt bleibt sie erst recht. Ein Mal oben.

Herrn Rübezahls Hexenkind.
Das immer einen Wexel find.
Das säuft sich in der Weichsel blind.
Das blaue Schnüre bind.
Zu Tod sich wind.
Das ist kein Kind.
Schuhu.

Wie lange hockt die da noch. Ich stamme in direkter Linie vom Prager Ur-Ur ab. Oder von kanadischen Grizzlys. Patsch! Mit dicken Pranken greifen sie die frischen Lachse aus den springenden Flüssen.

Endlich lässt sie locker. Marie reibt die rotgeschnürten Handgelenke, wendet sich ab. Gerda kramt wieder in der Kiste. Gutes Mädchen, bisschen raffgierig. Hält gern fest, was sie einmal hat.

Lieber Ur-Ur, nimm mich mit. Zu den rasselnden Uhren der goldentürmigen Stadt, den ruhig fließenden Teichen, zu dem atmenden Wald und den singenden Hügeln. Führe mich durch die abgründigen Keller, die Verliese des Todes, die blutig schreiende Geschichte. Lass uns unter Brücken tauchen und uns in den Wellen des Flusses wiegen.

Himmelblick

Marie schält sich aus Matterhorn und Pik Lenin, schleppt den Schneckenstein als malerischen Königsmantel hinter sich her und schiebt den schweren roten Vorhang beiseite. Der Mond ist rund und hell, das Doppelfenster frostig.

Kannst du fliegen? Prinzen verwandeln sich in rasende grüne Drachen, warum sollst du nicht fliegen können? Sie öffnet das Fenster, klettert auf den Balkon und steigt auf das Gitter. Wackelig. Nicht nach unten sehen. Die Flügel ausbreiten. Der Mond sieht zu.

Darfst nur nicht zweifeln … Weit schimmern die eisigen Ebenen. Weißgrau der Horizont.

Flieg nicht!

Ein Stern am Himmel? Da blinkt einer hell, links über der Garage. Flunkert und blitzt. Fast die Balance verloren. Albertus! Hockt auf einem Meteorit aus Diamanten und funkt mit einem Gerät aus Sternenseide. Ich fliiieee…!

Flieg nicht!, schreit Albertus.

Du hast gut reden, niemand lacht über deine roten Haare, hast keinen Topfschnitt (oder?), wirst nicht abgefangen auf dem Weg zur Schule, kein Chlorwasser frisst deine meergrünen Augen an. Tschüss, Gerda, Klausi, Vatermutter, tschüss.

Haaalt!, kreischt Albertus. Ich bin schon oben. Einer reicht.

Jung, tot und frech. Na hör mal.

Denk an die schwer mit Schnee beladene Tanne im Hohlweg an der F 6. Guten Tag, Tanne, sagst du und reichst den Fausthandschuh mit dem Schafsfell. Guten Tag, Marie, sagt die Tanne und küsst dich mitten ins Gesicht. Kleine glitzernde Klumpen hüpfen in deinen Hals und rieseln kühl die Pobacken hinunter.

Wie poetisch. Er dichtet.

Kannst lesen! Schlägst dir den Bauch voll mit Himbeeren und Sauerkirschen. Und wenn du in den Stachelbeerstrauch fällst vor lauter Gier, rennt Vater eiligst herbei und holt dich raus. Ist das nichts?

Ha-Ha-Halt's Maul! Kippelig hier.

77

Wolltest du nicht was werden? Schauspieler, Spion, Modistin ...

Bestimmt einsam, dort oben.

Willste nicht runter vom Gitter, Puppe? Noch kannste zurück.

Jemand ruft leise von drinnen. Gerda. Sie sitzt halb aufgerichtet, das Nachthemd umspannt ihre schönen Brüste, die beim Laufen hin und her fliegen wie zwei übermütige junge Amseln auf der Wiese.

»Marie? Was machst du da draußen? Holst dir den Tod!«

Tschüss Linda.

Albertus blinkt. Tschüss, Marie. Mach's gut.

Eiszapfen rinnen aus den Augen.

Rein hier.

Der Zwölf-Elf hebt die linke Hand:
Da schlägt es Mitternacht im Land.

Eine magische Zahl, zierliche Renaissanceuhren und leuchtende Gründerzeituhren umkreisen die Zwölf, der Kuckuck schreit zwölf Mal aus der hölzernen schwäbischen Uhr, das Jahr hat zwölf Monde, und auch Marie zählt jetzt zwölf. Das Dutzend voll. Teile dein Leben in zwölf. Zwölfe sind die Rache der Wölfe. Zwölf Rachen haben Wölfe.

Der Zwölf-Elf senkt die linke Hand:
Und wieder schläft das ganze Land.

Devils Tower

Es hängt an den Kartoffeln der Schulspeisung und Marie ist sich nicht sicher, ob sie es essen soll oder nicht. Vater erklärt, Glutamat kommt aus dem Lateinisch-Griechischen, ein weiß kristallisierendes, wasserlösliches und geruchloses Mononatriumsalz, das als Geschmacksverstärker eingesetzt wird. Wobei den roten Stümpern nicht zu trauen sei, dass sie das Salz in der richtigen Konzentration verwenden, wer weiß, was da an den Kartoffeln hängt, ob das nicht Morphinkristalle sind oder sonst was, das den Bizeps wachsen lässt, den Verstand einschläfert und das künftige Industrieproletariat vom Drei-Schicht-System und diversen materialistischen Ideologien abhängig macht.

»Also doch Chemie?«

»Nein, im Ernst, ein aus Weizenkleber oder Sojamehl gewonnenes Natriumsalz, völlig harmlos.«

Vater betont, dass Chemie nie schadet, der ganze Mensch bestehe aus Chemie. Im Magen gibt es beispielsweise beachtliche Mengen fast reiner Salz- und Schwefelsäure, von hochkonzentrierten Spurenelementen ganz zu schweigen, was ist also gegen die göttliche Chemie zu sagen. Der Mensch ist Gottes Geschöpf, er hat den Menschen mit Chemie erschaffen, also ist Chemie göttlich. Das sei wie bei guten und reinen Giften, in winzigen Mengen genommen, kontinuierlich und ohne Hast gesteigert, man könne sich an sie gewöhnen, für Gift treffe dieses sogar in besonderem Maße zu, jedenfalls mehr als für andere Dinge.

Er sieht Gerdas skeptisch verzogenen Mund, Maries neugierig aufgerissene Augen, das erstaunte Lächeln in Klausis Gesicht, freut sich diebisch, räuspert sich mehrere Male und lässt ein glückliches »Hi-hi« hören.

Vater muss es wissen, denn in seiner Bodenkammer, dem Giftkämmerchen, in dem er all seine Schätze und Heiligtümer aufbewahrt, lagern glitzernde Steine, die darauf warten, erkundet und benamst zu werden, schlanke und bauchige feuerfeste Flaschen aus bruchsicherem Glas mit durchsichtig klaren, roten, gelben und tiefblauen ätzenden Flüssigkeiten, Essig- und Borsäure in unterschiedlichen

Konzentrationen sowie feine, geruchlose Pulver mit lateinischen Namen in einem verschlossenen Etui, das er für Marie einmal unter dem Siegel der Verschwiegenheit geöffnet hatte und dessen Schlüssel sie nie fand.

»Der Stein ist von der kleinen Halde bei Tanna ...«

»Wie heißt der, Vater?«

»Langkofel. – Dieser von der großen Halde beim Schneckenstein: Wheeler Peak.«

»Und der mit den violetten Zinnen?«

»Devils Tower. Die Kiowa-Indianer nannten ihn so, Fels der Grizzlys, Teufelsturm. Eines Tages spielte ein kleines Indianermädchen beim Dorf. Natürlich nicht unter der Obhut seiner Mutter, sondern viel weiter draußen. Da kamen die Grizzlys an, schnarchten, schmatzten und grunzten, die wollten das Mädchen als Kompott verspeisen. Es schrie und rannte, aber die Grizzlys waren schneller. In letzter Sekunde kletterte es auf einen Felsen und flehte ihn an: ›Fels, rette mich! Ach, rette mich!‹ Dem Fels kamen die Tränen, er wuchs in die Höhe, seine Tränen schossen wie ein Wasserfall an ihm herunter. Die Grizzlys sprangen den Felsen an, schlugen ihre Krallen in den Stein, brachen vor Wut riesige Brocken aus ihm heraus, aber das Mädchen kriegten sie nicht.«

Vater verbringt oft Stunden in seiner Bodenkammer und es ist verboten, ihn zu stören. Schreibt er an einem wissenschaftlichen Werk? Experimentiert er mit Essenzen? Entdeckt er ein neues radioaktives Element? Schließlich wird er im Lichtmaschinenwerk als Neuerer gefeiert und kommt hin und wieder mit einem Tausender extra nach Hause. Spioniert er für den Kapitalismus? Lagert dort ein brisanter Sprengstoff, hinter eingeölten Skischuhen und kaputten Teddybären?

Einmal überrascht ihn Marie, als sie ihn zum Abendessen rufen soll. Sie klopft lange an die Tür, ohne Antwort zu erhalten, tritt dann zögernd ein und sieht, wie er mit zusammengesunkenem Oberkörper auf der Marmorplatte liegt, den Kopf auf dem rechten Arm, der linke baumelt leblos herunter. Erst nach mehrmaligem Rufen kommt er zu sich, sieht Marie mit starren Augen an, in denen sich das graue Grün zum einen winzigen metallenen Punkt verengt hat, und lallt: »Neunzehnhunderteinundvierzig. Peng.« Lieber würde sich Marie die Zunge abbeißen, sich schleifen und vierteilen lassen, als je einem Menschen davon zu berichten.

Marie darf sich ab und zu in Vaters Kammer aufhalten, um verstaubte Schulbücher und Materialien durchzusehen. Unter zahllosen Schachteln mit gläsernem Weihnachtsschmuck und Lametta entdeckt sie in einer braunen Ledertasche mehrere kleine Schatullen, ausgelegt mit rotem und blauem Samt. In der einen befinden sich winzige Gewichte aus blankem Messing, jedem ist die eigene Leichtigkeit mit feiner Handschrift eingraviert. Eine andere enthält Nadeln in verschiedener Größe und zwei stählerne Löffel.

Als sie nach einer alten Puppe sucht, findet sie in einem Handkoffer dicke Packen eng beschriebenen gelben Papiers, voller Zahlen und seltsam gekritzelter Formeln, die sie mehrere Wochen lang heimlich zu entziffern versucht, allerdings ohne Erfolg. Sobald es klopft oder sich die schmale eiserne Klinke bewegt, was manchmal auch vorkommt, ohne dass jemand draußen steht, bedeckt sie die Papiere mit den großen Karten aus dem Geografieunterricht der 5. Klasse, in die sie die Länder der Erde eingetragen hat. Die sozialistischen mit roter Tinte, die kapitalistischen mit blauer. Länder, die nicht eindeutig zuzuordnen sind, weil sie sich von einem der herrschenden Systeme ab- und dem andern zugewandt haben, wie Ungarn oder Polen, die seit Jahren Anstalten machen, aufsässig und womöglich abtrünnig zu werden, werden mit einem vorläufigen Gelb markiert.

Bücher liegen auf dem schmalen Sims, die ein wahr-
haft frommer, christlicher Bürger nicht besitzt, der ketze-
rische Bultmann oder, Marie sieht es mit Staunen, Hegels
Schriften, Kafka und Lion Feuchtwanger, Büchner, Zuck-
mayers Dramen, ebenfalls Heinrich Heines sämtliche, in
weißes Leinen gebundene Werke, dürfen die nicht ins stu-
benreine Bücherregal im großen Salon?

Auf dem Regal steht Vaters Geliebte, wirklich, seine heimliche Liebe, eine goldene Jungfrauenuhr aus den
zwanziger Jahren. Reiner Jugendstil, geformt in einer gebogenen Linie, mit hoch erhobenem, pendelndem Zeigefinger. Weiß der Himmel, wovor sie seit ihrer Erschaffung
bei jedem Sekundenschlag warnt. Vor Bultmann, Heine
und Brecht? Pausenlos pendelt der Zeigefinger, rechtmäßig
und unerbittlich. Manchmal nicht ganz pünktlich, doch nie
verstaubt.

Manchmal hockt Marie auf einem Schemel, während
Vater an dem kalten Marmortisch sitzt und über seinen
wissenschaftlichen Abhandlungen brütet, rote Flüssigkeit
in braune gießt und zusieht, wie es zischt, sprüht, hell auf-
schießt, bis sich die braunen Blasen langsam glätten, ihnen
die Luft ausgeht und alles eine friedliche tiefviolette, samtene Färbung annimmt. Sie hört stundenlang dem Geklap-
per der gusseisernen schwarzen Schreibmaschine zu, wenn
er arbeitet, allein mit sich, einer übergroßen Zärtlichkeit
und zitternd vor Kälte. Manchmal öffnet er das winzige
Fenster, um die Gedanken anzukurbeln. Im Schornstein
der Villa Rosa schreien die Käuzchen.

Gerda legt kein besonderes Interesse an dieser Bodenkam-
mer an den Tag, da sie gegenüber eine eigene hat, in der
Mutter zwei schwere Truhen mit Wäsche und Kisten mit
Geschirr, Gardinenstoff und Besteck anhäuft, für den Tag,
an dem ein hübscher junger Prinz in die Memelstraße reitet,
Gerda sieht, küsst, freit und ehelicht. Klausi jedoch ist es

streng verboten, allein in Vaters Kammer zu stöbern, denn ihm ist zuzutrauen, dass er sich heimlich, still und leise in einem unbewachten Moment auf die Socken macht und gierig nascht, was bunt und flüssig aussieht. Schließlich ist er einmal über Vaters selbst gekelterten dicken, schwarzen Johannisbeerlikör in der Vorratskammer hinter der Diele hergefallen – die halbe Flasche war leer.

Auch Marie schleicht manchmal zur Vorratskammer, hält die bauchige Flasche gegen den Mond, bewundert die rote Färbung im Innern, die beim Kippen träge schwappt und zum Rand hin zäher und dunkler wird, bis sie in ein fast schwärzliches Leuchten übergeht. Sie entkorkt, sie saugt den Duft tief in sich hinein und lässt den beerensäuerlichen Inhalt bis an die Zungenspitze fließen, wo er zwickt, zwackt, die Geschmacksnerven zärtlich zersticht und von da direkt ins Gehirn geht. Der Mond scheint irrwitzig hell in die dunkle Kammer. Sie lauscht auf die Gesänge der Nacht, das Rauschen der Tanne, das ferne klagende Geheul der einsamen Hunde in den Gärten, trinkt einen schwarzflüssigen Schluck und sieht den Mond an, der hinter hellen Wolkenfetzen verschwindet, wieder hervorkommt und Schatten wirft. Der Pfaue und Löwen erscheinen lässt, milde, zottige Schluchtengeister und lüstern schielende Eulen, sprungbegeisterte glatte Schakale, triefäugige, vor unerfüllter Liebe zitternde Seeelefanten. Der Augen zeichnet, die genau und wissend sehen, bis ihr Blick sich verwischt. Der Blumen und Gräber entwirft, zum Leben erweckt, zu Tode stößt und lacht. Ein ewiges, jungenhaftes, nimmermüdes Lachen.

Noch einen kleinen Schluck, dann korkt sie die Flasche wieder zu und wischt sie sorgfältig mit dem Küchenhandtuch ab, um die Fingerabdrücke zu beseitigen. Jetzt kann sie niemand als Täter identifizieren. So hat sie es in den englischen Sherlock-Holmes-Filmen gesehen, während die Hand des Grauens sie tief in den Sessel drückte. Nun, Watson? Auf die Idee mit dem Spurenverwischen ist Klausi gewiss nicht gekommen. Aus einem geöffneten Fenster weht leise Klaviermusik herüber, Dvořák, Schubert, Brahms.

Am Abend stellt Vater ehrlich enttäuscht beim Abendessen fest, dass da wieder jemand an seinem schwarzen Johannisbeerlikör gewesen sein müsse, aber sehr dreist diesmal. Der- oder diejenige solle sich ruhig melden, er bekomme es sowieso heraus. Klausi befasst sich intensiv mit dem Rollmops auf seinem Teller und Marie studiert in aller Ruhe seine Mimik und Gestik. Nur Gerda schaut erstaunt und spöttisch von einem zum anderen.

Traumbrot

Amensagen. Rotwurstschmieren. Saurefische abnagen. Käse zwischen den Fingern zerreiben. Den Käse zu dunkelgelben Schnecken drehen. Die Schnecken aufessen. Heimlich an den Handlinien riechen.

Fette Rollmöpse anheuern. Grätenflotte einschiffen. Ölteiche erobern. Der Semmeltanker verfängt sich im Schlick und leckt. Der Erste Offizier Hollenpotz übergießt sich mit Whisky, die Jungs fackeln ihn ab, es gibt ein Feuerwerk. Zwei ersaufen im Öl, der Rest suhlt sich in geräucherter Forelle.

Mutter gießt Träume nach. Fünf große Seen.

Den Tanker flicken, die Masten mit dem Holz aus den Rollmöpsen verstärken und mehrere Käsesegel darüberlegen. Die Kolchose Bert Brecht sichern. Für Brigitte Bordeaux den Schlüssel unter die Matte legen, damit sie ihn findet, wenn ihm das Unrecht die Züge verzerrt. Dann laut schreiend und gestikulierend zu Andropow überlaufen. Strastwuitje, towarisch. Krassnaja djewutschka. Krass? Na ja. Red hair, blue eyes.

Vater räuspert sich. Er hat eine Story auf Lager. »Bin ich neulich nach der Arbeit in die Straßenbahn eingestiegen. Masse Leute. Steigt ein Mädchen vor mir ein, lange Zotteln, Jeans, gelben Kamm in der Tasche, AC/DC-Aufkleber drauf. Typisch Schlampe. Dreht die sich um, seh ich ihr ins Gesicht, ist es meine älteste Tochter.« Er schnauft verächtlich. Sein Gesicht ist rot vor Zorn. Er versucht sich zu beherrschen. Er beherrscht sich.

Gerda atmet zögernd, auf dem Teller eine Schnitte dick beschmiert mit Angst. Marie beißt in den sinnlos gewordenen Semmeltanker, säuft die fünf großen, kalten Seen aus und schließt das Tor zur Kolchose B. B.

O Greule, Greule, wüste Greule!
Du bist verflucht! so sagt die Eule.

Vater ist der Boss. Er ist der Mann, der Ernährer, er hat studiert, bringt das Geld nach Hause, weiß alles und hat immer recht. Mutter ist für Haus, Küche und Kinder zuständig, für Dampfbäder, Wadenwickel und körperliche Zärtlichkeiten. Wenn Marie was wissen will, über Radium, Strontium, die Bestimmung der Quarzedelsteine, Arnold Schönberg oder einen verzwickten mathematischen Lösungsweg, fragt sie Vater. Auch religiös-philosophische Fragen fallen in sein Ressort, falls sie nicht mit Marx, Hegel oder Nietzsche kommt. Mutter wiederum ist für Liebe im Allgemeinen, Liebe im Besonderen (»Das geht dich noch nichts an, Marie!«) und herzige Geschichten aus dem Habsburgerreich, dem Kaiserreich und dem Dritten Reich zuständig. Am Freitag wird gebadet. Vor dem Essen wird gebetet. Nach dem Essen sagen die Kinder: »Danke, ich bin satt.« Das gehört sich so, bei anständigen Kindern. – »Und ihr seid anständige Kinder!«

Es ist ein Irrtum, dass der Teufel zwei fette Beine hat. Das linke ist fett, das rechte dürr. Seine Beine sind hell und kräftig behaart, die Haut ist weiß, von den Ohren bis zum Latz von der Sonne gebräunt. Er trägt einen sauberen Schnitt und zwei schwarze Glacéhandschuhe. Seine Augen blicken starr. Manchmal ist ein Schalk darin, ein Glitzern im Mundwinkel und ein verstecktes Lachen. Manchmal brüllt er vor Wut. Dann rutscht ihm einer seiner Socken herunter, weil er zu schnell das fette Bein über das magere geschlagen hat, und es werden Sommersprossen an den Schienbeinen sichtbar. Wenn er gut gelaunt ist, knöpft er den Kragen auf und erzählt lustige Geschichten vom Kalif Storch und dem Rotkäppchen, das vom Weg abgekommen ist, und was es davon gehabt hat. Wenn er zornig ist, schnauft er. Dann bilden sich unter seinen Augen ovale violette Tränensäcke, die aussehen wie in Tinte gefallene Monde. Mach hinne! Hau rein! Du musst besser sein als die anderen. Streng dich an! Gehorche! Sonst ergeht es dir wie Gerda und du bekommst das Holzlineal von deiner Mutter auf den Kopf geschlagen mit dem Spruch: Leich-te-Schlä-ge-auf-den-Hin-ter-kopf-er-höhn-das-Denk-ver-mögn. Von einer, die nur acht Klassen hat. Willst du das?

Marie reißt entsetzt die Augen auf.

O Greule, Greule, wüste Greule!
Hört ihr den Huf der Silbergäule?

Marie war eine Zeit lang Vaters Liebste. Hatte er nicht Bonbons in seinen Anzugtaschen für sie versteckt, eingewickelt in rotgrün bedrucktes Papier, die sie suchte und immer fand? Die sich ungeduldig im Mund bis auf einen süßen Kern aus matschigen Erdbeeren verflüssigten? Wenn er einen Sechserpack Helles holte, was selten genug vorkam, war es dann nicht sie, die an seiner Hand die Memelstraße hinunterhüpfte? Bekam sie nicht jedes Mal einen Schluck Schaum ab, am Abend? Wenn sie panisch schreiend in den stacheligen Sträuchern lag, weil sie zu gierig gewesen war, die Balance verloren hatte auf dem winzigen Klappstuhl mit dem himmelblauen Stoffbezug, war es nicht er, der herbeisprang und sie aus den Dornen klaubte? Und als Gerda die Schaukel ins Gesicht bekam, weil sie dösend zu nahe gestanden hatte und Marie daraufhin wutentbrannt von derselben herunterschlug, haute Vater Gerda da keine runter? Er haute. Also!

Morgenstern. Mittelalterliche Schlagwaffe. Keule mit eisernen Stacheln oder eine mit einer Kette an einem Stock befestigte Stachelkugel.

Vaters Augen blitzen. »*Dinge gehen vor im Mond, ...*«
    »*... die das Kalb selbst nicht gewohnt*«, ergänzt Marie strahlend.
    »*Tulemond und Mondamin ...*«
    »*... liegen heulend auf den Knien.*«
    »*Heulend fletschen sie die Zähne ... – Auf, auf?*«
    »*... auf der schwefligen Hyäne.*«
    Vater lacht. »*Aus den Kratern aber steigt ...*«
    »*... Schweigen, das sie überschweigt.*«

Irgendwann hatte es angefangen. »Die Rehlein beten zur Nacht«, weiter mit dem »Mondschaf«, später gesellten sich ein wandernder Stiefel und sein Knecht hinzu. Vater und Marie kennen die Galgenlieder auswendig. Sie fliegen hin und her zwischen sauren Fischen und geräucherten Makrelen, Beefsteaks und Eierkuchen. Und während sich Marie noch an betenden Rehlein erfreut, ist Vater bereits beim Palmström.

> *Palmström, etwas schon an Jahren,*
> *wird an einer Straßenbeuge*
> *und von einem Kraftfahrzeuge*
> *überfahren.*
> *»Wie war« (spricht er, sich erhebend*

und entschlossen weiterlebend)
»möglich, wie dies Unglück, ja – :
dass es überhaupt geschah? ...«
Und er kommt zu dem Ergebnis:
»Nur ein Traum war das Erlebnis.
Weil«, so schließt er messerscharf,
»nicht sein kann, was nicht sein darf«.

Grüne Tomate

Manchmal kommt ein Paket aus dem Westen an, Großmutter Gretls Verbindungen reichen weit. Jedes Paket duftet intensiv nach Seife, feiner Herrenschokolade und deutschem Kaffee. Der Kaffee duftet nach der Seife, die Seife nach dem Kaffee. Alles in dem Paket nimmt diesen Geruch von Seife und Kaffee an, die Mischung ist so intensiv, dass sie durch die sicher verpackten Wände nach außen dringt. Westpakete erkennt man am Geruch, man braucht nicht hinzusehen, man riecht das köstliche Gemisch und weiß, dies ist ein Paket aus dem Westen. Oft liegt eine liebevolle Aufmerksamkeit dabei, ein vertrockneter Nadelzweig mit roter Schleife, ein paar Marzipanherzen, mit Schaukelpferden und goldenen Glöckchen verzierte Servietten, in Seidenpapier verpackte Orangen, eine Dose englische Bonbons. Es überströmt einen ein Glücksgefühl, eine Ahnung überkommt einen von der großen freien Welt, von Mallorca, Roquefort und Heidi, die Nase weitet sich, ein westlicher Orgasmus durchrinnt das eingemauerte östliche Gehirn, es atmet für kurze Zeit auf, die Augen werden groß und feucht. Wochenlang hängt der verlockende Westgeruch in der weitgereisten Jacke. Stopft man eine Hose direkt aus dem Paket in den Kleiderschrank, durchziehen ihn die Schwaden tagelang. Gerdas Mäntel duften besonders intensiv nach Seifenkaffee, vor allem um den Kragen und die Knöpfe herum, Gerda selbst nimmt für eine Weile im Frühling diesen Duft an.

Im Osten gibt es solch einen Geruch nicht, hier riecht alles nach dem, was es ist. Leder nach Leder, Menschen nach Lachen oder Liebe oder Sortiermaschine oder Schmieröl, Wald nach Holz, nassen Tannennadeln und Heidelbeerfeldern. Erdbeeren nach Erdbeeren, Pilze nach Pilze und Kuhmist nach Kuhmist. An Großmutters Garten weht manchmal der Geruch der nahen Abdeckerei vorüber. Es riecht nach verbrannter Haut und Kirschblüten.

Westpakete sind interessant. Die Kinder möchten sehen, was drin ist, doch die Eltern konfiszieren die kostbare Ware. Packen aus, sortieren, prüfen alles sorgfältig, legen weg, teilen ein, stellen kühl, die Klamotten kommen zurück in die Kiste.

Marie ist gierig auf Nougat und Luftschokolade. Keiner versteht das, das sei schließlich eine Schokolade wie jede andere auch. Marie erklärt, dass das Besondere an dieser Schokolade die Luft aus dem Westen sei, die drin eingeschmolzen ist, die Westluft schmeckt so besonders. Mutter seufzt. Klausi ist scharf auf alle Arten von Keksen, egal ob Ost oder West, er verschlingt sie schachtelweise. Gerda freut sich über Schminke, Duschdas und Schlabberhosen, weniger über Bettwäsche und Hausrat. Mutter kann sich bei Ananas aus der Dose nicht beherrschen, westliche Tütensuppen liebt sie manisch.

Das Paket steht auf dem großen, schweren Eichentisch, auf der weißen Tischdecke blühen frische Wiesenblumen, Akelei, Steinkraut und Himmelschlüssel, in Kreuzstickerei, mit kleinen Stichen aus roter und gelber Seide sauber umrandet. Dem großen gelben Karton mit dem blauen Stempel entströmt ein intensiver Duft von Seifenkaffee.

»Auspacken, auspacken!«, rufen Marie und Klausi.

Vater legt im musikalischen Salon leise Jazz aus den 50ern auf, macht es sich im Sessel bequem, öffnet Apfelsinen, die Schale ringelt sich in dünnen Spiralen am schwarzen Messer auf seine Beine in der grauen Haushose hinunter, der Duft zieht durch den ganzen Raum. Gerda verteilt Schweizer Schokolade. Eine Karte teilt Neuigkeiten mit: »... wir sind alle gesund, nur Gabi leider nicht.« – »Schling nicht so, Klausi!« – »... wir wünschen Dir, liebe Brigitte, lieber Manfred ...«

»Wie schön!«, schreit Marie. Ein quietschgelber knielanger Faltenrock, sicher für Gerda. Dazu bunte Tücher mit Glockenblumen und gelben Datteln.

»Ach, sieh doch!«

Drei große Männerhosen aus blauem und braunem Cord. Marie springt durch den Salon. Wem passen die? Mutter sieht sich hilfesuchend um. Niemandem.

»Und hier, eine Bluse, himmelblau, mit Gummizug und violetten Veilchen am Bund.«

»Kann ich die Bluse ...?« Gerda, wieder für Gerda.

»Wo kommen die Leute eigentlich her, die das schicken?«

»Aus dem Schwabenland. Da, wo das Schwarzwaldmädel singt. – Ach, Manfred, spiel doch die schöne Platte mit dem Schwarzwaldmädel!« Mutter bittet, Vater hantiert im musikalischen Salon. Jetzt wird's gemütlich.

»*Mädle aus dem schwarzen Wald, ihr süßen, kleinen Schätzle, Schmeichelkätzle, gib ein Schmätzle, sei doch nicht so kalt ...*« Mutter wippt in den Hüften und summt leise mit. »*Mädle aus dem schwarzen Wald, die sind nicht leicht zu habe! ...*« Mühelos erreicht sie die höchsten Höhen. Ein Tremolo, ein Wippen.

Vater ergibt sich ohne Murren dem Hausfrieden.

»*... Nur ein Schwabe hat die Gabe, stiehlt ins Herz sich bald.*«

So etwas trägt man also im Schwabenland. Zwei große Jungs und eine Tochter in der Familie. Die Tochter misst offensichtlich 2,10 m, die Jungs 2,80 m. »Haben die nichts für mich? Nicht mal einen bunten Pulli? Und das … was ist das?« Gespannt wartet Marie. Ein grünes Hemd? Eine Bluse?

Mutter nimmt es heraus.

»Was ist das?«

»E' Dirndl!«, ruft Mutter. Sie verharrt für Sekunden regungslos mit hoch erhobenen Armen. »Das ist doch …« Sie zieht an etwas Rosafarbenem. »Mit Schürze!«, jauchzt sie entzückt. »Ach, sind das gute Leut. Sind das liebe Leut. Ein echt bayrisches Dirndl. Das ist was für mei Mariele!«

Marie will fluchtartig den Salon verlassen. Muss Mathe machen. Russisch! Vokabeln lernen, völlig vergessen!

»Das probierst du gleich mal an. Ist das schön! Dass es so etwas noch gibt!« Mutter hat Tränen in den Augen, schwenkt und dreht glücklich das grasgrüne Ding hin und her.

Klausi hüpft auf der Couch. »Scho-ko-kek-sä! Scho-ko-kek-sä!«

Gerda blickt skeptisch auf den gelben Faltenrock. Sie erhält noch einen langen, beigefarbenen Mantel mit weichem Gürtel. Mit Mänteln scheinen die's zu haben. Mäntel, riesige Männerhosen und Dirndl. Vielleicht tragen sie so etwas zum Holzhacken im schwarzen Wald.

»Mutter, das ist viel zu klein. Das ist ein Kinderkleid, ich bin fast dreizehn!«

Es hilft nichts, Marie muss das Dirndl anprobieren.

Das habe ich davon, dass ich immer so wählerisch bin und nichts runterkriege. Von jetzt an werde ich fressen wie ein Vieh. »Warum schicken die nicht mal was Modernes, verwaschene Bluejeans zum Beispiel.«

Vater schnauft durch die Nasenlöcher. »Jeans und getonte Sonnenbrille, was? Wie diese 68er-Schlampen.«

»Das Grün beißt sich mit meinen roten Haaren.«

»*Putz dich, Mädel, und stolzier' froh durch Wald und Feld …*«, trällert es aus dem musikalischen Salon.

Der Spiegel ist gnadenlos, spitz ragen die Schulterknochen neben den grünen Trägern heraus.

»*Bald führt dich ein Kavalier in die Märchenwelt.*« Mutter bindet sorgsam die rosa Schürze um, macht eine große Schleife im Rücken. »Passt wie angegossen!« Sie dreht Marie zur Seite, vor und zurück. Sehr zufrieden.

»Der Rock ist zu lang.«

»Bis unters Knie, grad recht!«

»Hier, wie sieht das denn aus, kann man ja bis in die Lunge gucken.«

»Du trägst eine schöne helle Bluse darunter und weiße Strümpf, ich hol gleich welche.«

Marie erstarrt, die Schokolade klebt pappig in der Luftröhre. »Willst du mich zum Affen machen? Heute sind Mini und Jeans in!«

»Sei nicht so undankbar. Sei froh, dass du was umsonst bekommst. Bist zwölf, was willst du mit Mini!«

»Fast dreizehn!«

»Hab erst einmal Geld, was glaubste, was das alles im Laden kostet.«

Andere Mütter arbeiten, halbe Tage wenigstens und ich müsste nicht immer ins Badewasser meiner Schwester, denkt Marie. »Mutter, das geht wirklich nicht. Es ist unmöglich.«

»Kommt mal alle her und seht unser Mariele an!«

Stumm und unglücklich steht Marie vor der Familie.

Sag was, Vater, sag, dass es nicht geht, das man das nicht machen kann, dass das altmodisch ist, lächerlich, unmöglich, du bist doch der Bestimmer, das Familienoberhaupt, der Alleswisser, protestiere, liebe ältere Schwester, klein Klausi, nimm die große Schneiderschere, schnipp schnapp, oder die Fingernägel oder die Zähne und zerreiß es, mach es kaputt wie meine Puppe Lisa, da hab ich auch nur noch Fetzen gefunden. Fangt laut im Chor an zu lachen oder zu beten und schmeißt das Ding ins Feuer.

Gerda guckt mit offenem Mund.

Vater spricht. »Nun, das ist schön. Ein schönes Kleid. Sehr nett.«

»Nicht wahr? Nicht wahr? Da hörst de es. Da hörst de es.«

Marie ist entsetzt. »Das kann nicht euer Ernst sein, zu Hause, zum Spielen, als Faschingskostüm, in einer Märchen-Oper, aber nicht in der Öffentlichkeit. Nicht einmal zum Bäcker gehe ich so. Ich werde das nicht in der Schule tragen, Mutter, die gehen alle in Jeans.«

»Du bist ein Mädchen, kein Junge. Trägst Dirndl und Schürze.«

»Sie lachen mich aus!«, ruft Marie bestürzt.

»Wer da lacht, das möcht ich mal erleben. Was sind denn das für Kinner, die kennen wohl nichts Anständiges.«

Herrgott, lass einen Stein vom Himmel fallen und erschlage diese Frau.

»Die Carolin Reiber hat auch eh Dirndl, trägt's sogar im Fernsehen. Keener lacht. Nimm dir an der e' Beispiel.«

Die Klasse stöhnt auf, als Marie zur Tür hereinkommt. Der harte Kern beweist seine Überlegenheit mit frohem Grinsen und hämischen Bemerkungen. Katja kann sich ein »Na, gehmer heute wieder auf die Alm?« nicht verkneifen, Schnauzenmona pfeift lässig durch die Finger. Über den Tag verteilt gibt es Witze über Grünes und Schürzen, Kati und Susi betrachten sie fassungslos und ein wenig mitleidig. Betty, Micki und Schlägermanuela freuen sich über die neue buntgescheckte Kuh auf der Wiesen. Abba schreit fröhlich über den Schulhof: »Grün, rosa und blau ist dem Kaschper seine Frau. Und ein bissel gelber ist der Kaschper selber!« Mario, Jörgen, Tom und Hannes tanzen einen zünftigen Schuhplattler.

Marie dreht sich beim obligatorischen »Für Frieden und Sozialismus seid bereit! Immer bereit!«, bei dem sich alle

Schüler von ihren Plätzen zu erheben haben, aus dem Blickfeld der Lehrer. Nur im Russisch-Unterricht wird sie an die Tafel gerufen. Zögernd steht sie auf, geht nach vorn, in weißen Strümpfen und einem echt bayrischen Dirndl. Die Klassenlehrerin sieht sie erschrocken an und überspielt ihre Verwunderung. Die Klasse wiehert und wird zur Ruhe ermahnt.

Marie steht an der Tafel, das Gesicht in der Farbe der Schürze. »E' grüne Tomate!«, prustet Mona hinter vorgehaltener Hand.

»Ruhe!«, schreit die Lehrerin.

Marie möchte in die Erde versinken, stürzt sich auf Deklination und Grammatik, betet Fall um Fall herunter. Schto djelatsch.

Die Pausen werden zur endlosen Qual. Keinem Mädchen kann sie anvertrauen, was sie bewegt, Freundinnen finden und lösen und finden sich, Marie ist nicht darunter. Jahr für Jahr steht in der Beurteilung: »... Marie ordnet sich nicht genügend ins Kollektiv ein.«

»Ist ein stilles Kind, unser Mariele«, sagt Mutter. »Kommt ganz nach mir. Ich hatte auch immer Angst vor allem.«

Marie rennt mit dem Kopf gegen die Wand. Rennt und rennt.

»Am liebsten würde ich ausziehen!«

»Wie du nur redest. Wer hat dir das beigebracht? Von uns hast du das nicht. Du bist doch unser Kind. Solange du die Füße unter unseren Tisch streckst, machst du, was wir wollen.«

»Was maßt du dir an! Elende Zaraffel!« Vater ist außer sich vor Zorn.

Sie hockt im Kinderzimmer und schreibt. Schritte nähern sich. Die Tränen wegwischen, keine Schwäche zeigen.

Der Vuchelbeerbaam steht im Türrahmen. Durch nichts auf der Welt wird er von hier weg zu bewegen sein, er wird sein Ich-habe-recht-Lied singen und so lange da stehen, bis sie ein zerknirschtes »Entschuldige, Mutti« herausgequetscht hat.

»Ich was scho, du greinst.« Es klingt wie ein Vorwurf. Oder ist es Verlegenheit? Nichts hasst Marie wie dieses »Greine bissel!« oder »Greine reinicht das Gehirn!«

Aber wenn Mutter weint, dann geht die Welt unter.

Ob es möglich ist, dass ich mich wie das Rumpelstilzchen in die Erde stampfe? Mit einem richtigen Krach, und weg bin ich? Vermutlich würde ich bei Frau Sauerbier im Erdgeschoss rauskommen. Soll ich mich aus dem Fenster stürzen? Das gäbe eine Sensation, in riesigen Lettern würde es in der Freien Presse stehen: »13-jähriges Mädchen aus christlichem Haus stürzt sich aus dem Fenster. Wie kann so etwas geschehen? Experten sind ratlos. Das Kind erzielte ausgezeichnete Leistungen, sammelte jedes Jahr Urkunden ›Für gutes Lernen in der sozialistischen Schule‹, war höflich, fleißig, bescheiden und vertrat die Schule würdevoll mit Frühlingsgedichten und Balladen über das hauptstädtisch schützende Tor beim Kulturkreisausscheid der Jungen Talente.«

Brautschau

Gerda soll eine gute Partie machen. Treu soll er sein. Christlich und wohlerzogen. Haus, Gärtchen, Trabi, tipptopp. Mit anständigen Eltern. Doch Gerda kann sich nicht entscheiden.

»Der Holder gefällt mir«, sagt Mutter. »E' gottgefälliger junger Mann. Stattlich. Sittlich. Häuslich. Verdrückt fünf grüne Klöße am Sonntag, bastelt und stickt. De Eltern sind unsere Freunde. Den würde ich nehmen, Gerda, den nimmste jetzt.«

Ein Mann, der stickt?, denkt Gerda. Was soll sie mit dem. Fünf Klöße? Fünf Kinder wird er ihr machen.

Das Mondschaf steht auf weiter Flur.
Es harrt und harrt der großen Schur.
Das Mondschaf.

Stundenlang, tagelang, wochenlang, über ein Jahr lang redet Mutter. Mahnend. Fragend. Begeistert. Strafend. Von der Liebe. Vom Glück. Vom Glück, Kinder zu gebären. Von der Gewissheit, ein Leben lang versorgt zu sein.

Gerda sitzt, den Kopf in die Hände vergraben, die schwarzen Locken ringeln sich um Ohren und Hals. »Windeln waschen, Betten aufschütteln, Essen kochen! Mutter! Ich bin jung, ich will leben!«

»Das ist das Leben!«, ruft Mutter. »Mann und Kinner. Das ist deine Aufgabe, dafür hat der liebe Gott dich geschaffen, dafür biste auf der Welt.«

»Ich weiß nicht«, sagt Gerda.

»Stell dich net dümmer, als du bist«, mahnt Mutter. »Du verdrehst den Männern den Kopf. Du fällst auf die Männer rein. Das ist net die große Liebe. Solche Frauen werden sitzen gelassen. Über die wird getuschelt, die sind arm dran. Wenn du klug bist, sitzt du ruhig mit deiner Familie am Tisch und lachst über die andern. Wenn se dich sehen, werden sie es bereuen.«

»Na toll«, sagt Gerda.

»Wer Mutterglück bekommen kann und es ausschlägt, wer Kinnersegen und Familienfrieden mit Füßen tritt, ist ein dummer, wertloser Mensch. Wenn du den Holder net nimmst oder wenigstens den Gerd, dann kaaste sehen, wo du bleibst.«

Das Mondschaf spricht zu sich im Traum:
»Ich bin des Weltalls dunkler Raum.«
Das Mondschaf.

Die Uhr rasselt mit ihren Ketten, die Tür springt kreischend auf, der Kuckuck schreit hastig »Kuckuck! Kuckuck!« aus seinem winzigen Loch. Dem Kakao wird kühl, schaudernd zieht er sich zurück unter eine schützende violette Haut. Langsam wird es dunkel. Vater begibt sich zu Arnold Schönberg in den blauen Salon. Marie paukt Mathe. Davon hat die Nuss in der Küche keine Ahnung, denkt sie. Riesentitten in der Bluse und einen Eimer Farbe im Gesicht, damit ja einer anbeißt. Sie stiehlt sich zum blauen Salon, um leise zu horchen. Komische Töne, von schräg nach schön. Lange steht sie, das Ohr an der Wand.

Das endlose Palaver in der Küche könnte eine Pause gebrauchen. Marie reißt die Türe auf, guckt unschuldig und fragt in die eingetretene Stille: »Gerda, leihst du mir deine Tanzschuhe?«

Der Überfall ist gelungen, Gerda staunt mit offenem Mund. »Ins Theater? Jetzt?« Sie wägt ab. Marie könnte an einem Pflasterstein auf dem Geradewohlplatz hängen bleiben mit dem hell ledernen Absatz. In grüne Hundescheiße treten. Sie könnte, müde und berauscht von der Musik aus dem Orchestergraben, nachts im Galopp auf die anfahrende Straßenbahn springen und dabei das vordere weiße Riemchen zerreißen. Das kostet beim Schuster 3 Mark 50. »Die Sandalen?«

»Liebe Schwester. Ja, deine Sandalen.«

Gerda windet sich. Es dauert eine Weile. Das Nein ist dann großartig, obwohl es ein ganz kleines Nein ist, ein zaghaftes, missbilligendes Kopfschütteln, mit einer knappen Drehung zurück an den Tisch. Wenn hier eine tanzen geht, dann ich, denkt sich Gerda. Du knochenspitzer, hässlicher kleiner Sommersprossenjunge, was willst du mit Tanzschuhen? Werd du mal Architekt oder Journalist oder ein berühmter Medizinmann.

Das Mondschaf rupft sich einen Halm
und geht dann heim auf seine Alm.
Das Mondschaf.

Marie klappt die Tür zu, zieht die Turnschuhe an und springt die Pickelstraße hinunter. Zu schnell, um irgendwelche Rufe zu hören. Was gibt es heute im Stadttheater? »Kostüme aus vier Jahrhunderten, getanzt.« Den »Tannhäuser«, zu dessen Klängen sie mit weit aufgerissenen Augen im roten Samtsessel sitzt, während sich alle Flüsse dieser Erde vereinen und mit einem einzigen bewegten Aufschrei in das Herz der Menschheit ergießen. Oder »Mein Freund Bunbury.« Sie verliebt sich in alle Hauptdarsteller bis über beide Ohren.

Marie schmeißt die Beine weit von sich, dreht sich drei Mal um den Vogelbeerbaum und schreit ihr Glück in den rotgelockten Abendhimmel. Schlenkernde Sprünge und ausführliche Stepp-Passagen. Kies fliegt. Passanten gucken. Wohl betrunken, die Kleine, na na. – Bunbury, Bunbury, Bunbury, Bunbury! Sie scheitert an einem Laternenpfahl, krümmt sich, reibt das schmerzende Schienbein und eiert hinkend in die quietschende Bahn.

Ich werde nie heiraten. Kochen, waschen und Kinderpopos füttern. Mutter ist gespannt, wen ich mal anbringe. Da kann sie lange gespannt sein. So einen gibt's nicht, nicht hier. In Frankreich wäre ich richtig, eine Baskenmütze habe ich schon. Vater kommt mit, die produzieren ja sowieso alles für Peugeot, kann er vor Ort weitermachen. Das ist zwar nicht seine geliebte NASA, aber immerhin. Mit dem Fahrrad bei Pirk über die Grenze, wo zu Ostern die Himmelschlüssel blühen, den Bach entlang, den Berg hin-

auf, an den »Halt! Hier Grenze«–Schildern vorbei, das Rad
über den Stacheldraht schmeißen, durchkriechen, über den
kilometerlangen, beleuchteten Todesstreifen rasen, an den
Wachtürmen, den Schießprügeln vorüber, durch das Wäld-
chen. Mutter lass ich hier. Gerda kann nachkommen, wenn
sie will, freuen sich die Franzmänner. Vielleicht nehme
ich mir einen Franzosen. Setze mich mit der Klampfe aufn
Küchentisch, wenn er Hühnerbeine mit Kräutern aus der
Provence in Roquefortsauce kocht. Ich könnte Philosophie
an der Sorbonne studieren oder Malerei auf der Kunstschu-
le in Amsterdam. Habe eine Postkarte mit dem Eiffelturm
drauf, da ist der Himmel sehr blau. Auf einer anderen Karte
fährt ein weißes Schiff mit schmalen, quadratisch gelben
Fenstern auf einem großen, grauen Fluss durch Amsterdam.
Mitten durch die Stadt.

Stuhlkampf

Manchmal, wenn Marie ins Klassenzimmer kommt, findet
sie keinen Stuhl an ihrem Platz. Erniedrigend, sich danach
umsehen zu müssen. Merkwürdige Stimmung, die Luft er-
wartungsschwanger. Grinsen. Mitläufer und Leisetreter lachen in sich hinein, ängstlich Angepasste ducken unsicht-
bar die Köpfe weg. Ramona, Manuela, Abba, Hannes und
ein paar andere sehen Marie herausfordernd an.

Sie späht angestrengt, dreht den Kopf, eine unange-
nehme Angelegenheit, zeigen zu müssen, dass sie ihnen
unterlegen ist, ausgeliefert, dass sie auf einen beknackten
kleinen Holzstuhl angewiesen ist, weil sie zu Stundenbeginn höflich und neugierig auf einem Möbel sitzen soll.
Peinlich, dass die hoffnungsfrohe Zukunft des Landes an
einem profanen Holzstuhl scheitert. Dreiundfünfzig Sekunden bis zum zweiten Klingelzeichen.

»Ist dein zweiter Stuhl frei, Katja?«

»Nein«.

»Der ist doch leer?«

»Brauche ich.«

»Wofür?« Die Worte bleiben Marie fast im Hals stecken.

»Da steht meine Tasche drauf.«

»Katja! Du bist meine Freundin? Du willst meine Freundin sein?«

Katja wendet den Blick ab, nichts scheint sich in ihrem Inneren zu regen. Hat sie ein Herz aus Plastik? Moderner Kohlenmunk Peter. Sie möchte nicht in Misskredit geraten bei denen, die sich in der Kommandozentrale zusammengerottet haben.

Marie geht durch die Reihen, äußerlich ruhig. Schlenkert mit den Armen, sieht zum Fenster hinaus. Schöner Tag heute. Sie beobachten sie, alle. Bis zum dritten Klingeln muss sie einen Stuhl finden, sonst bekommen die Lehrer Wind von der Schikane. Das darf unter keinen Umständen passieren. Bestschülerin Marie eine Geächtete! Das dürfen sie nicht wissen. Geächtet von wem? Die auf dem Schulhof gackern und raufen. Die eine Niete sind in Literatur, Englisch und Kunst, aber »Dallas« und »Denver Clan« gucken, jede Woche. Super, ey!

Bis zum Klingelzeichen hat sie entweder Glück und findet einen Stuhl im hinteren Winkel, im Schrank versteckt, bei einem Fehlenden, heute Erkrankten, Unachtsamen, Mitleidigen, oder sie muss sich auf einen offen Kampf einlassen, zur Belustigung aller Anwesenden, wie eins dieser abgerichteten französischen Hähnchen, die aufeinander losgelassen werden, um sich unter fliegenden Fetzen zu zerfleischen.

Eines Tages setzt sich Marie demonstrativ auf die Bank, baumelt mit den Beinen. Ohne Stuhl. Es klingelt. Ein Mal. Zwei Mal. Die Klasse wird unruhig, wundert sich. Marie sitzt immer noch, unbeirrt. Ein großer Tag. Heute wird sie sich nicht nasführen lassen. Heute ist alles scheißegal. *Und ich baumle mit de Beene, mit de Beene vor mich her …* Es klingelt zum dritten Mal. Die Lehrerin kommt herein.

»Für Frieden und Sozialismus: Seid bereit!«

»Immer bereit!«

»Setzen.«

Marie steht. Füße scharren. Die Lehrerin will mit dem Unterricht beginnen, schaut fragend.

Marie sagt, innerlich zitternd, aber äußerlich fest: »Ich habe keinen Stuhl.«

Die Lehrerin erfasst die Situation. Missbilligend sieht sie in die Klasse. Nach grinsendem Zögern wird ein Stuhl durch die Reihen gereicht, Marie nimmt ihn in Empfang.

In die Klasse schleudern. Aus dem Fenster. In den Himmel hinein.

Sie setzt sich, mit einem kleinen Triumph im Herzen.

Das Irrlicht selbst macht Halt und Rast
auf einem windgebrochnen Ast.

Oaaa!

Musikalisch weht der Geist über dem seidig schwarzen Flügel. Blitzende Tasten, luftige Atmosphäre. Terrassenförmig angeordnet Tische und Bänke. Oben aus der letzten Reihe hat man einen Blick wie vom Brocken herunter, weit ins Land. Vorn das Instrument, ein schwarz glänzender Rabe, stolz und unnahbar. Auf der Innenseite des Rabenflügels ist eine goldene Inschrift eingraviert. Marie streicht im Vorbeigehen über den schimmernden Lack, klappt rasch den Deckel auf, spielt einen kleinen Walzer, ein Stück aus dem Notenbüchlein der Anna Magdalena Bach, in doppeltem Tempo, denn der Herr des Flügels wacht eifersüchtig über sein pechschwarzes Instrument, kein noch so guter Schüler darf es ungefragt zur profanen Selbstdarstellung in der Pause entweihen.

Der bärtige Musiklehrer erscheint, die obligatorische Begrüßung ertönt. Laut klappern die Stühle, tintengetränkt und abgegriffen. Das »A« ist das Sorgenkind aller heimischen Sänger und Sprecher. Selbst der Zeremonienmeister, mit den biederen lautlichen Tücken des Vuchelbeerbaamischen wohl vertraut, muss lachen, als die Klasse zu den schmetternden Klängen des Flügels singt: »*Ich troage eine Foahne, und diese-he Foahne ist rod. Es ist die Oarbeiterfoahne, die Voader trug durch die Nod ...*« Ein reines, klares »A« will der Bärtige hören.

»Oaaa!!!«, schallt es aus 27 Kehlen.

Auch die Unbegabtesten ertragen den Musikunterricht heiter, solange sie nicht die Strophen auswendig singen müssen. Manchmal geht es richtig lustig zu, wenn »Ein Amerikaner in Paris« oder »My fair Lady« dran sind: *Ach wie oft schon ging ich hinunter hier, und das Pflaster blieb gewöhnlich ruhig unter mir ...* Gerd Natschinski kontert mit: *Mein Freund Bunbury ist mein bestes Alibi ...* Ernste Klassiker und heitere Chansons, sämtliche Pionier- und Kampflieder der Arbeiterklasse werden im Laufe der Jahre durchgenommen, der Bärtige erläutert Entstehung und Sinn. Was nicht drankommt, dröhnt am Freitagabend innerhalb der Bayern Charts aus jedem zweiten Fenster raus. Wer Ostradio hören will, schließt sich aufm Klo ein, auf dass er sich nicht zum Gespött der Leute mache.

Sexy Hexy

Es ist Mai, die Sonne wärmt schon. Conny, das weit schwingende Hinterteil, sexy Abba mit dem großen Busen,

Sportskanone Kati, Micki blaues Glimmerauge, Schlägermanuela mit dem dreckigen Blick, Betty mit braunen Krin-
gellocken und Ramona mit der rostigen Schnauze sitzen in
der Mittagspause auf der Parkbank im Schulhof. Gegenüber auf der Wiese lümmeln sich Lehrlinge, junge Textil-
arbeiterinnen pilgern ins Grüne, rauchen und quatschen.
Ein paar Jungs sind immer mit dabei, ein Stämmiger mit
dicken Armen und braunem Lockenkopf, lustigen Augen, stramm, bisschen tapsig, ein Kleiner mit Brille und
schwarzem gekräuselten Haar, der elegant, aber unab-
lässig auf und ab gockelt. Manche knutschen im Gras,
kichern, kullern kreischend über die Wiese, landen im
Graben, bleiben da für ein Viertelstündchen. Mittendrin
ein schwarzes Pärchen, sie mit dem typisch rund ausste-
henden Hintern, knallbunte Spangen im Haar, er hochge-
wachsen, rotes Hemd, kurze Locken, abgewetzte Jeans.
Sie essen irgendwas aus einer blauen Schüssel, sehen sich
an und lachen.

Kati lehnt an Micki, Conny an Betty. Abba, Ramona und
Manuela hocken einträchtig beieinander.

»Mädels«, sagt Kati leise, »der Mario knutscht so gut.«

Abba legt den Kopf nach hinten, Micki blinzelt in die
Kastanie. Die Kerzen sind noch klein, ein paar Wochen vor
dem Durchbruch.

»Der macht immer so mit seiner Zunge im Mund. Haste
Düsenflieger im Bauch.«

Betty schüttelt die Locken. »Phrr.«

Ramona kratzt an ihrer Kordhose herum. »Mit der Zunge? Bei mir mit was anderem. Tomatensauce, Mutti muss
waschen.«

Betty stutzt einen Moment, bricht in helles Lachen aus.
»Mutti muss ... ich lach mich ...«

»Is was?«

Betty kriegt sich nicht mehr ein. »Mutti ... Tomatensauce ...«

»Wenn de nich aufhörst, fängste eine. Voll rein.«

Betty lacht immer noch.

»Aufhören Kinder«, schlichtet Abba. »Was hast du gesagt, vorhin?« – »Bei mir mit was anderem.«

Manuela murmelt: »Hör ich richtig?«

»Ich versteh nicht ganz …«

»Is'n Witz, ganz einfach.«

»Schmeckt das?«

Ramona grinst. »Apfelkuchen mit Schlagsahne. Und ne echte Levis noch dazu.«

Micki erstarrt, Betty schaut auf die Kastanie. »Schön, so Blätter im Wind.«

»Was soll der ganze Quatsch. Für 'ne Westjeans, man.«

Abba sieht sie skeptisch an, Manuela lacht gehässig.

»Singt noch mal das Lied von gestern«, flötet Betty.

Micki singt: »*Hey hey, rufen sie, Sexy Hexy, doch ich höre nie!*«

»Schönen Lidschatten haste«, flüstert Kati und bricht in Tränen aus.

»Ich glaub's nicht … glaub es nicht.« Mona grinst verlegen.

»Kannste glauben, glaubste an Gott, sonst an nischt.«

»Alles Quatsch. Kommt, wir müssen.« Betty streicht die Locken aus der Stirn. »Hoffentlich passiert mir so was nicht. Wahrscheinlich hatte der schon die halbe Klasse im Bett.«

Conny heult auf und ruft in die Runde: »So was macht man nicht. Man sagt einem Mädel nicht, noch dazu wenn's frisch verliebt ist: ›Du ich hab mit deinem Lover schon ganz andere Sachen gemacht, bevor du an der Reihe warst.‹«

»Warum nicht? Weiß sie wenigstens Bescheid.«

Sie lachen.

»*Sexy Hexy …*« singt Micki.

Abba, Betty, Manuela und Mona grölen unter Lachtränen: »*… Sexy Hexy – doch ich höre nieee!*«

»Irgendwann hau ich der eine in die Fresse, dann kann sie ihre Zähne einzeln auf dem Pflaster aufsammeln«, murmelt Kati.

Marie ist Fachhelferin, sie muss sich vor Stundenbeginn im Vorbereitungszimmer blicken lassen, falls es Karten zu befestigen, Gerippe zu tragen oder sonst was zu tun gibt. Sie schleppt einen weiblichen Torso aus Plastik ins Zimmer, mit einem Darm aus Ocker, grünem Magen und einer violetten Aorta. Die Eierstöcke sind gelb markiert und sehen aus wie kleine Krallen, die ihre Beute nie mehr hergeben. Sie wirft einen neugierigen Blick auf die Folien für den Polylux: *Die äußeren Geschlechtsorgane des Mannes … umfassen Penis und Hodensack …* Es folgt eine in sich verschlungene Abbildung mit rotem und blauem Filzstift.

Keine Fingerabdrücke draufmachen, alles auf dem Pult ablegen. … *Eileiter, Gebärmutter und Scheide nebst Bartholin-Drüsen ….* Was sind Bartholin-Drüsen? Immer wenn's heikel wird, werden sie lateinisch. Marie liest weiter: … *Menstruationsblutungen kommen in entsprechender Weise bei allen weiblichen Herrentieren vor.* »Herrentiere«! Dem Stichwort »Menstruationsblutung« folgen wilde Pfeile und Abgekürztes.

Mutter hatte noch vor ein paar Wochen gedroht: »Wenn de net bald dran bist, müssen wir zum Arzt.«

Ramona stößt mit dem Fuß die Tür zum Biozimmer auf und schreit: »Eh, Mario hat mit der Kati …«

»Halts Maul, du dreckige Schlampe!«

»Sag das noch mal du … Marionutte …« Kati wirft sich von hinten auf Mona, Manuela schmeißt sich mit aller Kraft auf Kati, die wie ein Strohhalm einknickt, Betty zerrt Manuela an den Haaren, Micki schlägt zu, Abba stürzt sich ins Getümmel. Ein schreiendes, krallendes, zerrendes, zähnefletschendes, in sich heulendes Knäuel.

Conny knabbert an den Nägeln. »Achtung, die Hoffmanne kommt!«

Mona lässt von Kati ab. Betty kriecht aus dem Knäuel, richtet die Locken und zerrt sich am Slip. »Nee, keucht sie, Mona ist ja schon abgelutscht und glattgefickt.«

Micki reibt sich die Augen. Abba richtet den Busen, legt Rouge nach. »Kleine Nutte, für 'ne knackige Levis auch noch.«

»Gerissene Zikke«, nölt Manuela.

Kati ist zerzaust, mit Kratz- und Beißspuren an Gesicht, Hals und Armen, und verschwindet auf der Toilette.

»Für zwei Levis vielleicht«, sagt Micki, »'nen Angorapulli dazu und Milkaschokolade. Nee, bin ich hübscher, is zu billig für mich.«

Heilige Weihen

Hat ein Kind das stolze Alter von vierzehn Jahren erreicht, wird es, wenn die Kerzen aufbrechen und die Kastanien über und über mit klebrigen weißen Blüten bedeckt sind, aufgenommen in die Gemeinschaft der Erwachsenen.

Marie erforscht mit Mutter mehrmals das Modehaus Sibylle, erfragt Lieferung nach Lieferung, um ein schickes, modernes Outfit zu erstehen, ohne Strickhosen und Glockenmütze. Sie entscheidet sich endlich für eine pastellfarbene Bluse mit Rüschen am Hals und einen schwarz schillernden Rock, der bis an die Knöchel reicht und weit schwingt, mit einem weiß gepunkteten Ledergürtel, nicht billig natürlich. Dazu aparte Schuhe, in denen kein normaler Mensch gehen kann, doch Marie übt Abend für Abend auf den schmalen Absätzen, bis sie den Hüftschwung raus hat, zwar ohne Hüften, jedoch ohne dramatisch über Kabel und Teppiche zu fliegen.

Sogar die Haare darf sie sich zu dem feierlichen Anlass etwas länger wachsen lassen, auch sie versucht es, wie
Gerda, mit einer Krause, ist aber, als sie das Resultat sieht,
so entsetzt, dass sie sich am liebsten kahl rasieren würde.
Da sie jedoch schön zu sein hat für Verwandte und klicken-
de Kameras, und wenn schon nicht schön, dann wenigstens
nicht kahl, müssen Bänder und Spangen die wirren Kringel
irgendwie bändigen.

Alles läuft nach Plan. Marie sitzt inmitten der Klassenkameraden. Fein geschniegelt sind sie erschienen, auch
Schlägermanuela, Schnauzenmona und Daumenlutscher
Jonny sind sauber gewaschen und gekämmt. Aufgeregt
hocken sie vor den massiven Blumenkübeln voller Wicken, Geranien und Fahnen, rechts die der FDJ, links die
der Sowjetunion, Verwandte und Bekannte im Rücken,
lassen Reden und fröhliche Lieder über sich ergehen.
Name für Name wird aufgerufen, stolz steigen sie die
plüschbelegten Treppen hinauf, reihen sich ein im Ram-
penlicht.

»Ja, das geloben wir.«

Händeschütteln, verlegenes Lächeln und Urkundenver-
leihen. Strahlende Gesichter, von Freunden und Verwandten umringt. Die Eltern fahren Marie schweigend im Lada
nach Hause, Vater widmet sich einer wissenschaftlichen
Abhandlung, Mutter richtet das Mittagessen.

Die anderen feiern nach der Zeremonie zu Hause oder
im Restaurant. Geld wird verteilt, üppig zumeist, es gibt
Berge von Blumen, Bücher, Schallplatten, Kassettenrekorder und Mopeds. Alle erscheinen am nächsten Tag aufge-
kratzt im Unterricht, erzählen von ihren Geschenken, von
Gratulation und Besäufnis, nur Marie weiß nichts zu berichten. Als Katja nachfragt, verweist sie zögernd auf die bevor-
stehende Konfirmation, worauf sie erstaunte und mitleidige
Blicke erntet.

107

Marie darf die staatlichen, heidnischen Weihen pro forma mitmachen, es sei ihr gestattet, Vater ließ sich herab. Gefeiert wird so etwas natürlich nicht. Denn richtige, christliche Weihen stehen erst zu Pfingsten an, in den heiligen Hallen der Johanniskirche, mit Paten, Verwandten, Blumen, Geschenken, Rehrücken und Kartoffelbällchen im Ratskeller.

Zur Linken und Rechten sitzen die Konfirmanden im gotischen Altarraum. Marie wahrt stoischen Ernst, mögen auch Lalü, bei dessen Anblick sie jedes Mal schamrot in der Erde versinken möchte, und Marius, der so lange mit Augen, Ohren und sonst was wackelt, bis sie zuckend den Mund verzieht, ihre Geduld auf die härteste Probe stellen. Mutter war es sauer aufgestoßen, dass Gerda sich vor Jahren zu ihrer Konfirmation amüsiert hatte mit den Jungs zu beiden Seiten. Laut wurde sie gescholten, wie pietät- und anstandslos sie sich verhalten habe, zu solch heiliger Handlung, vor den Augen aller Verwandten. Marie starrt mit leerem Kopf auf die blutüberströmten Füße Jesu mit den schmerzvoll heraustretenden Sehnen, die ein eiserner Nagel brutal an das gebeizte Holzkreuz bohrt, und repetiert mechanisch Antworten auf alle religionstechnischen Fragen des Pfarrers.

Gekonnte Drehung nach rechts, der Rock schwingt, über die Mitte zum Altar, die Schuhe klackern auf den Steinen. Herz im Hals. Einen koketten Blick zum Herrn Jesus am Kreuz hochwerfen, aufrecht knien. Die Hostie klebt trocken am oberen Gaumen, ein dünnes, rundes Papier, lässt sich nicht mit der Zunge bewegen, weder von links nach rechts, noch von oben nach unten. Ich kann doch nicht die Finger nehmen, auch wenn ich mit dem Rücken zur Gemeinde knie und Mutter es gar nicht sehen kann. Der Schweiß bricht Marie aus, bitte keinen Würgeanfall bekommen, an die sieben Rachen der polnischen Prinzen denken, nicht an der Hostie ersticken, schmeckt nach nix, vermutlich muss

die Kirche sparen, wenn der Herr Pfarrer einen saftig gegrillten Bissen Steak verabreichen würde, fiele die Vorstel-
lung, dies sei das Fleisch Christi, weniger schwer. Jetzt geht
er mit dem exquisiten Kelch rum, Gott sei Dank. Roter Cabernet. Hoffentlich nützt das alles was, so dass ich jetzt mal
ernst genommen werde.

*Jesu, meine Lebenssonne, Jesu, meine Freud und Won-
ne, Jesu, du mein ganz Beginnen, Lebensquell und Licht
der Sinnen ...* Eine rotgetigerte schmale Katze schleicht in
den Lutherpark, rollt sich unter die blühenden Kletterrosen,
gähnt wohlig und wartet mit träge zusammengekniffenen
Augen auf das dröhnende Zwölf-Uhr-Läuten, das ihre goldenen, geschwungenen Barthaare erzittern lässt.

Die Orgel rauscht, die Glocken setzten sich in Bewegung, klein, mittel und groß. Das Gewölbe beginnt zu singen. Marie stakt mit den anderen unter dem dröhnenden
Schwingen aus der Kirche, reibt sich die Augen, steht in
der gleißenden Mittagssonne auf dem mittelalterlichen
Pflaster.

Kastanien blühen, Paten gratulicren, Kameras klicken.
Ein Zitronenfalter verirrt sich und landet zitternd auf Maries Hand. Du mein Leben. Er breitet die Flügel, tastendes
Gelb. Gewinnt Luft und Himmel. Flattert, zieht Kreise. Was
bleibt?

Das Rauschen der Orgel im Ohr. Der lächelnde Blick
eines Mädchens im weit schwingenden Rock auf einem
Foto mit der Aufschrift »Marie A. Maler, Johanniskirche zu
Plauen, 1984«.

Unterwegs

Die Bahnhofstraße führt steil bergauf. Links die alte Post.
Messinggolden geschwungene Geländer. Marie geht durch

den protzig weiten Vorraum, stößt die hölzerne Flügeltür mit den Milchglasscheiben auf. Ein riesiges Rund öffnet sich. Schalter an Schalter reiht sich im Halbkreis aneinander, reich verziert mit gewienerten Beschlägen. Glas blitzt. Dahinter sitzen bieder frisierte Fräuleins, Muttis mit Seidenschal über dem Dekolleté und Herren im blauen Pullunder. Zählen Schein um Schein, stempeln Marke um Marke, tragen ein und aus. Hüter des Grals. Das Geländer läuft ringsherum und mündet in glattgegriffenen Knäufen. Blumenmuster winden sich zur Decke empor. Licht bricht sich in den bleiverglasten Fenstern. Zu den Füßen Kacheln im Karo, spiegelglatt. Wer da alles drübergetrampelt, -stolziert und -geschlittert ist, freudig erregt, gleichgültig oder mit dem Strick um den Hals. Marie schaut auf zum Finanzkapital. Was ist ein Leben wert? Mit wie vielen Münzen und papiernen Scheinen ist es aufzuwiegen? Einen Atemzug währt es. Eine Handvoll Acker, mit der Stiefelspitze in die Luft geworfen. Eine Liebe kurz.

An der Ecke rechts das Konsument Warenhaus. Die Kinderwagen-Abteilung ist gut bestückt, doch die Schuhabteilung ist für Marie interessanter. Einmal ist sie zur richtigen Zeit zur Stelle, die versprochene Lieferung ist wirklich eingetroffen, Stiefel aus weichem Veloursleder, schöne Farben. Sie will gerade ein Paar probieren, da blockiert ein Clan aus dem polnischen Bruderland den Zugang und rafft die Stiefel hastig und wahllos in große Beutel. Marie sitzt mit offenem Mund, den Schuhlöffel in der Hand und staunt die leeren Regale an.

Die Straße weiter rechts hinauf klaffen Bombenlücken. Freie Felder, mitten in der Stadt. Daneben der Pfeifen- und Juwelierladen, goldene Ketten, wasser- und stoßsichere Uhren mit klaren Ziffern aus den Meisterwerkstätten in Ruhla und Glashütte. Bruchsicher die Zeit. Bruchsicher die Gedanken.

Es geht vorbei an seriös ausgestatteten Speiselokalen mit bürgerlicher Küche, hinauf über das holprige Katzenkopfpflaster zum viel frequentierten Tanzlokal der viel zitierten »Freundschaft«. Vis-à-vis die Jause Zum fröhlichen Bock. Hier stinkt's nach Schnaps und Pisse, die Kerle torkeln schon nachmittags um drei orientierungslos in die Frühlingssonne hinaus.

Marie schlendert weiter, betrachtet die Auslagen beim Juwelier Zum Silbernen Eck. Ein junges Paar wartet drinnen, sie wirkt resolut, zupackend, er neugierig, zärtlich, fast unscheinbar neben ihr. Die blonde Verkäuferin öffnet eine Schatulle und nimmt etwas heraus, hält es ins Licht. Gold gegen Sonne.

.Weiter unten das Café Zur leckeren Schnecke. Hinein in die duftende Bäckerei und sich auf das plüschig blumige Sofa gelümmelt, es duftet nach frisch Gebackenem und Zigaretten. Windbeutel, Bienenstich? »Probieren Sie den Pflaumenkuchen mit Schlag!« Das Ladenfräulein lächelt. Eine dralle Brünette, ähnelt Gerda ein bisschen. Hinter Glas glänzt der Meisterbrief, die resolute Chefin hantiert mit Frankfurter Kranz und Cremeschnitten. Zwei Tanten sitzen auf ihren Hintern und schmatzen. Saftig lugen die Kirschen aus der Schwarzwälder Torte, staubig braun die Schokolade obendrauf gebröselt. Streuselkuchen, Eierschecke und Rosinenschnecken, knusprig gebrannt, vorn eine Reihe gedrehter Zöpfe. Schneewittchenschnitten mit Kirschen und Schokolade gibt's allerdings nur beim Bäcker Striezel an der Pickelstraße. Den besten Kartoffelkuchen mit schmelzendem Zucker kriegt man in der Altstadt, beim Ratskeller um die Ecke, warm liegt der in der Hand.

Schicht für Schicht arbeitet sich Marie mit dem Löffel vor. Das unvermeidliche »Kakaomädchen« schräg gegenüber an der Wand. Die beiden Tanten lecken sich die Sahne von den Fingern. Hände mit dicken Knorpeln. Durch den blauen Synthetikpulli der einen dringt Schweiß, sammelt sich in fettigen Halsrillen. Die Gardinen könnten sie hier auch mal waschen. Die andere trägt zwei Eheringe. Auf Gold sind sie scharf. Russengold, weil's billig ist. Nur nichts hergeben, da beißt man auf Granit.

Wie Gerda. Die sammelt meterweise Gardinenstoff, Bettwäsche, Tafeltücher, Kaffee-Service und Besteck für übermorgen. Sie besitzt Kleider, Mäntel und Geld in allen Farben, nur wenn Marie sich etwas leihen will, braucht Gerda das unbedingt.

»Diese Bluse?«

»Nein.«

»Das T-Shirt vielleicht? Das ziehst du nie an!

»Weiß nicht. Ich könnte es morgen brauchen. Ja, morgen werde ich das T-Shirt brauchen.«

»Und dieses Kleid?«, fragt Marie zögerlich. »Ich möchte nicht immer herumlaufen wie Pik Sieben, versteh doch.«

»Welches?«

»Dieses.«

»Das ist dir zu groß. Glaub mir, es ist zu weit … oben herum.« Gerda klappt langsam den Kleiderschrank zu, dreht den Schlüssel, zieht ihn ab.

Granit. Die Gabel bleibt störrisch in einer Pflaume stecken.

Als Vater und Mutter auf Großmutter Gretls Gartengrundstück ausmisten wollten, das kleine Gartenhaus mit der ausgestopften Eule, dem schielenden Hirschgeweih und den Mauslöchern entrümpeln, hatten auch sie nicht mit Granit gerechnet. Hier herrscht die absolutistische Hexe in ihrem absolutistischen Reich. In der splitternden Schublade bewahrt Großmutter Gretl alte Kittel auf, Rezepte für Eier- und Kamilleshampoos, die das Haar besonders glänzend machen, Knoblauchbutter, Holundersaft und Vuchelbeerschnaps.

Staunend hatte Marie beobachtet, wie Vater und Mutter es wagten, Handwagen für Handwagen den Plunder von den Mäusen zur nahegelegenen Halde zu transportieren, an den gelben Rapsfeldern und quakenden Fröschen vorbei, den Berg hinauf. Vater zieht, Mutter schiebt. Kipp. Die nächste Fuhre.

Kartons, fettiges Brotpapier, vergammelte Cola-Flaschen, Butter mit Haaren. Kipp. Spröde Schnipsgummis, vergilbte Seiten aus etwas, das wie »Mein Kampf« aussieht, eingeweckte Christbirnen, sechs Kehrschaufeln voller Taubenmist. Kipp.

Ein Neues Testament mit Mäusedreck. Drei rostige Hufeisen. 265 Knoten aus Postschnüren. Ein alter Peitschenstiel. Kipp. Stinkende Schürzen und Handgeschriebenes für »Lukulluskuchen« und »Toter Hund«. *Man nehme ein Pfund gute Butter, ein halbes Dutzend Eier, 500 g feines Mehl ...* Und Fotos. Eins mit einer weißen Ziege. Eins mit einem jungen, kräftigen Mann in Glacéhandschuhen, Helm und Koppel. Eins mit einem Schäferhund.

Großmutter Gretl hat es zurückgeholt. Alles. Mit dem gleichen Handwagen. Stück für Stück. Seitdem sehen sich Vater und Mutter empört an, wenn jemand sagt, im oberen linken kleinen Gartenhaus könnte auch mal jemand ausmisten. Der hat ja keine Ahnung. Von Großmutter Gretls versteinertem Gesicht. Vom wochenlangen Schweigen. Dem stummen Hass. Der langen Zeit des Sich-Aus-Söhnens.

Der Pflaumenkuchen ist verdrückt. Marie quält sich aus dem Plüschsofa, hält Ausschau und ruft: »Zahlen, Fräulein!«

Der Buchhandel weiter oben rechts auf der Bahnhofstraße führt ein gut bestücktes Antiquariat und alle Arten von Noten. Dicht an dicht reihen sich Bach, Mozart, Beethoven, Strawinsky und Schostakowitsch. Klaviernoten, Gitarrennoten, Violinnoten, Klarinetten- und Trompetennoten. Stunde um Stunde bringt Marie hier zu, möchte sich einschließen lassen, langsam vergehen im Geruch der zerfledderten Bücher, sich zudröhnen, betäuben mit dem Staub der Jahrhunderte, dem modrigen Geruch, der aus vergilbten Blättern in die Nase steigt, diesem erregend kosmischen Gemisch aus lebendigen Wörtern und Tod, Zeichen aus einer verschwundenen Welt.

Gegenüber residiert der Klampfenmann, der führt Instrumente und Platten. Instrumente sind teuer. In alle Welt, schnurstracks in den Westen exportiert die berühmte Fabrik im obervogtländischen Musikdorf ihre Produkte. »Markneupfeng« nennt Mutter es, vielleicht, weil man Mark und Pfennig immer neu zusammenkratzen muss, um eins der klingenden Wunderspiele mit den blitzenden Knöpfen oder einen mattpolierten hölzernen Klangkörper mit zarten Saiten, die dort hergestellt werden, zu erstehen.

Gerda und Marie versuchen sich mit wechselndem Erfolg auf einem scharlachrot blitzenden Akkordeon mit perlmuttenen Knöpfen, dem Klavier und einer schwarz schimmernden Zither mit sauber lackierten Alpenblumen, die Vater und Mutter im musikalischen Dorf erstanden haben. Auch Flöten, Schellen, Triangel und eine Musiktruhe mit stacheligen, bronzenen Walzen fanden ihren Weg in den blauen Salon. Die Truhe spielte Wiener Walzer, preußische Militärmärsche und Liebesromanzen mit einem scheppernden Charme, bis Klausi sich für Mechanik zu interessieren begann und mit großer Leidenschaft alles zerlegte, was Schrauben hatte.

Markneupfeng im Klingental, das Tal der schwingenden Seelen und klingenden Köpfe, das musikalische Hochtal der singenden Pfeifen und rhythmisch zitternden Tonmeister.

Ein paar Meter neben dem neoklassizistischen Stadttheater befindet sich eine kleine Buchhandlung. Ein Geheimtipp im Vuchelbeerbaamland. Hier gibt es Dinge, die es nicht geben darf. In den Auslagen stehen Reclam-Bände, teure Gesamtausgaben und Bibeln Seit an Seit. Lutherbibel, Zürcher Bibel und die viersprachige, Tetrapla. Fragt man leise nach, nach altdeutschem Kitsch, Heimatkomödien, nationalsozialistischer Hetze und militant Pietistischem, wird man zuvorkommend ins Hinterzimmer geführt. Dafür müssen sie einen allerdings gut kennen, die Frau Buchhändlerin und ihr Knecht, zum Beispiel aus dem Kirchenchor.

Mutter hat hier, rot vor Stolz und schwer schleppend kam sie an, mehrere Bände der Kränzchenbibliothek aus den 20er-Jahren erstanden, »Jungmädellektüre«, wie sie sagt, »unbedingt für mei Mariele.« Vielleicht als Gegengewicht zum Pflichtprogramm der roten Stümper, wie Vater weiß, zu »Manifest« und »Kapital«, zu Heinrich Mann, Gorki, Brecht, Aitmatow, Schiller, Goethe, Storm und Hegel.

Mutters Jungmädellektüre erweist sich als eine wohldosierte Mischung aus Fortsetzungsromanen, Strickanleitungen, Wasch-, Krankenpflege- und Nähübungen. Marie freut sich, das sieht nach Erzählungen aus, nach alten Fotos und Liebesgeschichten, die Stick- und Einmachrezepte übersieht sie großzügig. Die Mädels auf den Bildern sind allesamt hübsch, haben eine schmale Silhouette, Hängekleider mit Schlips und Kragen, Sandaletten, sauber gelegte Donauwellen, Berliner Bubikopf. Tennisdress, weiße Turnschuhe. Die jungen Herren im Knickerbocker, feiner Zwirn. Die bessere Gesellschaft. Eine verwaiste Gutsbesitzertochter muss sich, plötzlich auf sich allein gestellt, mit einem ererbten Gut herumschlagen, ein Polacke zündet ihr die Scheuer mit der schwer heimgebrachten Ernte an, aber gottlob wird der Polacke gefangen und mit der Lederpeitsche klatschend vom Hof gejagt, das Gut wird gerettet und die tapfere Tochter bekommt einen schönen und kräftigen Mann, auf dessen Schultern sie die schwere männliche Arbeit abladen und sich ihrer eigentlichen weiblichen Tätigkeit widmen kann. Ihre Schwester Thea, hochbegabt, will Künstlerin werden, nimmt heimlich Gesangsunterricht in der großen, verwirrenden Stadt Berlin, hat auch einen viel beachteten öffentlichen Auftritt, obwohl ihr die hochwohl-geborene Madame, bei der sie lebt, von dieser Art Beruf abrät. Doch Thea hat sich verrannt und studiert heimlich weiter. Natürlich bekommt sie ein schlimmes Nervenfieber, ausgerechnet während ihres nächsten öffentlichen Auf-tritts bricht sie zusammen, wird hinausgetragen und weich gebettet. Der herbeigerufene Arzt konstatiert Blutarmut, verordnet viel Bewegung, frische Luft, frühes Aufstehen und vor allem, dass sie nicht singt, Madame, dass Sie mir strengstens darauf achten. Madame verspricht es. Thea kommt, in der milden Frühlingssonne auf einer großzü-gigen Veranda am Wannsee genesend, blass, abgemagert, aber glücklich zu der Erkenntnis, das sie nun doch auf dem heimischen Gut Kinderpflegerin werden möchte, was sie im Herzen schon immer gewollt hat, nur gewusst hatte sie es nicht. Es findet sich ein junger Arzt, lieb und gut, der sie gleich versteht und ehelicht.

Eine Geschichte liebt Marie besonders: »Das Nichts-lein«. Mutter erwähnt lächelnd, das sei ein Mädchen genau wie Marie. Ein junger Irrwisch, ein Springinsfeld mit flam-mend rotem Wuschelhaar, auf einer Burg geboren, kindlich, hochnäsig, flatterhaft, mit Flausen im Kopf und etwas arro-gant gegenüber nützlichen Tätigkeiten im Haus. Wenn man sie fragt, was sie einmal werden möchte, guckt sie dem Fra-ger erstaunt ins Gesicht und sagt: »Nichts!« Sie springt auf der Burg herum, spielt Violine und legt den Kopf am liebs-ten träumend in Mutters Schoß. Also wird das Nichtslein in den Odenwald geschickt. Marie weiß zwar nicht genau, wo der Odenwald ist, aber er muss so ungefähr wie das Erz-gebirge oder das Schwarze Holz sein. Das Nichtslein wird Haustochter im Odenwald, muss aufräumen, waschen und bügeln, gerät in Konflikt mit ihrer guten Herrschaft, weil sie bockig, arrogant und schusselig ist, weint vor Heimweh Nacht für Nacht das Kopfkissen nass und findet den Oden-wald schrecklich. Aber mit der Zeit kommt der Herbst, der dort besonders schön bunt ist, das Nichtslein verursacht vor lauter Unachtsamkeit ein Feuer, rettet die angesengten Drillinge, weint nachts voller Reue am Bett der Hausfrau und freundet sich schließlich mit dem Odenwald, dem Waschen und dem Bügeln an, wird freundlich, aufgeschlossen und findet ihre gute Herrschaft gar nicht mehr so spießig. Da, oh Wunder, taucht ein junger Gutsbesitzer auf, der still auf seinem Gut gelebt hat, kann des Nichtsleins flammend rotes Haar nicht vergessen und sendet ihr zu Weihnachten einen Mondstein. Behält sie ihn, so weiß er, dass er im Frühjahr nicht vergebens fragen wird. Das Nichtslein dreht den Mondstein in der Hand, wird purpurrot und behält ihn. So wird aus dem Nichtslein doch noch etwas, eine gute Frau und die Mutter künftiger Gutsbesitzer.

Marie freundet sich mit Thea an, vor allem wegen ihrer Gesangsstudien in Berlin. Als sich Thea von den Gesangsstudien abwendet, wendet Marie sich von Thea ab. Sie freundet sich mit dem Nichtslein an, obwohl sie den direkten Vergleich mit den roten Haaren, dem Waschen und Bügeln geschmacklos findet, aber das Nichtslein ist ja zu verstehen, der öde Odenwald, die Provinz und überhaupt. Als es sich mit dem Odenwald anfreundet, findet Marie das sehr merkwürdig, liest weiter bis zum Gutsbesitzer, zieht Vergleiche zu »Effi Briest« und den »Buddenbrooks«, dann tut ihr das Nichtslein nur noch leid.

Gottes Friede

»*Ich glaube an Gott, den Vater, den Allmächtigen, den Schöpfer des Himmels und der Erde.*« Ich glaube, dass wir versuchen, in unserem abgetrennten Teil des Landes eine alternative Gesellschaft aufzubauen. Doch ehrlich, Leute, ich denke, dass wir eine Menge versuchen, eine Menge erreichen und eine Menge Scherben machen. *Fort mit den Trümmern und was Neues ...* »*Schaffe in mir, Gott, ein reines Herz und gib mir einen neuen ...*«

Es ist immer was los. Feste sind zu feiern in schöner Regelmäßigkeit: Wird das Jesuskind geboren, stehen Damen und Herren, die man hier nie zuvor gesehen hat, mit schweren Pelzmänteln, altertümlichen Hüten und Kaschmirschals um die Hälse in den Kirchenbänken. *O du fröhliche ...* Vor der dritten Strophe setzt der Kirchenmusikdirektor den Zimbelstern in Bewegung. Andächtig, mit Tränen in den Augen, brüllt die Gemeinde: »*Himmlische Heere jauchzen dir Ehre: Freu-eu-je-he, freue dich ...*« und tritt tief bewegt unter dem Dröhnen der Glocken in die Nacht. Leise rieselt der Schnee.

Dann wieder, in der Karwoche, noch bevor die ersten Knospen an den Birken sprießen, wird das Leiden zelebriert. Jesus, reich an Geist und Erfahrung, geht es jedes Jahr so dreckig, dass Marie seufzend zum Kreuz aufblickt: Lieber Gott, du leidest jetzt seit zweitausend Jahren, deine tragischen Erlebnisse sind ewig lang her. Dann wieder ersteht er vom Tode auf und Marie zieht mit einem mulmigen Gefühl im Magen vor Mitternacht in die Kirche ein. Der Herr Pfarrer singt mit seinem schönen Bariton »Der Herr ist auferstanden!« in das finstere gotische Gewölbe, er trägt die weiße Osterkerze vorneweg, alle anderen tragen kleine Kerzen hinterher, er ist ein großes Licht, sie sind kleine Lichter, sie antworten froh und mit erhobenem Herzen: »Er ist wahrhaftig auferstanden.« Sie schwenken nach links in die romanische Kapelle ein, deren getünchte Mauern wild aufflackern, bis sie sich von den gezogenen Klängen der lyrisch gregorianischen Gesänge, vom feierlichen Kyrie-eleison besänftigen lassen und in strahlender Anbetung aufleuchten.

Am Morgen darauf jubelt der Chor, die Orgel rauscht, das Sternengewölbe zittert unter den schmetternden Stößen der blitzenden Trompeten. Für die kleinen Kinder werden auf der Empore und hinter den gekalkten Säulen Ostereier versteckt. Nach dem Gottesdienst warten süße Nester im Pfarrgarten, von Müttern und vom Altenkreis liebevoll drapiert, mit bunten Schleifen und grüner Putzwolle versehen, wer Glück hat, findet an der historischen Stadtmauer, im Gesträuch und in Wiesenmulden Haribobärchen und Nutellaeier, hier lässt man, top secret, gewisse Verbindungen spielen, hoch über dem Steg, der über grünwelliges Mooshaar im kühl plätschernden Wasser führt.

Zur wöchentlichen Zusammenkunft der Jungen Gemeinde stellt sich ein neuer, schwarzgelockter Diakon vor, der ergänzend zum blondgelockten Diakon Markus referiert. Er ist der Jugendwart für den ihm anvertrauten Kreis im schönen Vuchelbeerbaamland, ein Mensch mit ungeheuer positiver Energie und strahlender Gewissheit, mit Bauch und feuchten Kusslippen im krausen Bart, erfüllt von missionarischer Freude und ernstem Eifer, Peter Meier mit bürgerlichem Namen, von allen aber nur »Petrus« gerufen.

Mit Begeisterung schwingt er das Plektrum über die Stahlsaiten und entlockt seiner Gitarre mitreißende Rhythmen zu Texten aus einem neuen Liederbuch: »*Nur ein einziger Weg, nur ein einziger Gott! (Freunde ja so ist das) Nur ein einziger Weg, und der heißt Jesus Christus, führt uns alle ins verheißene Land.*« Und »*Wenn Christus kommt, dann wird alles gu-ut … Keine Kriege mehr – nur Frieden wird dann sein!*« Seitdem macht das Liederbuch auch im Pfarrhaus St. Johannis lautstark die Runde.

Petrus hat Bücher aus dem Westen mitgebracht, in denen wissenschaftliche Beweise für biblische Legenden und Gleichnisse angeführt werden, reich und bunt bebildert. Er erklärt, wie Gott die sündige Menschheit mit der großen

Sündflut strafte, aber dass Jesus jedem, der zu ihm findet und seine Sünden ehrlich bereut, vergibt.

Wenn Petrus da ist, geht es um Gehorsam.

»Soll ich dem Staat gegenüber gehorsam sein? Steuern zahlen? Zur Waffe greifen, um das Vaterland zu schützen?«, will ein junger Mann wissen.

Petrus ist clever, er zitiert Jesus im Original. Der wurde schon zu seiner Zeit gefragt, ob die Leute Steuern zahlen sollen oder nicht, und antwortete: »*So gebt nun jedem, was ihr schuldig seid: Steuer, dem die Steuer gebührt; Zoll, dem der Zoll gebührt; Furcht, dem die Furcht gebührt; Ehre, dem die Ehre gebührt.*«

Was ist mit der Waffe? Mit roten Ohren sitzen die kräftigen Kerls auf der schmalen Bank und stellen die Frage aller Fragen.

Petrus rät vorsichtig zum Kompromiss. Wer als Bausoldat zum Beispiel die Ostsee umgräbt, ist zwar dem Staat gehorsam, aber auch Gott. – Wie das? – Er fasst keine Waffe an, nur den Spaten, ist also Gott gehorsam, gilt aber auch nicht als Totalverweigerer beim Staat, die wandern schließlich in den Knast. Das sei eine schwerwiegende persönliche Entscheidung, im Knast sei schon mancher irre geworden und, was noch viel schlimmer sei, er habe begonnen, an Gott zu zweifeln.

In Maries Album steht geschrieben: »Wer freudig tut und sich des Getanen freut, ist glücklich.« Da steht aber auch: »An allem Unfug, der passiert, sind nicht etwa nur die schuld, die ihn tun, sondern auch die, die ihn nicht verhindern.« Es steht geschrieben: »Wer an seine Träume glaubt, verschläft sein ganzes Leben.« Es steht aber auch da: »Sage nie, das kann ich nicht! Vieles kannst du, will's die Pflicht.« Da steht: »Dass mir mein Hund das Liebste sei, sagst du, oh Mensch, sei Sünde, mein Hund ist mir im Sturme treu, der Mensch nicht mal im Winde«. Aber auch: »Schreibe in Sand, was dir an Unrecht widerfährt, meißle in Stein, was dir an Wohltaten zuteil wird.« Und: »Der einzelne Mensch ist nur ein Teil des Ganzen, und nur als Teil des Ganzen findet er seine Bestimmung, sein Glück«.

Auch Marie lässt sich nicht lumpen, spendet musikalisches Genie und tonnenweise Begeisterung, gründet die »St. John's Band«, sucht nach elektrischen Steckdosen in der romanischen Kapelle, um die Gitarren anzustöpseln, auf dass es Putz vom Sternengewölbe regne, aber es gibt keinen Saft. Also legt sie die Gitarrenkabel in die Sakristei, neben den heiligen gebügelten Beffchen und amethystbehafteten Kelchen findet sich ein maroder Stromanschluss. »*Wach auf, mein Freund,*« – C G – »*es ist schon spät!*« – C G – »*Wer Gott nicht hört,*« – H em – »*verloren geht!*« – D 7 – »*Wenn Christus kommt,*« – C G – »*hält er Gericht.*« – H em – »*So, wie du bist,*« – am D – »*bestehst du nicht!*«

Enthusiasmus, schlackernde Knie und ein unschlagbares Gefühl für Rhythmus. Kaum Publikum heute.

Marie fragt Vater, ob die Wissenschaft je irgendwas bewiesen hat von den Lehren der Kirche. Ob nicht die Vernunft Kants, Hegels und Nietzsches dagegen stünde und man nicht vielleicht doch aufhören solle mit dem alten Mist. Vater lächelt weise, schiebt den durchbrochenen schwarzgelben Vorhang vorm Bücherregal zur Seite, steigt auf die Hundetreppe, greift eine Reihe lose gebundener Hefte. Grafisch gehalten der Einband, große Lettern in Schwarz und Weiß. Lächelnd reicht er Marie die schmalen Bände. Sie blättert. »*Was du ererbt von Deinen Vätern hast, erwirb es, um es zu besitzen.*« Wie gern würde sie seine Hand berühren, die sie bewundert und liebt.

Was steht da? »*Der Friede Gottes, der höher ist als alle Vernunft, bewahre eure Herzen und Sinne in Christus Jesus.*«

Alte Geschichten

Von der Johanniskirche hinab drängen kleine bemooste Gärten, aus der Pforte windet sich ein enger, schmutziger Weg an der Stadtmauer entlang. Wilde Apfelbäume und Magnolien wachsen an dem schmalen Hang, Efeu wuchert hinter verrotteten Zäunen.

Maries Blick schweift über die südliche Vorstadt, über düstere Fabrikgebäude aus dem ziegelroten Backstein der Gründerzeit. An der Stadtmauer sind ganze Häuser weggebombt, die Lücken nie geschlossen worden. Zum Kemmlerturm hinauf ragen graue, eckige Plattenbauten aus dem kargen Grün. Marie steht lange auf dem Steg und starrt ins eisige Wasser, beobachtet, wie es das langwellige Mooshaar kämmt. Gedanken kommen und gehen.

Menschen auf schwarzweißen Fotos sehen irgendwie tot aus. Und haben doch gelitten, gestritten, geliebt und gelacht. Das furchtbarste ist Folter. Der Musiklehrer sprach heute von Lilo Herrmann, einer jungen Mutter, die sie wegen ihrer politischen Überzeugung in Plötzensee ermordet haben. Einer anderen haben sie die Scheide ausgebrannt. Eine hat einen wildfremden Jungen angefleht: Nimm du mich, Lieber, sie sollen mich nicht als Jungfrau kriegen.

Großmutter Gretl züchtet Erdbeeren. Vor ein paar Jahren hat sie wieder geheiratet, einen Kommunisten. Sie dreht jeden Pfennig um. Im Krieg war sie schön und reich, sagt Mutter. Wurde sie deshalb angespuckt, danach? Man spuckte doch nicht wahllos Leute an, auf der Straße. Oder doch? Es soll ja alles anders gewesen sein, nach dem Krieg. Deutsche Frauen haben sich prostituiert, es getan, für Kaffee, Seife und Schnaps, egal ob mit Russen oder Amerikanern. Und für was machen's unsere Mädels? Für 'ne Westjeans.

Das Wasser rinnt, eiskalt, moosgrün.

Grandyddy schlurft durch Kanadas bunte Ahornwälder. Er soll bei der Geheimen Polizei gewesen sein, hat Mutter einmal beim Abendessen erwähnt. Wie war das noch?

»Bei der geheimen Staatspolizei?«

»Nuja, wie hieß das damals … Gestapo.«

»Was hat er da gemacht?«

»Nichts«, sagte Vater.

»Nichts Schlimmes«, erklärte Mutter, »schließlich ist er euer Großvater.«

»Er war halt dabei, als junger Mann. Ihr dürft ja auch in die Pioniere, in die FDJ.«

»Das kann man doch nicht vergleichen! Das sind friedliche Organisationen!«

»Ja ja«, winkte Vater ab, »die roten Pimpfe. Und jetzt esst!«

Mutter spricht nur selten von nassen Laken und Luftschutzkellern, denn damals wurde ihre kleine Schwester Lotte zertreten. Ihr Vater kam aus Russland nicht zurück. Kommt doch mal die Rede darauf, sieht sie stumm mit trockenen Augen in die Ferne, nickt und rührt für eine Weile kein Mettwurstbrötchen an. Sie weint nicht, obwohl sie bei Heimatfilmen, bei »Madame Butterfly« und »La Bohème« weint, manchmal auch Tränen lacht, wenn wir im Salon Leute nachäffen, Filmstars und Bekannte, dann schüttet sie sich aus vor Lachen, rennt hinaus, kommt mühsam beherrscht wieder herein, sieht uns an, rennt wieder hinaus und lacht und lacht auf dem Flur weiter.

Lotte war dunkelblond und hatte braune Augen. Ein lichtes Braun, wie die Rinde der Kastanie hinter dem Haus. Ein Kälbchen, mit weichen Ohren und langen dichten Wimpern. Alle in der Straße nannten sie Lotti. Lotte hatte oft Angst, Mutter Brigitte durfte keine Angst haben, weil sie die Große war, ihr Vater war an der Ostfront.

So hat Mutter es erzählt: »Es war am 10. April 45, wir lagen schon im Bett. Sirenen heulen. Bomber dröhnen. Die Tiefflieger kommen. Großangriff der Engländer. Das Bündel raffen, das Tag und Nacht bereit liegt, ich an meiner Mutter Hand, Lotte an Großvaters Hand, in den Luftschutzkeller rennen, ein paar Häuser weiter, in die massiven Keller der Gründerzeithäuser. Dann hamse abgeschmissen, alles brannte. Straßen, Häuser, Zweige an den Bäumen. Die Häuser sind zusammengekracht wie Spielkarten. Weiße Fackeln flogen durch de Luft. Die Leute haben geschrien wie am Spieß. Großvater, mei Großvaterle. Der Menschenstrom wälzt sich durch die glühenden Straßen, alle wollen in die Keller. Wir hatten es nicht weit, sind noch mal hoch, Bettlaken unter den Wasserhahn halten, sind mit den klatschnassen Laken durch de Flammen gerannt. Schreien, Trampeln. Lotte reißt sich von Großvaters Hand los oder wird losgerissen. Zertreten. Einen schmalen Damenabsatz hatte sie auf ihrem Hals, hinter dem rechten Ohr.«

Ein Knie geht einsam durch die Welt.
Es ist ein Knie, sonst nichts!
Es ist kein Baum! Es ist kein Zelt!
Es ist ein Knie, sonst nichts.

Der Südturm der Johanniskirche ragt steil in den Himmel, aus dichten Wolken fängt es leise an zu tröpfeln. Auf die gelben und blauen Schirme der Passanten. Auf die grüne Mütze des Volkspolizisten mit den Wulstlippen. Auf die blitzenden Westantennen im Mammengebiet. Durchsichtige Tropfen rinnen von Glaszinnen, hängen schwarz und glänzend an den Spitzen des Stacheldrahts. Die Tannen im Garten recken sich. Einschusslöcher vernarben. Die Akten schweigen in Kellern.

Hin und her

»Was denkst denn du, was wir alles in den Westen exportieren. Die reißen es uns aus den Händen! Die hier brauchen Devisen, die haben doch nichts. Deshalb schaffen sie alles rüber, und was sie nicht rüber schaffen, das schaffen sie zu den Russen. Die Russen rauben das Land aus.«

»Vater! Mutter! Wir zahlen Reparationen an die Sowjets, mehr als das Zehnfache von dem, was Westdeutschland gezahlt hat. Schließlich haben wir viel gutzumachen. *Wir* zahlen das alles, dabei haben die da drüben doch genauso den Krieg verloren. Wir erfüllen unsere moralische Pflicht. Und die?«

»Die drüben haben überhaupt keine Moral«, wirft Vater ein, »aber bei denen läuft der Laden!«

»Ach, hätten sie die Grenz nur 20 km weiter naufgezogen. Dann säßen wir jetzt im dicken Mercedes und würden über die drüben lachen. Aber so lachen die drüben über uns.«

»Na, wärt ihr doch rübergegangen!«, ruft Marie. »Ihr könnt doch nicht euer Leben lang nur meckern und motzen, ihr wart jung, noch keine Kinder da, warum seid ihr nicht einfach abgehauen?«

Mutter wird ganz groß. »Das konnte doch keiner ahnen, von einem Tag auf den andern war die Grenze dicht! Ich hätte jetzt sechs Kristallpokale. So hab ich nur drei. Dann hätt ich einen ganzen Satz.«

»Mutter, unsere Regierung wollte damals keine Teilung! Unsere Regierung wollte verhandeln, aber nicht nur nach den Bedingungen, die ihnen die BRD diktierte. Adenauer wollte die Teilung, lieber ein halbes Land ganz als ein ganzes Land halb! Die haben uns gezielt Tausende unserer Universitätsabsolventen und jungen Facharbeiter abgeworben, Ärzte, Rechtsanwälte, Ingenieure, OP-Schwestern, Maurer,

Schweißer, ihnen Wohnung und das Dreifache an Gehalt geboten! Das verkraftet keine Volkswirtschaft!«

Vater murmelt: »Ammenmärchen für Pioniere« und gähnt gelassen.

»Nu, wenn se drüben besser verdient haben ...« Mutter zuckt die Schultern.

»Die wurden hier ausgebildet, das hat alles der Staat gezahlt! Die Bevölkerung! Ihr!«

Mutter zieht die Augenbrauen hoch. »Wie klug du bist!«, sagt sie sarkastisch und beißt in ihr Rollmopsbrötchen.

»Warum sind sie denn so scharf auf unsre Produkte?«, ereifert sich Marie. »Warum reißen sie dir deine Lichtmaschinen aus der Hand, in Belgien und Frankreich? Wieso produziert ihr im Werk zu 70 Prozent für das nichtsozialistische Ausland, wie du selbst immer sagst, wenn unsere Produkte nur Schrott sind?«

Vater räuspert sich nachdenklich und sagt dann sehr ruhig: »Ich hätte auch gern mal so ein Licht für meinen Lada. Das ist doch kein Verbrechen.«

Marie rauft sich die Haare. »Wir sind von der technologischen Entwicklung der westlichen Staaten abgeschnitten, so viel kannste gar nicht spionieren. Wir hatten eben keinen Marshallplan! Die können sich austauschen, stecken die Köpfe zusammen und hecken wissenschaftliche Analysen aus, erfinden Blue- und Kartoffelchips. Wir rennen ständig hinterher und müssen das Fahrrad immer neu erfinden.«

»Ja«, sagt Vater bedächtig, »aber dann muss man sich anschließen, an die schnellen Räder der anderen. Dann kann man profitieren, dann kommt der Laden in Schwung. Die fahren Rennen, machen die Sieger unter sich aus. Wir sitzen auf einem alten Drahtesel und treten, stolze Lieder singend, auf einem schlammigen Feldweg in die falsche Richtung. Ab und zu sehen wir sie drüben vorbeisausen, sehen ihre blitzenden bunten Schatten, husch, sind sie weg. Und wir stehen in der Pfütze und winken.«

Damals war's

Mutter sitzt pünktlich jeden Donnerstag nach acht im kleinen blauen Salon, das Ohr am Radio, den Kopf lächelnd in die Hand gestützt.

Der Radiosprecher spricht mit sonorer Stimme: »Damals war's. Geschichten aus dem alten Berlin.«

Dann kommen die endlosen Stories von Alma und Anna mit dem frisch gestärkten Häubchen, Frau Gräfin Lili und Fräulein Bernadette mit dem frisierten Hündchen auf dem Arm.

»Mein Dienstmädel ist mir schon wieder davongelaufen, gnä' Frau.«

»Nein, so was!«

»Ja, liebe Frau Kommerzienrat, da müssten Sie meine haben. Eine Perle, sage ich Ihnen, eine Perle!«

Sie gackern die Tonleiter rauf und runter.

Warum hört sie sich diesen Schmarrn an? Sie ist nicht im Elternbeirat, wo sie ihre Meinung sagen könnte, versucht nicht zu ändern, was ihr wichtig ist. Dafür singt sie im Kirchenchor. Sie schickt ihre Kinder nicht in den Kindergarten, das hält sich Madame zugute, sie hat keine Bewahranstalt nötig, Gott bewahre. Womöglich versaut man die Kinder im Garten, entfremdet sie dem häuslich verordneten Denken. Sie verbieten die Kur und jedes Jahr das Ferienlager. Selbst als Marie vom Direktor in die Arbeitsgemeinschaft »Junge Schriftsteller« delegiert wird, die ein Schauspieler vom Theater leitet und in der es um Literatur und Dramatik geht, verbieten sie es. »Die Eltern wünschen es nicht«, soll sie sagen, aber nur, wenn sie gefragt wird.

Sie trifft den Direks auf der Treppe vorm Sekretariat. Ein lockerer Typ, in Kordhosen und Hemd. Er sieht sie freundlich an und sagt, es wäre an der Zeit, dass sie andere junge Menschen kennenlernt, mit gleichen Interessen.

Gedankenaustausch und Neugierde sind wichtig für junge Künstler. Er wünscht ihr viel Glück. Die Klassenlehrerin gratuliert ihr in der Deutschstunde. Das sei eine tolle Sache für Marie und eine besondere Ehre, auch für die Schule. Nur die Besten aus dem Stadt- und Landkreis finden sich in dieser AG zusammen. Nach der Stunde geht Marie zum Pult. »Es wird nicht möglich sein«, sagt sie. Die Lehrerin sieht sie erschrocken an. »Meine Eltern erlauben es nicht ... es tut mir schrecklich leid.«

Anna mit dem frisch gestärkten Häubchen. Zum Lachen. Zwei romantische Bilder hängen über Mutters Bett. Ein Bubi, der hart am Felsvorsprung Schmetterlinge jagt und ein Mädi, das mit Henkelkorb einen Steg über reißendem Wasser überquert. Gefiederte Hähnchenflügel wachsen aus den Rücken der himmlischen Beschützer.

Lake Michigan

In großen Abständen, aber doch regelmäßig schickt Grandyddy Briefe und Fotos. Auch Schecks fliegen ein auf diesen geheimnisvollen Pfaden. Immer ist etwas Besonderes dabei. Ein Indianerdorf mit echten Indianern. Alte Holzhäuser am Kai. Ein herrschaftliches Anwesen in Ottawa, ein See in nebligem Orange. Hoch spritzt die Gischt am Wasserfall. Caribana in Toronto, ein farbiger Rausch aus Rhythmen und wirbelnden Hoffnungen im August. Heiß. Staubig. Unersättlich. Eine Schlittenfahrt mit helläugigen Wolfshunden durch den tief verschneiten kanadischen Winterwald. Aufgebracht starrt Marie auf das Bild. Und ich bin nicht dabei.

Lake Ontario. Lake Erie. Lake Michigan. Lake Huron. Lake Superior. Warum hört man davon so wenig?, fragt sich Marie beim Abendbrot. Von Kanada, Australien, England,

Frankreich und Indien? Klar, wir lernen, wo Piccadilly Circus ist und wie man nach dem Weg zum Trafalgar Square fragt. Go straight ahead, follow the tramway lines … Leider kann ich sie nicht selber fragen, die people. Dass die Kinder in Afrika so entsetzlichen Hunger leiden und warum, das lernen wir auch, während ich hier Beefsteak und Eierkuchen in mich reinschlinge. Von Mutter Theresa erfahren wir und Indira Gandhi, auch von Nelson Mandela und Salvador Allende. Weiß ich doch schon eine ganze Menge, so mies sind die gar nicht, die Roten.

Pfeift Vater aus den Nasenlöchern? Marie wünscht sich Ohren, die sie abdrehen kann wie den Knopf eines Radios.

Aber noch viel mehr weiß ich über das Kusnezk- und Donezkbecken, das Ural-Gebirge und die Steinkohle, die dort gebrochen wird, über verborgene Gold- und Diamantenschätze in Sibirien, die schwer ans Tageslicht zu befördern sind, der Tiefe und Kälte wegen. Aber warum darf ich, wenn ich schon die Sprache eines sozialistischen Bruderlandes lernen soll, was ich ja einsehe, der brüderlichen Nachbarschaft wegen und wenn man mal was Ausgefallenes braucht wie Pistazien-Eis oder Ölsardinen, im Grenzgebiet ansässig, nicht Tschechisch lernen statt Russisch?

»Warum muss ich eigentlich unbedingt Russisch lernen?«, sagt Marie laut. »Mein Lebtag werde ich nicht nach Sotschi ins Russenparadies fahren«.

»Ja,« sagt Mutter nachdenklich. »Das ist politisch.«

»Wieso? Wenn die Franzosen 1789 nicht rebelliert hätten, hätten wir heute noch den Feudalismus und Madame Pompadour.«

»Das war 'ne tolle Frau«, findet Mutter.

»Ja, toll, im Verbrauch von Puder und Mösenspray.«

»Pfui!«, ruft Mutter. »Pfui! So ordinär zu sein.«

Marie tröstet sich. Andern Europäern geht's genauso. Auch Franzosen, Italiener und Dänen haben keine Grizzlys im Wald, auch dort stelzen keine rosa Flamingos im Dorfteich herum.

»Ja, sagt Vater bedächtig. Aber die können hinfahren und sich die Flamingos ansehen, mit eigenen Augen. Und wir hocken hinterm Stacheldraht.«

»Kann ich auch«, murmelt Marie. »Im Zoo. Denk ich mir das Gitter weg.«

»Wir haben noch Glück«, sagt Mutter, »wir haben gute Bekannte im Schwabenland und unseren Großvater. Wenn wir den nicht hätten. Aber wir haben ihn.«

Eines Tages fliegt ein seltsames Foto übers weite Wasser ins Vuchelbeerbaamland. Grandyddy steht nicht allein. Er legt seinen Arm um eine Frau im grauen Kostüm, hinter ihnen das grün zerzauste Meer mit dem rostigen Gestänge. Sie ist zierlich und blinzelt kokett unter einem kleinen, gelbgetupften Hut hervor. Nicht mehr jung, aber mit Klasse.

Mutter schaut lange auf das Foto. Kaut auf der Unterlippe herum. »Wer ist das?«, fragt sie endlich.

»Schick!«, findet Marie. »Wer auch immer. Schließlich ist Grandyddy kein Säulenheiliger, oder?«

Elefanten prusten nach ihrer Elefantendame. Elche und Elchinnen wälzen sich lüstern im lauen Gewässer. Knallige Ahornblätter rascheln verliebt nach trägen Fröschen, Wüstenkakteen stacheln täppische Grizzlys auf. Selbst der Wind pfeift nach seiner Braut.

»Nun …«, sagt Vater. Er schindet Schweigen heraus. »Sie heißt Frau Tanz.«

Mutter kaut fast bis zum Zahnfleisch.

»Frau Tanz«, quetscht sie heraus. »Aber Großmutter?«

»Seit wann interessiert euch Großmutter Gretl?«, fragt Marie böse. »Ihr hasst sie doch, alle beide. Ich kann mich immerhin noch für ihren Heringssalat begeistern. Und für ihre alten Klamotten.« Niagarafälle. Nerzfelle. Persianerfälle. »Wenn er nun mal in Kanada ist und findet jemanden …«

»Ohne Trauschein?« Mutter schüttelt zweifelnd den Kopf.

»Jetzt sei bitte nicht so ein bigotter Mistapostel.«

Das große Meer

Mutter hantiert in der Küche, holt Teller aus dem Schrank, schneidet Brot auf. Es gibt Blumenkohlsuppe aus der Tüte. Warum macht sie immer diese Tütensuppen? Kochen kann sie. Sie macht Gans und Kaninchen. Sie würde auch Steine weich kriegen. Nein, lieber doch nicht fragen. Marie steht in der Türe, zögert. »Warum machen wir nicht mal einen Pichelsteiner Eintopf? Gemüse gibt's doch.«

»Was geht das dich an.«

»Ich muss es essen, Mutter.«

»Koch selbst, wenn du so schlau bist.«

»Wenn du mich mal ranlassen würdest?«

»Wirste wieder frech.«

Schon versaut, das Gespräch. Lieber doch nicht fragen? Es muss aber sein, die wollen es wissen, in der Schule. Sie rührt zum Einschlafen langsam in der Suppe. Manchmal macht sie Beefsteaks und Kohlrouladen, die sind gut. Das Gewiegte duftet nach dem angebratenen Kraut, das Kraut nach dem Fleisch. Rindsrouladen kann sie. Klopft das rohe Fleisch dünn, streicht das dunkelfasrige mit süßem Senf ein. Wiegt Speck und Käse für die Füllung. Hingebungsvoll. Liebevoll und herzlich ist sie, wenn sie ansonsten in Ruhe gelassen wird. Vielleicht würde sie etwas verstehen, wenn sie es nur wollte.

Einmal hat Mutter einen tollen Hosenanzug für Gerda genäht. Marineblau, mit weißen Kragen und großen

Taschen. In Gerdas Klasse wollten alle Mädchen auch so einen haben. Sie hätten den Stoff besorgt und gut gezahlt. Mutter könnte eigene Kreationen entwerfen, sie würden sie ihr aus den Händen reißen. Ich würde Avantgardeschnitte entwickeln, Plauener Spitze auf Westjeans steppen, Fransenröcke und weite Seidenhemden mit irren Hüten kombinieren, nicht so bieder wie die in Bayern. Aber Mutter hat angeblich keine Lust, auch für Gerda näht sie nichts mehr.

Vielleicht will Vater es nicht, vielleicht hat er Angst, dass der Küchentisch voll mit Schnittmustern und Stoffen liegt, wenn es Abendbrot geben soll. Sie hat ausgesorgt, dem Mann drei Kinder geboren. Vier, um genau zu sein. Das reicht für den Rest ihres Lebens.

Mutter streift langsam die Blumenkohlsuppe vom Löffel. Sämige Streifen platschen in den Topf.

»Mutter, ich möchte … Ich möchte auch mal ins Ferienlager reisen, andere fahren jedes Jahr.« Jetzt ist es heraus.

Mutter rührt im Suppentopf. Einmal nach rechts, einmal nach links.

Schöner, praktischer Vuchelbeerbaam. Als sie jung war, sah sie richtig hübsch aus, wie die englische Königin.

»Ich will auch mal ans Meer reisen, an die See.«

Sie schaut über den Küchentisch hinweg aus dem Balkonfenster. »Was du alles willst.«

Marie legt das Besteck auf den Tisch. »Kommt Gerda heute?«

»Hatte Dienst bei den Frühchen. – Ich weiß scho, jeder Teich gefällt dir.«

»Dann lass mich fahren. Es ist ein Ferienvergnügen, kostet fast nichts für uns Schüler, ist nur zu unserer Erholung.«

Sie ruckt an den Suppenlöffeln. »Und wer fährt mit?«

Marie schöpft Hoffnung. »Lehrer und Eltern, die passen schon auf.«

Mutter streicht über die Wachstuchdecke, es dauert eine Ewigkeit. »So weit weg, das will ich net, und die roten Pauker, die will der Vater net.«

Etwas springt hell auf in Maries Hirn. Jault, kläfft und zischt. »Jedes Jahr die gleiche Scheiße. Das kotzt.«

Mutter starrt aus dem Fenster. »Wenn's dir Spaß macht, fahr doch an die Talsperr, dort kannste dich erholen.«

»Die Talsperre kenne ich. Ich will die Wellen sehen, Schilf im Bodden anfassen, Möwengekreisch hören. Ich weiß nicht, wie das Meer aussieht. Ich will an die Ostsee!«

»Was wollen kannste, wenn de 18 bist.«

Marie möchte den Kopf auf den Küchentisch hauen, dreihundertdreiunddreißig Mal.

»Ich find plattes Land langweilig«, sagt Mutter und setzt sich an den Tisch.

Marie fragt: »Warst du denn schon dort?«

»Vater war mal dort, mit'm Fahrrad.«

»Das ist ja urst, mit dem Fahrrad an die See! Muss das eine schöne Tour gewesen sein!« Marie ist begeistert.

Mutter nickt und lächelt. »Er schwärmt heut noch davon. Mit seinen Studenten unterwegs, die hat er geliebt.«

»Lasst mich doch auch mal fahren! Ein Mal. Bitte!« Mutter zögert. Dann sagt sie energisch: »Ich will net. Der Vater will net. Wir wollen net.«

»Aber warum denn nicht?«

»Wir geben unsere Kinder nicht aus dem Haus. Draußen werden sie ideologisch verseucht.«

»Und ihr verseucht mich nicht?«, schreit Marie. »Ihr seid völlig verspießt und lasst nur zu, was ihr selbst gutheißt, alles andere wird ignoriert und in den Boden gestampft! Wie soll ich in dieser vergifteten Atmosphäre leben? Ich hasse euch!«

»Hab du erst mal Haushalt und Kinner«, schluchzt Mutter. »Dann kannste alles, alles anders machen.«

16 Uhr 45. Der Schlüssel knackt im Schloss. Die Vorsaaltüre öffnet sich, weiche Wildlederschuhe treten ein. Die Diele knarrt. Marie vergräbt sich in ihre Hausaufgaben und ist sehr beschäftigt.

Beleidigt sprudelt die Mutter los. Aufgeregt gackert der Vuchelbeerbaam.

Er beschwichtigt:»Na, na.«

Marie lauscht mit klopfendem Herzen.

»Armes Schätzchen. M-hm, m-hm.«

Er läuft mit langen Schritten im elterlichen Schlafzimmer hin und her. Marie verschanzt sich hinter den Büchern, verkriecht sich in ihrem Inneren.

Entschlossen wird die Schlafzimmertür geöffnet. Schritte folgen in Richtung Kinderzimmer. Er steht in der Türe, Mutter kommt zögernd hinterher.

Was ihr einfalle, die Mutter zu ärgern. Sie habe dem Ratschluss der Eltern Folge zu leisten. Auch wenn es ihr nicht passe, habe sie sich in Gehorsam zu üben und die elterliche Autorität dankbar anzuerkennen. Er ist rot vor Zorn.

Marie tut sehr unbeteiligt, nur die Hände zittern unterm Heft.

Sie solle sich in Zukunft zurückhalten mit ihren primitiven Bemerkungen und tun, was man ihr befiehlt. Er keucht. Sie solle antworten, wenn man mit ihr spricht.

Marie starrt den gelben Kachelofen an. Vielleicht zerspringt der ja.

Vater schreit.

Marie würgt an Tränen und versucht, überlegen und gleichgültig dreinzuschauen.

»Zieh gefälligst nicht so ein arrogantes Gesicht! Was glaubst du, wer du bist? Du gehörst in eine Anstalt, dort wird man dir Gehorsam und Anstand einprügeln!«

»Am besten gleich ins KZ«, sagt Marie.

Gleich wird er sich auf sie stürzen.

Mutter schaltet sich ein. »Vater, Vaterle, halt dich zurück.« Sie zieht ihn aus dem Raum und besänftigt ihn.

Marie zittert und heult im Kinderzimmer Rotz und Wasser überm Lehrbuch für experimentelle Physik, Gerda wühlt peinlich berührt im Kleiderschrank, der Kleine spielt Tufftuff. Vater vergräbt sich im Wohnzimmer in die Geschichte der Reußischen Fürsten, Mutter weint überm Abwasch in den dreckigen Kakaotopf.

Das Abendbrot verläuft stumm, Teilnahme ist Pflicht.

»Komm, Herr Jesus, sei unser Gast und segne, was du uns bescheret hast.« Sie reichen einander die Hände, Marie widerstrebend.

Affig und verlogen ist das hier.

»Amen«.

Drohende Blicke auf das furchtbare Mädchen. Marie knirscht mit den Zähnen. Es gibt Fisch, Gurken und Gewiegtes, das Vater so gern isst, mit Pfeffer und Ei. Marie sitzt vor ihrem vollen Teller. Gerda schmatzt mit offenem Mund. Der Kleine will keinen Fisch. »Der hat Gräten.«

»Der hat keine Gräten.«

»Der hat Gräten.«

»Der hat keine Gräten.«

»Ich will Kekse.«

Nach fünf Minuten kaut sie langsam an einem Brot, der Magen krampft. Sie steht entschlossen auf, schiebt den Stuhl zurück.

Vater räuspert sich laut.

Die Mutter sagt: »Du bleibst so lange am Tisch sitzen, bis wir alle aufstehen.«

Marie setzt sich wieder hin. Tränen steigen ihr in die Kehle. Wie sie diese Tränen hasst. Andere sind dreist und unverletzlich, hauen rein, haben ein dickes Fell und guten Appetit.

Der Kleine schreit: »Gräten!«

Am Ende der Mahlzeit haben die Kinder »Danke, ich bin satt« zu sagen. Nach heroischem Kampf mit sich selbst quetscht Marie mühsam den Spruch heraus. Sie steht auf, betrachtet eine Sekunde lang die geschliffene gläserne Zuckerdose mit dem Klingeling, die Mutter zur Hochzeit bekommen hat, und schmeißt mit aller Kraft die Tür hinter sich zu. Vater springt hoch, läuft ihr nach, greift sie am Arm und schlägt ihr mit Wucht die Rechte ins Gesicht.

Marie schreit, Verzweiflung bricht aus ihr heraus, sie rennt laut weinend ins Kinderzimmer.

Aufgebracht, unangenehm berührt und finster betroffen sitzen sie in der Küche. Gerda krümmt sich zwischen Angst und Anpassung, Klausi verhält sich still, macht einen auf niedlich und zerpflückt angeekelt den Fisch. Marie zieht unter Heulen und Zähneklappern Schuhe und Jacke an, schnappt sich den Schlüssel, das Dreilein, schließt die Vorsalontüre auf. Das ist keine normale Flurtür, nein, das ist eine Vorsalontüre. Ein Bauherr wohnte hier, vor dem Krieg sogar ein echter Graf, wie Mutter gern betont. Ein fetter, verrotteter Bourgeois, denkt Marie, womöglich ein Militär, oder ein Nazi.

Mutter kommt aus der Küchentür gerauscht. »Wo willst du hin?«

»Raus, weg.«

»Du gehst hier nicht raus.«

Marie will sich nicht ins Gesicht sehen lassen, wendet sich ab. Mutter stellt sich massig vor die Vorsalontür. Vater erscheint im Flur, schimpft leise vor sich hin. Marie windet sich, kommt an der breiten Frau nicht vorbei. Sie wickelt sich in die Gardine, starrt zum Fenster hinaus. Hoch über der Tanne hängt der Mond, rund und hell. Mutter stellt das Radio an. »*Ganz Paris träumt von der Liebe.*«

O Greule, Greule, wüste Greule!
Du bist verflucht! so sagt die Eule.
Der Sterne Licht am Mond zerbricht.
Doch dich zerbrach's noch immer nicht.

Schwer ziehen die Straßenbahnen. Die Linie 5 quietscht ächzend um die Ecke. Sie fährt vom Bäcker Striezel bis zu Gretls blühendem Apfelbaumgarten. Linkerhand an der Kurve die »Apotheke zum Pelikan«. Der Pelikan sitzt davor, eisern auf seinem marmornen Sockel, dunkel glänzend. Manchmal streicht Marie mit der Hand über den glatten, kalten Schnabel. Nachts schüttelt er das Blech ab, hebt die starren Schwingen und überfliegt die Weiten, bis in die afrikanische Steppe, in tropische Regenwälder hinein und ans antike Mittelmeer, doch ist er morgens nicht bei Sonnenaufgang zurück, darf er nicht mehr fliegen, muss ewig hier bleiben.

Soll sie ihm ein Hemd aus dem Schlick des kleinen Meeres nähen oder eins aus echter Spitze klauen, wie sie neuerdings im Exquisit herumhängen? Es gibt keine Strategie wie im Märchen oder in der Kirche, wo die erlöst werden, die tun und sagen, was man ihnen befiehlt, für den Pelikan nicht und für Marie nicht, also hinein in die Apotheke. Da stehen abgewetzte Flaschen aus der Zeit der Jahrhundertwende, Zinn, Messing, Bronze, spinnenartige Waagen neben bauchigen Gewichten, tönerne Krüge bergen geheimnisvoll explodierende Pulver, faulig stinkende Wasser, klar brennende Tinkturen, gefährliche Fässer mit zwielichtigen Emulsionen. Es riecht nach Hustenbonbons, Schmerztabletten, Faustan und Gift.

Lass mich ein Ende machen, oh Herr. Ich finde den Schlüssel zu Vaters verbotenen Essenzen nicht, auf dem Bord in der Bodenkammer stehen nur harmlose Wässerchen, die Magenschmerzen bereiten für ein paar Tage.

Schaffe in mir, Gott, ein reines Herz
und gib mir einen neuen, gewissen Geist.
Verwirf mich nicht von deinem Angesicht
und nimm deinen Heiligen Geist nicht von mir.

Das reine Gefühl. Der reine Gedanke. Die reine Zeitver-
schwendung.

Tschee SSR

Der mausgraue Lada nähert sich dem Grenzhäuschen
mit Polizei drin. Mutter kurbelt die Scheibe herunter und
lehnt den weißen fleischigen Arm mit dem roten Topas-
band aus dem Fenster. Die Grenzer lassen sich die Aus-
weise zeigen, fragen, wohin es gehe. Professionelle Rou-
tine.

»In die tschechoslowakische Republik«, sagt Mutter im
Brustton der Überzeugung und nickt bekräftigend. Wohin
sonst, denkt Marie, hier geht's ja wohl nicht nach Irland.
Sie stellt sich vor, wie Mutter statt dessen viel lieber sagen
würde: »Wir fahren da nur durch, natürlich weiter in die
Steiermark.«

Ein kurzer Blick des Grünbefrackten auf Vater, Mutter und die drei Kinder auf dem Rücksitz, und prüfend
zurück zu den Ausweisen. Marie nimmt die Sonnenbrille
ab und lächelt dem Grenzer tief in die Augen. Graublau,
dunkler als ihre. Der bleibt standhaft, lässt sich nicht be-
zirzen.

»Wie lange?«, fragt er.

»Einen Tag«, sagt Mutter. Wieder ein rechtschaffenes
Nicken, auf und nieder.

Unsere achtbare Familie. Die Hochanständigkeit durch-
zieht den Lada wie ein warmer Furz.

»Zu welchem Zweck?«

»Privat.«

Der brave Ton des wackeren Bürgers. Marie kringelt
sich innerlich vor Lachen. Irgendwann müsste sie mal da-

zwischen schreien: Gibt's hier Buletten mit scharfem Senf? Wir haben den Kofferraum voll gestohlener Zigaretten und Pistazien-Eis in der Möse! Oder abfällig murmeln und dabei beiläufig aus dem Fenster sehen: Gott, dieses rote Geschmeiß wieder überall.

Vater lächelt gefällig, zieht bergauf davon, überholt alle Trabis. Aber wenn es dann bergab geht, wo 80 vorgeschrieben ist, kreischen die überholten Trabis volle Pulle an ihm vorbei, mit 100 natürlich und winkenden Kindern auf der Rückbank, manche schaffen sogar 110.

»Gleich werden sie auseinanderfliegen, die Streichholzschachteln! Das könn'se,« freut sich Vater, »bergrunter, da sind sie dicke da.«

Vielleicht hofft er, dass hinter der Kurve die Bullen stehen und Trabis einkassieren. Da er nicht auch kassiert werden will, lässt er sie ziehen, aber nur, um bergauf wieder locker links an ihnen vorbeizuzischen. Dann drehen sich Klaus, Marie und Gerda um und strecken den Trabis die lange rote Zunge aus dem bürgerlichen Hals heraus.

Als Mutter das spitzbekommt, heißt es empört: »Benehmt euch anständig, Kinder, nicht wie dahergelaufene Rotzblagen.«

»Rotzblagen« sagt sie sonst nie. Auch »Arsch« und »Scheiße« sind verboten. Wörter wie »ficken« und »Pimmel« holt sich Marie von der Hauswand und schlägt sie heimlich im Duden nach. Trotzdem kriegt sie das nicht ganz zusammen. Egal, vorläufig kein Interesse.

Die Tschechen sind süß. Gebrochen fragen sie, meist relativ bescheiden, ob man was zu verzollen hat, kontrollieren unauffällig, verabschieden sich dann mit einem kleinen, flüchtigen Nicken, wünschen »Kuttentak« oder »Auf Widdersän«, winken auch mal lässig durch, wenn die Sonne schon orange verhangen oder tiefrot über den niedrigen Zollhäuschen hängt.

Vorgesalzne Lämmer

Die Schlange vor der Schulspeisung rückt langsam vor, Marie wartet, das rote, grüne oder gelbe Papierschnipsel in der Hand, mit knurrendem Magen. Heute steht »Montag« auf dem Schnipsel und »Montag« bedeutet: Eintopf.

Der Hunger ist schlagartig dahin, wenn aus großen Kübeln braune Linsen oder dickes gelbes Erbsmus geschöpft werden, meist schwappt die eilige Kelle der Küchentrudel noch einen klebrigen Rest über den Tellerrand, der Marie auf die Finger trieft, so dass sie den vollen, schlüpfrigen Teller samt Löffel und Brot nur mit Mühe in den Speisesaal transportieren kann.

Was gibt es heute? Graupen. Die kleinen weißen Kugeln schwimmen in der grünlich klaren Kräuterbrühe, sie denkt an Vaters vollgerotzte Taschentücher im wässrigen Schleim des gelben Plastikeimers. Marie ist wählerisch, delikatessensüchtig und verachtet alles, was in gekochtem Wasser liegt. Gerda hingegen lechzt geradezu nach Suppen und Pudding, selbst Erbsen und Bohnentopf löffelt sie mit dem stoischen Gestus eines Indianers, leicht schmatzend mit offenem Mund. Runde Schultern, runde Brüste, runder Hintern, runde Augen, runde Waden. Schwarz und rund. »Die zieht Männer aa wie die Motten das Licht«, sagt Mutter in düsterer Vorahnung über Gerda und weiß nicht, ob sie darüber lachen oder weinen soll. Marie hingegen soll die Hühnerbrust streicheln und sprechen: »Na ihr zwaa, seid ihr immer noch so klaa und wollt net wachsen und sitzen wie de Zipfelmützen?« Was Marie äußerst peinlich findet und niemals tut. Auch hat sie nicht vor, je Motten anzuziehen. Mit meiner Affenliebe für Sprotten, Salzgurken und Pepperoni, denkt sie, wird da nichts.

Wer hat Aufsicht? Der alte Physiklehrer, ausgerechnet. Sie geht aufmerksam mit dem schwappenden Teller in den Saal. Wer sitzt wo? Links schlürft der Club der Unzertrennlichen: Kati, Abba, Micki und Betty. Nebenan die Fraktion der Minderbemittelten, Hannes, Jonny und so weiter, ganz hinten »The Kettenraucher«, die immer schnell schlingen, um danach gemeinsam unter die Kastanien zu schlendern, wo sie schweigend und genüsslich an ihren Ziggis ziehen. Ist wo ein Tisch frei, an dem sie sich niederlassen kann? Sonst setzt sie sich zu irgendjemandem dazu, bekannt oder nicht, möglichst an ein wenig vollgesabbertes Wachstuch.

Sie versucht einen Löffel, da der Lehrer aufmerksam zu ihr hinsieht, wahrscheinlich hat er Order, auf dünne Kinder besonders zu achten, schluckt prüfend vom Löffelrand, stochert nach verlorenem Schinken, findet keinen, gießt Maggi nach, beobachtet den Lehrer, knabbert vom Brot, schluckt nochmals fünf ganze Graupen, zu viel Maggi, völlig versalzen, passt einen Moment ab, in dem der Physiklehrer ihr den Rücken zudreht, balanciert den immer noch vollen Teller zum blechernen Schweinekübel, der neben der Essensausgabe bereit steht, und kippt die flüssigen weißen Kügelchen samt dem dicken Kanten Brot mit einem gekonntem Schwung hinein. Montags ist der Kübel immer voll. Er muss mehrmals geleert und wieder aufgestellt werden.

Oh Gott, da steht der Lehrer neben Marie und sieht sie missbilligend an, dann den rasch geleerten Teller, während sie ertappt auf den grünen Kübel blickt, das schwappende Brot, die schwitzende Küchentrudel, die schmatzenden Unzertrennlichen, und sich wie zufällig auf den Hacken umdreht und im dunklen Korridor verschwindet.

Zuerst auf die Toilette. Welche? Die mittleren Etagen, von den mittleren Klassen meistbesucht, kommen am wenigsten in Frage. Die sind verstopft mit Scheiße und Binden. Wozu gibt's hier einen Hausmeister? Manchmal kommt er betrunken und zerzaust aus seiner Kellerwohnung heraus.

Bleibt die unterste Etage, wo die kleinen Klassen wohnen, da ist es sauber. Dafür sind dort die Türschlösser kaputt. Marie hockt gestreckt, drückt mit der Linken die Klinke fest nach oben und lauscht auf perverse Eindringlinge. Denn die kleinen Jungs finden es großartig, im Schwung mit den Füßen die Klinken aufzutreten und in die Türen zu springen, voller Hoffnung, dass dahinter ein großes Mädchen mit nackten Beinen sitzt und hellauf kreischt.

Sie passt die großen Pausen ab, wenn alle auf dem Hof sind. Ganz oben unterm Dach ist der Ausblick klasse. Manchmal treffen sich hier Jungs und Mädels aus der Zehnten, lehnen am Fenster, rauchen und quatschen. Dann muss sie sich schnell wieder verziehen und darf nicht zu lange blöd gucken. Oft rast sie bis kurz vorm Stundenklingeln von Etage zu Etage, dreimal durch die Schule, fünf lange Doppeltreppen hinunter und wieder hoch.

In der nächsten Physikstunde werden Graupen behandelt. Der Physiklehrer schüttelt den Kopf. Wie die Schüler das Essen wegschütten, das sei eine Schande. Es habe eine Zeit gegeben, die er selbst miterlebt habe: »Ein paar Jahre älter bin ich gewesen als ihr jetzt, da war ich froh über jeden Kanten Brot. Was hätten wir für einen Teller warme Suppe gegeben! Und ihr werft das Essen vor die Schweine.«

Marie hat eine Idee. »Herr Immensalz? Darf ich einen Vorschlag machen, wie wir mit den verschmähten Graupen aus der Schülerspeisung unsere sozialistische Volkswirtschaft stärken können?«

Er guckt fragend durch die Brille. »Ja?«

»Denken Sie mal an Texeler Lammfleisch.«

»Bitte?«

»Texel, das nordholländische Waddeneiland! Dort gibt es vorgesalzenes Lammfleisch. Eine Delikatesse für Insel-Gourmets, es ist doppelt so teuer wie normales Lammfleisch.«

Der Physiklehrer schüttelt zweifelnd das kahle Haupt, will der Innovation der Jugend aber nicht im Wege stehen.

»Die Lämmer grasen Tag und Nacht in der salzhaltigen nordischen Seeluft, sie fressen das salzige Gras, also sind sie vorgesalzen. Da können wir uns eine Scheibe von abschneiden!«

Herr Immensalz windet sich zum Fragezeichen. Diese Jugend guckt einfach zu viel Westfernsehen.

»Unseren Schweinen schmecken die Graupen mit dem Maggi doch sicher. Schweine liefern Steaks, also liefern Schweine, die Maggi-Graupen fressen, mit Maggi vorgewürzte Steaks. Maggi-Graupen-Steaks.« Logische Herleitung, Marie ist stolz auf sich.

Der Lehrer sieht sie erstaunt an.

»Ganz einfach, Herr Immensalz. Wir müssen sie nur richtig verkaufen!« Marie sieht schon die riesigen Plakate, einen Fernseh-Spot. Schnitt von der Polytechnischen Oberschule zum Gourmet-Restaurant am Berliner Alex. Der Herr Staatsratsvorsitzende speist in anregend kommunikativer, gepflegter Atmosphäre Maggi-Graupen-Steaks mit dem westdeutschen Herrn Außenminister. Sie fressen und fressen. Zu unseren Maggi-Graupen-Spezialitäten empfehlen wir Ihnen einen Chateau Grüner Kübel, gut gekühlt, fruchtig und angenehm prickelnd. Voll ungestümer Hoffnungen und mit spritziger Süße. Der Abgang ist kurz, aber reizvoll intellektuell. Am besten ganz jung genießen. Vorbildliche Thälmann-Pioniere und FDJ-ler kurbeln mit selbstlosem, beispielhaftem Verzicht auf Graupen die heimische Nahrungsgüterwirtschaft an.

Der Physiklehrer sieht sie an wie ein Ufo, dann fährt er mit dem Unterrich fort: »Wenn ich die junge Erfinderin bitten dürfte, auch mal ein Auge auf die Tafel werfen, Fräulein Marie. Im Bohr-Sommerfeld-Atommodell werden zusätzlich Ellipsenbahnen der Elektronen ...«

An anderen Tagen haben die Schweine wenig von der Schulspeisung zu erhoffen. Milchreis mit Zucker und Zimt, dazu glibbrige quietschrote Götterspeise wird emsig gelöffelt. Mit blankgeleckten Schüsseln in den Händen kehren die Schüler zur Küchentrudel zurück und verlangen mit glänzenden Augen Nachschlag. Klatsch. Auch bei Gebratenem hat Marie nichts zu meckern. Wenn es paniertes Schnitzel oder Beefsteak, grüne Kullererbsen und Sahnepudding gibt, kann Herr Immensalz gerne gucken. Sie hätte am liebsten jeden Tag frische Pfifferlinge, gebratene Maronen und Steinpilze auf Butter, dazu schmelzend gebackenen bulgarischen Schafskäse, Barben in russischer Salzkruste, geräucherten Karpfen oder Schaschlik kross. Also später einmal einen Vier-Sterne-Koch heiraten – schließlich soll sich die Jugend konkrete Ziele für die Zukunft stecken.

»Mein persönliches Lernziel für die nahe Zukunft: Die Prüfungen zur Zehnten mit ›sehr gut‹ bestehen, mein persönliches Ziel ist: ›mit Auszeichnung‹.

Mein persönliches Lernziel für die weitere Zukunft: Das Abitur mindestens mit ›gut‹, besser mit ›sehr gut‹ bestehen.

Mein Lernziel für die Zukunft: Studieren. Zur Wahl stehen Germanistik und Architektur, vielleicht Theaterwissenschaften. Zu bedenken sind die Berufe Maler, Stuckateur und Schriftsteller.«

Wenn das nicht klappt, vielleicht Goldschmied, Dekorateur, Bildhauer, Modedesigner, Kirchenmusiker oder Dirigent. Für Klaviervirtuose und Zirkusaffe jetzt schon zu alt. Tänzerin wäre was, ich bin musikalisch, gelenkig und leicht zu heben, doch leider haben die Pädagogen in Leipzig vernichtende Makel an meinen Fußgelenken festgestellt. Sie deuteten auf beide Knöchel, sahen sich fragend an und schüttelten bedauernd die Köpfe.

Was möchte ich auf keinen Fall werden? Pfarrer und Pädagoge. Warum nicht Pfarrer? Zu mittelalterlich. Warum nicht Pädagoge? Zu viele Kinder.

Was kann ich besser als andere? Was entscheidet, ob ich wirklich gut bin oder nur mittelmäßig? Idealismus? Ruhm? Erfolg? Geld? Macht? Kritiker? Die Medien? Genialität? Moral? Der gesunde Menschenverstand? Mein Urteil? Das der Eltern? Das der Regierung? Meine Vorstellungen für die persönliche Zukunft: Vier-Sterne-Koch finden und heiraten. Bis dahin durchschlagen. Von allem so viel nehmen, dass ich keine Hungerödeme an Knien und Ellbogen kriege. Vom Braten mehr, von den Graupen weniger.

»Meine Erwartungen und Hoffnungen für die spätere Zukunft: Kinder kriegen?« – »Nach Frankreich oder Kanada auswandern« darf hier nicht stehen. Möglich ist auch eine Lehre als Kaltmamsell. Das empfiehlt Mutter, es ist nahrhaft, da weiß man, was man hat. Später ein Gourmet-Restaurant eröffnen? Grandyddy ist Hotelbesitzer, ich könnte lernen, wie man junge Grizzlys flambiert, Riesenforellen zerlegt und Wildbeeren röstet, ohne die zarte Haut zu verletzen.

»Meine Hoffnungen und Wünsche für die Zukunft unseres Landes: Für mein Land wünsche ich Weltfrieden. Buchenwald, Dachau und das Warschauer Ghetto, Carl von Ossietzky, Sophie Scholl und die Moorsoldaten sollen nie vergessen werden.«

Da stecken sie, die nackten jungen Ziele, wie frierende Bäume im April. Wollen begossen werden, um wachsen und grünen zu können. Mit einem fröhlichem Lachen, Mut, Kraft und klaren Vorstellungen, die zielstrebig und ohne Zögern verfolgt werden.

Aus der Traum

Der Rock, am Tage angehabt,
er ruht zur Nacht sich schweigend aus;
durch seine hohlen Ärmel trabt
die Maus.

Keiner hat was gewusst. Heller Aufruhr. Die Lage ist ernst.
Vater ist tagelang freiwillig drüben bei Großmutter Gretl,
wo man ihn sonst hinschleifen muss, zum Gießkannen-
schleppen, zum Futtermähen, zum Erdbeerenpflücken,
zum Äpfelernten. Plötzlich herrscht eine große, allumfas-
sende Einigkeit.

»Gerda, weißt du was?«

Gerda weiß nichts. Klaus fasst keine Schere an, zer-
schneidet keine Puppen, keine elektrischen Leitungen und
trinkt nicht heimlich im Kabuff Vaters Johannisbeerlikör
aus. Weiß Onkel Sigismund Bescheid? Er weiß Bescheid.
Seine Frau ist eine hochgeschätzte Ärztin, die Berliner Pra-
xis floriert. Er kann da nicht weg.

Sie suchen und suchen. Alles verbrannt im Bomben-
hagel. Zweimal ausgebombt.

»Warum sagt ihr nichts? Haben wir was ausgefressen?
Was sucht ihr denn?«

»Was Entlastendes, Kind, was Entlastendes! Dass er
zum Zeitpunkt nicht dagewesen ist, zum fraglichen.«

»Zu welchem Zeitpunkt wo nicht gewesen? Was ist
fraglich?«

Sie sagen nichts. Sie finden nichts.

Der RIAS bringt es in den Nachrichten. Auf der Straße fragt schon die Frau Schmidt: »Maler – seid das etwa
ihr?«

Der Name. Der Name ist es. Dabei sagt man, ein Name
sei Schall und Rauch. Dieser nicht. Bisher war er es. Jetzt

ist er bekannt. Mutter sitzt zitternd neben dem Radio in der Küche, hört zu Maries Erstaunen jede Nachrichtensendung und sagt ein ums andere Mal: »Bäh. Jetzt hamse uns. Bäh.«

Irgendwann sickert es durch. Es ist was mit Grandyddy.

»Das viele Geld.«

»Was für Geld?«, fragt Marie. »Er hat uns doch immer unterstützt, mit Kirschpralinen und Schecks. Wofür ist es draufgegangen? Hat sich die Stasi bedient? Habt ihr was gefunden? Was Entlastendes? Was ist denn los, bitte sag doch was!«

Mutter schweigt einige Zeit. Kaut auf der Unterlippe herum. Schiebt den Kopf vor und zurück. Ringt die Hände.

»Für den Rechtsanwalt, Schaf.«

»Wozu brauchen wir einen Rechtsanwalt?« Marie verstummt. Irgendwas stinkt hier. Irgendetwas stinkt hier so gewaltig, dass der liebe Gott oben im Himmel die Fenster verrammelt und die Klimaanlage einschaltet.

Ratlos stehen sie abends in der Küche und reden. Die Kinder werden früh zu Bett geschickt, sie verschwinden lautlos. Irgendwas passiert hier. Wer jetzt nicht spurt, fängt Watschen.

Eines Abends ist es heraus. Unter dem Siegel der vollkommenen Verschwiegenheit. Das übliche »Das bleibt unter uns, wehe, wenn ihr was sagt, Kinder, dann könnt ihr was erleben« ist zwanzigfach verschärft.

Klaus ist spielen gegangen.

»Sie haben ihn herausgeholt aus Kanada.«

Gerda und Marie sehen sich entgeistert an.

»Die westdeutsche Justiz hat Großvater herausgeholt.«

»Die westdeutsche Justiz hat was?«

»Kanada hat unseren Großvater ausgeliefert.«

»Kanada hat … ?«

147

»Kanada hat unseren Großvater nach Westdeutschland ausgeliefert, Kinder.«

»Wieso? Gibt es dafür einen Grund? Hat die Justiz Beweise? Die westdeutsche Justiz? Was hat er denn gemacht? Warum sagt ihr nichts? Wo ist er jetzt?«

»Sie haben sich geirrt.«

»Geirrt?«

»In Frankfurt.«

»Frankfurt im Westen?«

»In Untersuchungshaft.«

»Im Gefängnis?«

»Er hat gute Anwälte«, sagt Vater.

»Es muss Beweise geben. Die liefern niemanden einfach so aus. Einen kanadischen Staatsbürger! Nach so vielen Jahren? Ist es wegen damals? Wegen der Gestapo? Von Kanada hat man noch nie so was gehört. Von Argentinien, vom Rattenpfad, ja. Aber Kanada?«.

Gerda schweigt. Marie tobt und weint. Warum ist er im Gefängnis? Wo ist er gewesen? Was hat er getan? Wieso kommen sie erst jetzt drauf? Wer hat ihn verpfiffen?

Gerda, Marie und Klaus liegen in den Betten, durch die Vorhänge scheint der Mond.

»Da sitzt wer.«

»Was?«

»Da sitzt was auf dem Fensterbrett.«

»Quatsch.«

»Ich kann's deutlich sehen.«

»Du hast bloß Angst.«

Was machen sie jetzt mit uns? Werden sie mich auch anspucken wie Großmutter Gretl? Genügt es nicht, dass die Jungs auf der Straße über mich lachen, wenn ich in die Kaufhalle gehe, Witze reißen vor allen Leuten: »Rote Haar und Sommersprossen, hätt ich mich scho längst erschossen«, »Ey, Kupferplatte! Feuermelder!«? Dürfen sie mich jetzt fertigmachen in der Schule, weil die kanadische Justiz meinen Großvater ausgeliefert hat? Obwohl ich nicht einmal weiß, warum?

Ist mein Großvater ein Verbrecher? Hat er Menschen umgebracht? Einen? Zehn? Hundert? Werde ich es je erfahren? Hat er Todesurteile unterschrieben? Menschen gefoltert oder foltern lassen? Kommunisten? Juden? Meine Arbeiten über »Das siebte Kreuz« von Anna Seghers hat die Lehrerin der Klasse vorgetragen, als leuchtendes Beispiel. War er KZ-Aufseher? SS-Scherge? Einer dieser entsetzlichen Teufel, bei denen einem das Blut in den Adern stockt, wenn man nur ihren Namen hört?

Sicher nicht. Es kann nicht sein. Er ist doch unser Großvater.

Warum kann es nicht sein?

Weil die Mörder weit weg sein sollen, in der flimmernden Wochenschau, in einer alten Zeitung, in den Aufzeichnungen der historischen Prozesse. Weil ich da vor ihnen ausspucken kann, vor diesen menschlichen Bestien. Doch nicht vor meinem eigenen Großvater.

Komme ich in den Knast hinter die Glaszinnen und werde so lange gefoltert und vergewaltigt, bis ich alles sage, was ich weiß? Ich weiß ja nichts.

Suchen sie ihn schon lange? Er lebt doch unter seinem richtigen Namen, ist seit Jahrzehnten kanadischer Staatsbürger. Briefe fliegen hin und her von Kanada ins Vuchelbeerbaamland und nach Berlin. Warum finden sie ihn erst jetzt? Und warum will ihn die westdeutsche Justiz haben und nicht die ostdeutsche?

Was weiß Vater? Was Großmutter? Sein Bruder, seine Schwestern? Frau Tanz? Welche Beweise suchen sie?

Stunde um Stunde liegt Marie wach.

Durch seine hohlen Ärmel trabt
gespenstig auf und ab die Maus …

149

Der Rock, am Tage angehabt,
er ruht zur Nacht sich aus.

Sie zerrt im Dunkeln die Gitarre aus der schwarzen Leder-
hülle, spielt und singt:

Unsre Heimat, das sind nicht nur die Städte und Dörfer,
unsre Heimat sind auch all die Bäume im Wald ...

Und die dran hängen.

Vater kommt noch einmal herein, die Hosenbeine schla-
ckern um seine Knöchel. Er sieht blass und müde aus. Mit
gespenstisch hohlen Augen und blauen Adern. Kein »Hi-
hi«, kein »hm-hm«, kein verächtliches Schnaufen. Kein
»Kannst ja untern Regentropfen durchhüpfen«. Kein Zwischenraum, hindurchzuschaun.

»Gute Nacht, Gerda. Gute Nacht, Marie. Gute Nacht,
Klaus.«

Drei Kehlen flüstern: »Gute Nacht, Vater.«

Marie hört im blauen Salon die Dielen knarren. Er läuft
vom Fenster zur Kommode, von der Kommode zum Fenster.

Götterfunken

Der Chor probt für das große Silvesterkonzert im Stadttheater. Noch ohne Instrumente, nur mit dem unermüdlich kor-
rigierenden Kapellmeister. Montag für Montag, 19 Uhr.

Marie betritt das neoklassizistische Theater mit neugierigem Zittern. Durch die Pforte, den Künstlereingang, späht
sie nach bekannten Gesichtern, nach den geliebten Opern-
sängern und Schauspielern auf dem Weg zur Probe.

Eine stämmige, aufgedonnerte Blondine stapft zielstrebig vorbei, ein blutiges Gesicht in der Hand, das linke Auge ist zerschlagen, das rechte schwer verquollen. Blaue Fransen hängen wie nasse Tannenzapfen von Ohren und Nase herunter. Eine Horde Tänzer eilt verschwitzt und schwatzend, mit exzellent herausgearbeiteten Hintern vorüber. In voller Rüstung scheppert ein beleibter Herr, den Helm unterm Arm, schleppt die eisernen Füße, wischt sich den Schweiß vom Gesicht. Marie quetscht sich an die Wand und hält die Luft an. Goldbetresste Mädels hocken in einer Ecke, die Beine von sich gestreckt, als wären sie gebrochen. Sie beißen genussvoll in Salamibrötchen, rauchen und quatschen. Was proben die? »La Traviata«? Die »Nibelungen«? Irgendwas mit viel Blech.

Ein freundliches, lässiges Hallo zu den Wartenden hinwerfen, und weiter geht's, die Treppen hinunter, in die Katakomben der Zunft. Schauspieler sieht man selten hier unten. Die verkrümeln sich meist in düstere Ecken bei Ziggis und Kaffee, vertieft in ihre fledderigen Rollenbücher. Auch Tänzer machen sich rar, ihre Waben sind um den Ballettsaal gruppiert.

Durch den Gang schlendern. Links und rechts verschlossene Türen, eine Sängerin ölt sich die Stimme zum Klavier, warm, kraftvoll. »Lülalülalü«. Halbton hoch. »Lüla...« Runter. Jetzt im Ganzton die Quinte. »Du da. Die da. Der da.«

Marie reißt den Mund auf. »DalaiLamaDalaiLamaDai. Ka-har-to-ho-fe-hel-rü-hür-brei.«

Die Treppen hoch hüpfen, zum Probenraum.

Aschenbecher quellen über, krümeln auf Tische und Fensterbrett, die Gardinen sind löchrig und vergilbt.

Zu den Endproben kommen sie an, die geschätzten Damen und Herren Orchestermusiker. Mit Pauken und Trompeten, mit Becken, Harfe, Violincello und Rollkragenpullis. Die Probebühne füllt sich mit schwatzenden, unkonzentrierten und aufgekratzten Menschen. Jacken, Mäntel und Sakkos türmen sich auf Kleiderständern und Stühlen. Sie sammeln sich, stimmen die Instrumente. Es miaut, murmelt und krächzt, zupft, kurbelt und singt. Noten werden ausgebreitet, rascheln und fliegen auf wie ein dichter Schwarm unerschrockener Tauben. Eine Flötistin zieht sich die Lippen nach, scharlach. Die Bratsche zerrt ihren Rock in Form, der Herr hinterm Becken wirft sein Sakko Richtung Ständer, trifft nicht, ein Bläser befördert es weiter. Seid umschlungen, Millionen! Plötzlich bekommen die versifften Bretter, die die Welt bedeuten, einen irrsinnigen Glanz.

Was man eben noch für sich probiert hat, in der Badewanne, in einer stillen Ecke im Park, mit den vertrauten Sopranen, später mit Alt, Tenor und Bass, weil man dabei ist, weil man sich gemeldet hat und beim Vorsingen genommen wurde, bekommt jetzt einen Sinn, einen scheppernden, schmetternden Zusammenhang.

Mit Wucht hauen sie auf die Pauke. Laut klirren die Becken. Sämtliche Streicher in vollbewegtem Einsatz. Es fiedelt und brummt, pfeift und kracht. Erschüttert Herz, Nieren und Gehirn. Schwillt an zu ohrenbetäubendem Getöse. Der Kapellmeister rudert.

Jetzt der Chor. Er klopft mit dem Holz ans Pult. »Die Bässe! Die Bässe bitte! Nicht schlafen, Herrschaften. Takt 216. 216!« Erneutes Klopfen. Hoch von den Sitzen. Chorisch atmen. Stützen! Der Kapellmeister nickt in die vorderen Reihen, aufmunternd. Breitet die Arme. Große Bewegung. Das Orchester dröhnt und jubelt. Mächtig setzt der Chor ein. Geballte Stimmkraft. Die Sänger wollen die Probebühne sprengen. »Oale Menschen, oale Menschen, oale Menschen …«, fordert der vibrierende Ton der Violinen durch den Äther.

»… wer-den Brü-der!« Marie holt tief Luft, nimmt das Herz fest in beide Hände und fliegt auf weißen Flügeln zum Mond. Freude! Freude!

Wollust ward dem Wurm gegeben und der Cherub steht vor Gott.

Der nächste Tag verläuft friedlich, auch weil Marie erfüllt ist von »Oale Menschen«, dazu zählen sowohl rote und braune Säue, saubere und besudelte, Lufthansa und Aeroflot, Eltern und Kinder. Der »Kuss der ganzen Welt« umarmt Reagan und Andropow, Grandyddy und die kanadische Justiz, Juden und Nazis, die Stasi, Herrn Immensalz und den schwarzgelockten Diakon Petrus.

Beim Abendessen fasst sie sich ein Herz. In keinem Lexikon hat sie es gefunden, was das sei, ein Wort, das vielleicht nur Streicher und Bläser kennen, der Herr Kapellmeister lacht womöglich, wenn sie danach fragt, auch wenn sie die Jüngste im Chor ist und noch nicht alles kennen kann, obwohl sie vom Blatt singt, jede Note von der anderen unterscheidet und ein gutes rhythmisches Gefühl an den Tag legt. Aber was dieses Wort heißt, weiß kein Mensch. Was das sei: Wool-Lust.

Mutter bleibt das Beefsteak im Hals stecken. Vater will gerade ein Stück des geräucherten Karpfens greifen, zieht die Hand vom Geräucherten zurück, sein Mund zuckt. Vater und Mutter sehen sich an.

Marie schaut erstaunt von links nach rechts. Ist das ein so schreckliches Wort?

Mutter schüttelt sich innerlich vor Lachen, bewahrt aber Würde. Das Doppelkinn zittert. Vater überlegt, was er sagen soll und feixt in sich hinein.

»Wie heißt das?«, will Mutter jetzt wissen.

»Wool-Lust. Wo kommt das her, ist das ein griechisches Wort, ein lateinisches?«

Mutter ringt um Fassung. »Woher hast du das?«

»Von Schiller, Beethoven. *Wool-Lust ward dem Wurm gegeben und der Cherub steht vor Gott.*« Entsetzlich hoch.

Mutter kann sich nicht mehr halten. »Du musst einen Druckfehler in deinen Noten haben. ›Wollust‹, Schaf!«

Marie ist erstaunt. »Wollust? Bei Würmern?«

Mutter kann es nicht erklären. Sie platzt beinahe vor Lachen. Vater widmet sich immer noch dem geräucherten Karpfen.

»Das ist, wenn man besondere Lust hat«, quetscht Mutter heraus.

»Lust auf was? Auf Karpfen?«

Mutter prustet los, rutscht fast unter den Tisch. »Pass auf die Gräten auf!«

Ihm zuckt es quer über das Gesicht. »Lust aufeinander. Mann und Frau. Der Höhepunkt.«

So. Jetzt ist es erklärt. Auch Mutter greift nach dem Karpfen.

Marie grinst: ›Wollust‹, ein altes Wort für Geilheit, scharf sein, Liebe machen, reiten, vögeln, geigen, singen, huren, orgeln, pudern, pimpern, hopsen, bumsen, ficken, hacken, bürsten … man muss das ja nicht vertiefen.

»Lasst mir was vom Karpfen übrig, Herrschaften.«

Vergessen?

»Was hat Grandyddy denn eigentlich bei der Gestapo gemacht?«, fragt Marie beim Abendessen und streicht scharfen Senf auf die rote Wurst.

Erschrockenes Schweigen. Gerda kaut an ihren Locken.

»Sei friedlich und stör nicht das Abendessen. Über dieses Thema sprechen wir net«, sagt Mutter. »Danach habt ihr Kinner euch zu richten. Ein für allemal.«

»Wir haben angefangen«, sagt Marie leise. »Wir Deutschen.«

154

»Wir?«, empört sich Mutter. »Wir haben nichts angefangen. Wir leben friedlich und tun niemandem was. Nicht
wahr, Vater?«

Er nickt bestätigend.

Marie ist entsetzt. »Wir können froh sein, dass wir heute in einem antifaschistischen Staat leben. Wenn die Russen
nicht unaufhaltsam vorgerückt wären ...«

»Ha! Lass mich raten: ... und uns befreit hätten? Das
ich net lach.« Mutter zuckt erbost mit den Schultern. »Dir
haben die Roten ja gründlich ins Gehirn gespuckt. Und du
glaubst den ganzen Mist.«

»Das sind Besatzer, keine Befreier«, spricht Vater.

»Ich liebe das russische Volk, ich liebe Tolstoj und
Dostojewski, den Baikalsee und die russische Landschaft.
Selbst ihre Militärmusik hat was Tänzerisches.«

»Na«, meint Vater süffisant, »du liebst den Gulag, die
spießigen Doppelkinne der russischen Matronen, Stalins
getreue Vollstrecker und den verlausten Bauerntölpel hinterm letzten Sumpf.«

»Ja!«, schreit Marie. »Lieber die verlausten Russen als
die sauberen Deutschen.

Mutter wendet sich lachend ab, streicht sich vergnügt
Leberwurst auf ihr Brötchen.

»Findest du den russischen Stacheldraht an unseren Gren-
zen gut?«, fragt Gerda im Kinderzimmer.

»Nicht gut, aber ehrlich. Man kann dagegen anrennen.
Was dagegen tun.«

»Wie soll man denn dagegen anrennen?«, fragt Gerda.
»Sag mal was, geh auf die Straße, schon sitzt du auf dem
Berg, hinter den Glaszinnen.«

»Ja«, sagt Marie, »genau das habe ich neulich auch gefragt, in Staatsbürgerkunde. Unsere Lehrer finden es klasse,
wenn die Leute im Westen demonstrieren, für mehr Recht
und Freiheit im Kapitalismus. Wir brauchen das angeblich

nicht, weil wir schon weiter sind. Und wenn ich frage, was sie persönlich denken, drehen sie sich zur Tafel und machen mit dem Stoff weiter.«

Gerda schweigt.

»Weißt du was über Grandyddy?«, fragt Marie.

»Ich weiß nichts«, sagt Gerda. »Wirklich nicht.«

»Du bist schon neunzehn, du musst was wissen! Warum wurde er ausgeliefert? Warum ist er im Gefängnis? Wann kommt er wieder raus? Kommt er uns dann besuchen?«

»Lass mich in Ruhe«, murrt sie. »Was geht mich der Alte an.«

»Es ist doch auch dein Großvater! Deine Familie!«

»Über unseren feinen Großvater solltest du in der Schule jedenfalls lieber nicht diskutieren.«

»Warum nicht?«

»Du weißt nicht, was dran hängt.«

»Wieso?«

»Du kannst … uns alle ins Unglück stürzen.«

»Ins Unglück? Sag mal, spinnst du? Wieso denn das?«

»Das sind so alte Sachen … man weiß nie, wer was gemacht hat. Wer was weiß. Aber … der Name Maler soll nicht in den Schmutz getreten werden.«

»Der Name Maler?«

»Ja«, sagt Gerda. »Ich will heiraten. Kinder haben. Die Leute sollen nicht mit Fingern auf mich und meine Kinder zeigen.«

»Aber wer zeigt denn mit Fingern auf dich? Was hat unser Name damit zu tun? Ein Name ist unschuldig. Ein Name wird nicht ausgeliefert, sondern der Mensch, weil er was Übles getan hat.«

»Stell dich nicht dümmer, als du bist«, sagt Gerda. »Der Name repräsentiert die Familie. Das ist schlimmer als alles andere.«

»Schlimmer als was?«

»Die Taten sind längst vergessen, kein Hahn kräht mehr danach. Aber unser Name, der lebt weiter. Man spricht uns damit an, im Labor, in der Mütterberatung, beim Zahnarzt, im Kirchenvorstand, am Elternabend, wenn wir über die Straße gehen, um in der HO Milch und Butter zu kaufen oder wenn wir beim Fleischer in der Schlange vor Frau Müller stehen: ›Fräulein Maler … das tut mir aber leid, mit Ihrem armen Großvater.‹ In Wahrheit denkt die doch: ›Fräulein Maler … rennen Sie bloß schnell in die Kirche und bitten Sie den lieben Herrn Jesus um Vergebung der Sünden, Sie haben's bitter nötig, bei Ihrem Großvater.‹ So denken die. So doof bist du doch nicht? So blöd kannst du doch nicht sein?«

»Gerda … bitte, sag mir doch, was Grandyddy gemacht hat. Wenn es so etwas Schreckliches ist, dass ihr alle solche Angst habt … Hat er jemanden umgebracht? Hat er Kommunisten gefoltert? Du musst es mir sagen, Gerda, bitte!«

»Nein«, sagt Gerda. »Dir kann man nicht trauen.«

»Warum kann man mir nicht trauen?«

»Du bringst es fertig und diskutierst darüber. Du und dein Antifaschismus. Du und dein bescheuerter Idealismus. Du änderst die Menschen nicht, Marie, du machst die Welt nicht besser, bloß, weil du in Stabi darüber diskutierst. Du reitest uns alle nur in die Scheiße.«

Gekränkt stiert Marie auf den Fußboden.

»Du versaust dir deine Zukunft und unsere dazu. Bist du wahnsinnig? Der Klaus ist erst zehn. Der will mal Ingenieur werden, wie Vater. Und ich will nicht mein Leben lang von der Stasi beschattet werden.«

»Was hat denn die Stasi damit zu tun? Ich will nur wissen, warum Grandyddy im Gefängnis sitzt«

»Wie naiv bist du eigentlich?«, fragt Gerda. »Ich gebe dir einen guten Rat, Schwesterchen. Halt einfach die Klappe, auch am Küchentisch, du nervst nämlich. Dieser Nazi-Quatsch ist Schnee von gestern, dafür interessiert sich heute kein Mensch mehr. Sieh zu, dass du zu was kommst. Krieg

Fleisch auf die Rippen, benutz Wimperntusche und setz dir
nicht immer solche komischen Schlapphüte aufn Dez, dann
dreht sich vielleicht auch mal'n Kerl nach dir um.«

Hammer nich

Die meisten Schallplatten im Musikgeschäft geben deutsche Volksmusik und eingängige Melodien aus den Bruder-
ländern wieder, Oper, Operette und Musical, richtig gute
Klassik, oft mit Dirigenten der Leipziger, Dresdner oder
Berliner Szene oder tschechoslowakischen, ungarischen
und polnischen Orchestern. Ab und zu ist eine Lizenzpro-
duktion dabei, von Hamburger und Münchner Studios.
Thomaner und Kruzianer erfreuen allweihnachtlich und
zur Passionszeit live mit ihrem religiösen Programm, Bach,
Mozart, Händel, zur Christmette und am Karfreitag sind die
Kirchen rappelvoll.

Sogar Gerda sammelt neuerdings Oratorien von Men-
delssohn Bartholdy und Sonaten von Saint-Saëns, auch
Werke von Bach, Pachelbel, Debussy und Telemann gehö-
ren plötzlich zu ihrem Repertoire. Sie stützt den Kopf in die
Hand und schaut versonnen lächelnd in die Luft, bringt Tag
und Nacht in dieser elegischen Haltung zu, wenn sie nicht
zum Dienst muss. Früher hat sie sich nie für Klassik interessiert, vielleicht kommt das, weil Gerd, den sie sich aus-
erkoren hat, das Dresdner Konservatorium besucht und im
Jugendorchester Posaune spielt. Wenn männliche Wesen
einen solch verheerenden Einfluss ausüben, will sich Marie
lieber zurückhalten. Womöglich steht sie sonst eines Tages
begeistert mit der US-Flagge in der Hand auf dem Geradewohlplatz und sieht sich von zähnefletschenden russischen
Garden umzingelt, verbringt kühle, einsame und traurige
Nächte hinter gewissen Glaszinnen mit Stacheldraht und

alles nur, weil sie sich in einen süßen Floridaboy verknallt hat.

Nach Jazz, Pop und Rock, vor allem nach limitierten Lizenzplatten aus dem Westen muss man fragen. Das Fräulein hinterm Ladentisch ist hübsch aufgedonnert, blau-rosé geschminkt und trägt eine milchweiße Bluse mit roter Stickerei am Kragen. Links und rechts grinst ungarische Folklore vom Ständer.

»Hm?« Gelangweilt pliert sie unterm Lidstrich hoch.

»Sie haben doch ...«, beginnt Marie.

Das Fräulein unterbricht. »Is' leider schon weg.«

»Wie, schon weg? Sie müssen sie gerade erst hereinbekommen haben.«

»Is' weg, hammer nich mehr.«

»Sie haben doch gesagt ...« Marie ist empört. »Vor einer Woche ... ich erinnere mich genau ...«

Das Fräulein fertigt sie mit einer genervten Geste ab. »Nehmen Sie etwas anderes oder kommen Sie ein andermal wieder, Sie halten den ganzen Laden auf!«

»Da fällt mir ein, ich soll schöne Grüße von der Katja sagen.«

»Von welcher Katja«, fragt das Fräulein, zu Tode gelangweilt.

»Von der Katja ...«

»Ach von deeer Katja! Warum sagen Sie denn das nicht gleich.« Ihre Augen blitzen. »Moment, ich sehe mal nach.«

»Das wäre furchtbar nett, danke.« Marie atmet erleichtert auf. Warum hat sie nur nicht gleich daran gedacht.

Sie sieht sich um. »Lieder aus dem schönen Vuchelbeerbaamland.« »Kan schinnern Baam gibt's ...«, »Gruß an de Haamit ...«, »Mei Vogtland is so wunderschee«. »Das Rennsteiglied«. Marinechor aus Saßnitz, blauweiß gebügelt. Den Dreisten steht die Uniform am besten, die Intelligenten sehen drin aus wie bestellt und nicht abgeholt.

Das Fräulein gräbt inzwischen den hinteren Teil des Ladens um, zählt die Platten ab, ob's für die Freundinnen noch langt.

Da würde sie gerne mal hineingucken, in das Hinterteil von so einem Laden, wer weiß, was da alles so herumliegt, was es angeblich nicht gibt, nie gegeben hat, und dann meckern die Leute, dass sie nichts kaufen können, dass im Osten alles Schrott ist, dass man den ganzen Laden mitsamt seinem Ramsch besenrein übergeben solle. Dabei stapeln und schieben und verhökern sie, dass die Schwarte kracht.

Die Schlange hinter Marie murrt bereits, »Soll mal hinne machen, die Kleine da, auch noch Sonderwünsche.«

Ah, da kommt das Fräulein. Sie hat noch eine einzige Platte, die letzte ausgerechnet. Die hinteren Reihen recken die Köpfe, das Fräulein hat es plötzlich sehr eilig, das begehrte Exemplar einzupacken. »Vielen Dank, dass Sie doch noch geguckt haben«, flötet Marie.

Das Fräulein lächelt süffisant. Die Katja solle morgen mal vorbeikommen, sie habe was für sie.

Schnell den Schein hinlegen und aus dem Laden raus, ehe sich die gierige Meute auf Marie und Keith Jarrett stürzt.

Einige Schritte weiter auf der linken Seite der Bahnhofstraße befinden sich mehrere Schuhläden. In den ersten zu gehen, ist relativ sinnlos. Variante 1: »Ist alles schon raus, sehn' Se doch.« Variante 2: »Tja.« Variante 3: »Kommen Sie in drei Wochen mal wieder.«

Im nächsten Geschäft kann man Glück haben. Rappelvoll und kein Ende. Aber es läuft nicht besser. Variante 3 kommt zum Einsatz.

»Das ist doch nicht möglich, Sie haben ja eben erst geöffnet, nach der Lieferung!«

Variante 2. Schon eilt die Verkäuferin weiter. Platin-
blonde Mähne, braungebrannt, wasserblaue Augen, geschminkt wie für den Puff.

»Ich stehe schon seit zwei Stunden an!«

Variante 1.

»Diese Schuhe da, bitte!« Weiße Riemchen, schmaler
Absatz.

»Wenn wir mehr reinkriegen würden. Sie kennen doch
die Situation.« Ihr Blick spricht Bände.

»Die Frau hier probiert doch aber genau diese Schuhe
an. Da!«

»Sind keine mehr.«

»Und was steht da?«

»Nix.« Die Puffmutter nimmt vier Schachteln mit Maries
Größe aus dem Regal, um sie vor ihrer Nase in den hinteren
Bereich des Ladens zu tragen.

Marie tippt mit dem Finger an eine der Schachteln.
»Also bitte!«

Eine herrische Geste: »Verkauft, können Se nicht sehen?«

»Ich seh was ganz anderes.«

»Noch frech werden, was?«

Marie steht hilflos vor ihr, ein verzerrtes Grinsen auf den
Lippen, kann nichts beweisen, nichts tun. Soll sie sich mit
dem wasserstoffperoxid-gebleichten Dragoner anlegen?

So sind sie, denen es immer so schlecht geht. Schieben
und raffen ihren Vorteil getrost beiseite. Fahren im Sommer
an die Ostsee, fliegen nach Ungarn, Bulgarien und meckern,
dass sie nicht nach Mallorca können, an den Gardasee oder
nach Sankt Moritz.

»Und was haben Sie sonst noch?«

Achselzucken, träge Wendung, Variante 2.

Einen dieser Exquisit-Läden für Nahrungsmittel oder Klamotten, die neuerdings eröffnet werden, muss Marie sehen.

Dort hängen Lederjacken für tausend Mark und schicke Muttiblusen aus schillerndem Chiffon. Jäckchen und Tops aus echter Plauener Spitze, die fast ausschließlich in den Westen geliefert wird. Drinnen herrscht gespannte Stille, ein feierlicher Ernst.

Hat sie Dreck an den Schuhen? Es könnte was auf den Teppich krümeln. Nichts anfassen, was da herumhängt und liegt. Marie fühlt sich unter den beobachtenden Augen der Verkäuferinnen wie ein Frettchen im Tigergitter.

Ein paar Straßen weiter geht's zum Fress-Ex. Neugierig betrachtet sie die delikaten Waren in den Auslagen. Präsentkorb reiht sich an Präsentkorb. Geschnürte Salamis an der Wand, eingelegte Früchte in gläsernen bauchigen Gefäßen, kalt geräucherte Sardinen, frische Salate, Räucherlachs. Premiumsekt, Spezial-Bier, Birnen- und Kirschliköre mit glänzenden Etiketten, teurer Wodka.

Heiter, der Laden. Der reine Sozialismus. In der HO vergammelt der Käse, das Suppengemüse ist von gestern, von den Kuba-Apfelsinen bleibt einem das Stroh im Darm hängen, frische Milch ist mittags immer schon weg. Und hier stapeln sie Luxus, für gepfefferte Preise.

Die Verkäuferin rümpft die Nase und sieht sie herausfordernd an, als sie fragt, was der Lachs kostet. Offensichtlich sind sie hier alle was ganz Besonderes. Auch die Luft riecht schon klassisch edel, die Kundinnen strotzen vor Klunkern und Gold. Breite Knöchel in lackierten Pumps, feiste Gesichter.

Raus hier, ehe sie auf die blank gewienerten Kacheln reihert.

Der privat geführte Fleischerladen bei der Sauinsel ist gut, Mutter muss zwar stehen, bekommt aber alles. Als gute und langjährige Kundin kann sie vorbestellen, und wenn sie schlachten, läuft Marie mit dem großen Emailletopf die

Memelstraße hinunter und erhält ihn gefüllt mit frischem Blut oder Gehirn zurück. Nicht schwappen, langsam gehen.

Hammel und Rind, Kalb und Schwein. Salamis, lange geräucherte Tee- und Mettwürste hängen in doppelten Reihen an der gekachelten Wand, die frische Leberwurst duftet köstlich, füllt die pralle, fettige Haut. Grob oder fein? Mit Zwiebel oder Majoran? Die Chefin langt mit dem blitzenden Haken die glänzenden Würste herunter, zwei, drei Verkäuferinnen säbeln mit großen geschliffenen Messern. Darf's etwas mehr sein? Aufschnitt mit einem Rand aus grünem Pfeffer oder Rosenpaprika, hausgemachte Sülze nach dem geheimen alten Familienrezept.

Der Fleischermeister kommt herein, von seiner weißen Gummischürze tropft das Blut. Er stellt drei Kisten mit frisch Geschlachtetem aufs Podest, Leber und Innereien, Schwein und Rind. Sie geben das Fleisch vor den Augen der Kundschaft in den grauen blechernen Wolf, drücken auf einen Knopf, vorn kommt es als Gedrehtes und Gewiegtes wieder raus. Als Kind bekam Marie hier, wenn sie mit Mutter angestanden hatte, eine Scheibe warmen Wiegebraten mit krisselig brauner Kruste, eine heiße Puppenstuben-Wiener lächelnd über den Ladentisch gereicht. Kein schöner Land in dieser Zeit.

Go east? Go west?

Im Winter glauben die Leute an Klöße und gefüllte Rindsrouladen, an Schwibbögen im Fenster und »Oh du fröhliche« auf dem Weihnachtsmarkt. Im Sommer an die Datsche und den Ostseeurlaub, an Kartoffelsalat, Knacker und ein frisches Pils. Misjö Oberdachdecker glaubt, das es bei uns in spätestens zwanzig Jahren den Kommunismus gibt.

Der Herr Pfarrer glaubt an Gott. Bildhauer Willi Fetthals glaubt an sich selbst und die schaffende Kraft seiner Hände. Hunderte glauben am Ersten Mai an die unverbrüchliche Freundschaft mit der Sowjetunion. Noch weit vor Ende des friedlichen Aufmarsches auf der Bahnhofstraße glauben sie, dass es unten auf dem Geradewohlplatz heiße Würstel mit Senf gibt und dass es der von der Partei schon nicht merken wird, wenn sie mal vorgehen.

Vaclav Havel glaubt an den aktiven Widerstand, Marie an die scharfkantigen Glaszinnen und den dreifach gezogenen Stacheldraht oberhalb der Gefängnismauern, die berauschende Wirkung Bachscher Fugetten und daran, dass es im Theater nach dem dritten Klingelzeichen dunkel wird. Jugendwart Petrus glaubt an die Wirkung eines rhythmisch geschwungenen Plektrums auf den stählernen Saiten seiner Westerngitarre und die segnende Kraft seiner Hände auf einem verwirrten Haupt. Mutter und Vater glauben an ihren Seelenfrieden vor und nach dem Abendmahl, einen ruhigen Spaziergang bei untergehender Sonne und daran, dass sie alles richtig machen. Die lange blonde Cousine Elli glaubt, das sie in der Levis einen schönen Arsch hat. Die Türme der Johanniskirche glauben, dass es bald regnet.

Marie fragt die nette Lehrerin im Staatsbürgerkundeunterricht. »Wer sind wir? Was wollen wir? Wohin sollen wir? Gibt es einen Gott? Kommt der Weltsozialismus? Und wann?«

Frau Diskurs holt aus. »Unsere Eltern haben alles aufgebaut. Nach dem Krieg. Ohne dicken Geldtopf. Mit den eigenen Händen und Köpfen. Dazu kam die Wiedergutmachung an das bitter ausgeblutete Bruderland. ›Fort mit den Trümmern und was Neues hingebaut, um uns selber müssen wir uns selber kümmern!‹, das war das Motto. Euch geht es bereits sehr gut. Mit zwölf habt ihr einen Kassettenrekorder, mit sechzehn ein Moped, mit achtzehn ein Motorrad. Wie glücklich waren wir damals über ein Fahrrad! Ihr seid jung. Konsumiert nicht nur, tut was für die Gesellschaft!

Studium und Brot, alles ist euch sicher, nicht wie im Westen, wo sie um die Lehrstellen und Arbeitsplätze bangen. Wir geben euch eine international geachtete Bildung mit auf den Weg, Krippenplätze, Betriebs- und Universitätskindergärten gibt's für jede junge Mutti fast umsonst, damit sie in Ruhe arbeiten und studieren kann. Die frühkapitalistischen Paragrafen und das Beamtentum sind abgeschafft, die faschistischen Verbrecher haben wir mitsamt den Junkern und Bourgeois aus dem Land gejagt. In Milch, Brot, Fisch und Wohnung wird zugebuttert. Lernt, arbeitet! Dann ist auch der Weltsozialismus nicht weit. Ihr habt eine sichere Zukunft.«

Eine sehr sichere, denkt Marie. Wer will bei solch rosigen Aussichten nach Bananen, Italientrips und knackigen Bluejeans fragen? Nach demokratischen Wahlen und Meinungsfreiheit? Wo man doch alles hat? »Warum macht unsere Regierung nicht die Grenze auf, damit auch Leute aus dem Westen fröhlich zu uns strömen können, wenn sich's hier so herrlich leben lässt?«

Die Klasse tobt. Die Lehrerin ist geschockt.

»Diese Rhetorik, Marie, hast du die nötig? Weil es zwei Machtblöcke sind. Weil die im Westen alles daran setzen, uns zu vernichten. Der Erzreaktionär. Der räuberische Aggressor. Sollen wir mit fliegenden Fahnen zum Feind überlaufen, verraten, was wir hier mit Herzblut aufbauen? Denen dankbar die Füße küssen? Ihr lebt doch nicht auf dem Mond!«

»Aber hinterm Mond«, flüstert einer. Kichern.

»Es sind die historischen Tatsachen des zweiten Weltkrieges. Wir haben unsere Lektion von den sowjetischen Befreiern gelernt, sie sind jetzt unsere Brüder. Haben Antifaschismus und Frieden auf unsere Fahnen geschrieben.

Ihr seid ein Teil der Geschichte. Jeder Mensch ist Teil der Geschichte.«

»Auch die Unpolitischen? Die Spießer? Die sich nur um den eigenen Nabel drehen?«, will Marie wissen.

»Auch die Unpolitischen. Ihr wollt Bananen und Bluejeans. Wollt ihr auch Arbeitslosigkeit? Arm und Reich, die überkommene Ordnung? Herr und Knecht? Unsere Führung hat in den KZs gesessen für ihren Kampf um eine bessere Welt. Sollen die blutigen Revolutionen umsonst gewesen sein? Wollt ihr die faschistischen Junker zurück, die Großindustriellen und Schmarotzer? Man kann nur auf einer Seite stehen. Wir stehen auf der Seite des Fortschritts.«

»Was ist das für ein Fortschritt, der mit der Waffe geschützt werden muss!«, ruft Marie. Keiner lacht.

»Weil denen im Westen nichts lieber wäre als ein ungeschütztes Land! Sie müssen immer neue Märkte erobern, müssen fressen, expandieren. Es ist wie mit dem Igel und der Schlange. Die Schlange frisst den Igel nicht, solange er Stacheln hat.«

»Und wenn doch?«, fragt Marie.

»Dann wird die Schlange verdammt lang Verdauungsschwierigkeiten haben. So, und jetzt ist Schluss. Wer erklärt uns die politische Ökonomie?«

»Welche, Ost oder West?«

»Super«, flüstert Hannes, »wenn Marie diskutiert, ist immer gleich die halbe Stunde rum.«

Kriech is Kriech

Nach dem Abendbrot sitzen Vater und Mutter im großen Salon, sie widmet sich einer Näharbeit, er einem wissenschaftlichen Werk. Marie lümmelt sich mit dem Chemie-

Hefter in den großen Sessel und tut so, als würde sie Formeln pauken. Nach etwa einer halben Stunde sagt sie: »Ihr müsst doch was wissen. Es kann nicht sein, dass ihr nichts wisst.«

Mutter schweigt, Vater räuspert sich.

Nach einer Weile fragt Mutter: »Was meinste denn, Mariele?«

»Ich meine Großvater. Ihr wisst doch, was da läuft. Ihr wisst, warum er im Gefängnis ist. Warum wollt ihr es mir nicht sagen?«

»Nu ja.« Mutter zögert, sieht Vater an. »Euer Vater war damals noch ein Junge. Was sollte er denn machen? Es ist schlimm genug gewesen, net wahr, Manfred? Fast hätte er nicht studieren dürfen.«

»Was ist schlimm gewesen? Warum wurde Großvater an die BRD ausgeliefert? Warum sitzt er im Gefängnis?«

Mutter schüttelt den Kopf. »Warum muss man jetzt wieder davon anfangen? Warum kann man es nicht gut sein lassen? Der Großvater ist ein alter Mann. Wie viele Jahre hat so e' alter Mann noch zu leben? Was sind das für Leut, die einen unschuldigen Menschen vor Gericht zerren?«

»Nun«, sagt Vater langsam, »sie hatten ihn ja damals in Untersuchungshaft, die Amis.«

»Die Amis?«, fragt Marie. »Nicht die Russen?«

»Nach Kriegsende waren die Amerikaner hier. Unser Gebiet haben sie erst ein paar Wochen später an die Russen abgetreten.«

»Unter den Amis war Großvater in U-Haft?«

»Über ein Jahr«, berichtet Mutter, »im Fränkischen.«

»In einem Internierungslager«, wirft Vater ein. »Die Russen und Amis haben die Lager weiter genutzt. Die Amerikaner hatten ja bekanntlich alle Möglichkeiten. Die wussten, was sich abgespielt hatte.«

»Aber sie haben nichts gefunden?«, fragt Marie.

»Sie haben ihn laufen lassen. Als Mitläufer, wie viele.«

Mutter ereifert sich: »Mer macht halt mit! Gott, er war jung, er war begeistert, das kann ihm niemand verdenken. Hernach konnten sie doch net das ganze deutsche Volk in Sippenhaft nehmen. Das Leben musste schließlich weitergehen, net wahr, Manfred?«

»Das der anderen ist nicht weitergegangen«, wirft Marie leise ein.

»Wie? Schließlich musste aufgebaut werden, sie hatten ja alles zerschmissen, de Amis und de Engländer. Die Russen haben dann den Rest rausgeholt. Mer muss auch mal ein Auge zudrücken können. Mir sind alles nur Menschen.«

»Er war ein Mitläufer«, sagt Vater ruhig.

»Aber«, wendet Marie vorsichtig ein, »sie können sich geirrt haben? Weil sie keine Beweise hatten, damals? Wo Chaos herrschte? Vielleicht mussten die Augenzeugen erst mal was essen und gesund werden. Die waren so dünn, noch dünner als ich, ich habe es auf den Bildern gesehen, die hatten doch gehungert.«

»Hab du mal Hunger ... mei liebes Kind. Kartoffeln haben wir geklaubt, auf'm Feld. Froh war'n mir, wenn's Zudelsupp gab.«

In Marie wallt der Zorn auf. »Ihr habt Kartoffeln geklaubt, aber ihr hattet auch Pakete aus Amerika, Mutter, ihr konntet Zigaretten und Kaffee tauschen. Andere sind verhungert!«

»Na und?«, ruft Mutter empört. »Soll ich mich vielleicht entschuldigen, dass ich noch leb? So weit kommt's.«

»Wenn du es so genau wissen willst,« rafft sich Vater plötzlich auf, »sagen wir es dir: Großvater sitzt zwar in Untersuchungshaft, aber er hat seine Rechtsanwälte beauftragt, weil er unschuldig ist. Das kostet sehr, sehr viel Geld. Er hat uns einen Brief geschrieben, in dem er schreibt: ›Ich habe der Familie keine Schande gemacht.‹« Mutter setzt hinzu: »Und das glauben wir ihm, denn er ist unser Großvater und unserm Großvater käm niemals e' Lüch über die Lippen.«

»Und wenn er doch lügt?«

Vater schüttelt den Kopf und sieht zum Fenster hinaus. Mutter kaut auf der Unterlippe herum. »Du hast das alles net erlebt. Du hast leicht reden.«

»Aber wieso?«, schreit Marie unter Tränen.

»Weil er es nicht gewesen ist!« Wutentbrannt wirft Mutter ihre Näharbeit hin. »Wenn da was gewesen wäre, glaubste denn, sie hätten ihn laufen lassen? Denkste, die Amis sind dumm? Mir hams erlebt, mir sind gerannt als es krachte, mir ham geweint und gezittert im Keller und mei Lotte ... aber das ... das kann mer alles net anerkennen, da muss mer immer sagn, es ist euch recht geschehn, ihr habt's ja so gewollt, da muss mer drauf pochen und uns nieder-machen, so das mer am Ende Dreck sind und Dreck soll's Maul halten.

Kriech is Kriech. Die im Westen lassen sich schon längst nischt mehr sagen, denen binden die Türken de Schuh zu. Wer damals oben war, ist auch heut wieder oben. Das ist der Lauf der Welt! Die Roten haben sich net geschämt, feine Herren aufzuhängen, nur weil se im Kriech unser Land ver-teidigt haben und getan, was ihnen befohlen wurde. Das sind de eigentlichen Verbrecher! Die muss mer an de Later-nenpfähle knüpfen! Ach, hätten se de Grenz nur eh Stückl weiter nauf gezogen, dann bräuchten mir uns net von dem Pack, was in dieser roten Verbrecherregierung sitzt, beleh-ren lassen.«

»Aber ...«, wirft Marie ein.

»Halt de Gusch. Wir leben schon länger auf dieser Welt, du bist gestern grad angekommen.«

»Ach Marie«, sagt Vater, »du nimmst das alles furchtbar schwer. Das Leben wird dir noch genug mitspielen. Da sie bei Hartmut Albert nichts gefunden haben, kann man beru-higt davon ausgehen, dass nichts vorlag.«

»Aber warum wurde er dann ausgeliefert, nach fast 40 Jahren? Ist Grandyddy ... ein Verbrecher?«

»Ach … nein«, sagt Vater. »Es ist spät, ich muss morgen früh wieder raus.«

Er sieht müde aus. Er geht hinaus.

Spinnpumpen

Es ist Nacht. Das Käuzchen schreit gegenüber in der Villa Rosa.

Ein Löwe räkelt sich hungrig in der Steppe. »Ich rieche, rieche Menschenfleisch …« Zarte Jungfrau gefällig, duftes Menschenopfer im Räucherfeuer? Gespickter Aal triefend im Fett? Begierig tropft der Löwenzahn. Zellwolle, Spinnpumpen.

Panisch wirft Marie sich herum.

Raue, weiche Hand.

Fressen. Und gefressen werden.

Die Hand rüttelt an ihr. »Aufwachen, Marie!«

»Ach, Vater.«

Zellwolle! Spinnpumpen. Oh Gott.

Es ist schön, mit Vater zu frühstücken. Sonst ist er immer schon aus dem Haus.

»Was bist du dünn, kannst unter'n Regentropfen durchhüpfen. Durch deinen schmalen Schlund passen wirklich nur Spaghetti. «

Marie lacht Vater an. Er lächelt zurück. Seine graugrünen Augen liegen in tiefen Höhlen, wie verborgene Edelsteine, die man selten zu Gesicht bekommt. Kleine grüne Glitzerlinge.

Das Beste sind Rostbrote. Vater schmeißt den vorsintflutlichen Toaster an, bei dem sie Angst hat, dass er jede Sekunde explodieren könnte.

»Da kann nichts passieren?«

»Nein, nichts.«

Die heißen, duftenden Brote springen doppelt krachend heraus. Die Butter gibt den Geist auf. Über die krosse Rinde kann sie nicht weichen, bildet Teiche und Pfützen in den Tiefen des Brotes.

Marie beeilt sich im Bad, weil er schimpft, wenn Gerda morgens ewig braucht. Vater klopft, Marie ist fertig. Raus aus dem Haus, ein Stück zusammen in die neblige Nacht. Vereinzelt fallen Flocken, es bleibt kaum was liegen. Die Memelstraße hinunter, Matsch unterm Rinnstein. Weicher Flaum schmiegt sich schwindend an die flackernden Gaslaternen. Wenig Menschen unterwegs, kleine flirrende Figuren, die vermummt durch den Schneematsch hasten.

Es waren zwei Königskinder …

Gern würde sie unbefangen mit ihm plaudern. Warum kann sie ihm nicht einfach um den Hals fallen und weinen, ihn um Hilfe bitten. Ein paar schamhafte Versuche werden schnell geblockt. »Ach was?«, sagt er, und »Ach ja?« Vielleicht ist er selbst hilflos.

»Sieh mal, die dichten Flocken jetzt.«

»Hast du den Schal um?«

Nicken.

»Da kommt die 3.«

»Machs gut.«

»Mach es gut.«

In die Zellwolle pilgern. Spinnpumpen säubern. Ölverschmierte Eisendinger, fünf Hände groß und zehn Pfund Eisennägel schwer, schwarz starrend vor klebrigem Schmutz, der an ihnen haftet wie der Freier auf der Hure. Marie wischt endlos an dem öligen Zeug, skeptisch der Blick des dienstaufsichtshabenden Lehrers. Sie schaut in die wichsende Runde. Muckt einer auf? Alle reiben brav an ihrem verschmierten Blech herum. Die größte Ungerechtigkeit ist, wenn sie so ein Ding sauber hat. Gibt das saubere ab und bekommt ein neues dreckiges in die Hand gedrückt.

Einmal pro Woche müssen die Schüler in die Zellwolle, lernen die sozialistische Produktion kennen, die stimmt fröhlich ein auf das Leben, das schöne, das dreckige. Die schmierige Wichse geht nicht aus der Wäsche raus.

Marie schluckt ihr Entsetzen herunter, denn es heißt: »Arbeiter und Bauern schaffen unseren Wohlstand«, sie schaut dem Lehrer erwartungsvoll ins Gesicht, »… im Bunde mit den anderen Schichten der Gesellschaft.« Der technischen, wissenschaftlichen, künstlerischen Intelligenz, von der wiederum die meisten Arbeiter glauben, dass die nicht arbeitet. Man sieht doch nichts! Lesen?! Die machen nischt. Die sind faul.

Trotzdem gelten die was, diese Intellektuellen. Wissenschaftler sowieso, im Osten, wo man das Rad immer neu erfinden muss. Dass Künstler eine gesicherte Existenz haben, verstehen die Proleten überhaupt nicht. Des Zeuch … für so was … – Wenn's keine Operette ist, treudeutsch inszeniert.

In drei Schichten verdienen die Arbeiter in der Produktion mehr als ein Ingenieur. Das macht sie so sicher. Weshalb Vater regelmäßig das Kotzen kriegt. Produktion. Für Marie ein Wort des Schreckens. Um halb fünf aufstehen, es ist stockfinster und feuchtkalt. Herausgerissen aus den irrenden Träumen.

»Was glaubst du, wer du bist? Wir müssen alle unser Brot verdienen«, lacht Mutter.

»Aber nicht mit spinnenden Pumpen. Sollen das doch unsere Schwarzen machen. Schwarz wie die Pumpen. So eine Drecksarbeit!«

Die Klasse besichtigt die Hallen. Es stinkt bestialisch, bunte Lauge trieft von den Ballen, läuft durch die Säle in breite Gullis. Zellwolle wird produziert. Es sickert und scheppert in der Fabrik. Eifrig überwachen junge dunkelhäutige Menschen die schleifenden Bänder, rühren mit langen bunten Holzstangen in tiefblauen und scharlachroten Wannen und blicken munter in die klickenden Maschinen. Mit bloßen Händen greifen sie in die Brühe, tiefschwarze Finger zwischen weißen, blauen und roten Fasern. Samtene Augen fliegen hin und her unter bunten Zwirbeln. Hin und wieder läuft ein Weißer durch die Hallen, beaufsichtigt die Schwarzbunten, wirft ihnen weisend ein afrikanisches Wort zu: »Osam buicke, gutanja allo osumboja daj!«

Gleich Haare waschen. Erst nach zwei Tagen geht der penetrante Geruch aus der Haut heraus, immer noch haftet ein Hauch unter den Fingernägeln, wenn Marie sie unter die Nase hält. Selbst wenn sie duscht, badet und schrubbt, bis es weh tut, kriegt sie den Gestank nicht weg.

Das Wasser muss sich erneuern, die Meere erneuern sich, $E = m$ mal c Quadrat, die Mauer, die Mauer muss weg, weg. Alles ist relativ. Energie und Masse. Masse und Macht. Macht der Masse. Energie der Macht. Massige Macher. Energische Masse. AiiiHHH!!! Bambini, Saufi, hast du eine Kachel, schenk ich dir ein paar Schaufelchen Sand. Marie bäumt sich auf unterm heißen Strahl. Im Rhythmus stampft das Gehirn. Möwen kreischen. Ein Ozean schäumt ans Ufer, Wellen auf Wellen. Marie kommt und kommt.

»Kommste heute noch raus, Abendbrot steht auf dem Tisch.« Mutter steht im Badezimmer.

Das Wasser schwappt über. Marie dreht lammfromm das Shampoo zwischen den Fingern.

»Wenn de nicht gleich machst, dass de rauskommst, kaaste was erleem.«

Maries Grinsen verwandelt sich in heiligen Ernst. »Ich kann doch nichts dafür, wenn die Produktion dieses Landes derart stinkt, muss ich mich eben länger waschen.«

»Wenn de meinst, mich zum Narren halten zu können, mei liebes Fräulein.«

»Ja, Mutti.«

Mutter geht. Das Wasser rinnt den Boden entlang, sammelt sich zu blaugrünen quakenden Bächen. Das mit den Klärbecken hinter dem Zellwoll-Werk muss auch mal geklärt werden. Die weiße Elster schäumt jedes Mal über, vor Glück, die ewige Braut, schleppt den hellen Schaum wie kostbar gestickte Schleier Kilometer um Kilometer mit sich herum. Es stinkt wie fauliges Blumenwasser. Irgendwo vor Plauen verliert der Fluss, ein trauriger bunter Vogel, endlich seinen schillernden Schmuck.

Nach der Pumpensäuberung und der Besichtigung farbiger Menschen aus Freundesland war in der Schule von Völkerfreundschaft die Rede. Von glücklichen angolanischen und mosambikanischen Kameraden, mit denen wir das Leben teilen.

Klar sind die froh, hier zu sein, die Freunde aus Angola, aus Mosambik. Viele erlernen einen Beruf bei uns, studieren Medizin, Jura, technische Fächer. Ob sie abends in ihren Zimmern, im Arbeiterwohnheim gelbes Mus mit Erbsen kochen, Kuss-kuss, gefüllten Truthahn in Wachholder? Hungrig stochern sie in den qualmenden Töpfen. Ob sie nachts den Mond beschwören? Mit Heimweh im Herzen tränenüberströmt ihre Götter anflehen? Opfer bringen, abgenagte Hühnerknochen unter Sonnenuhren vergraben oder ihren geliebten Hund schlachten, um die Türpfosten mit frischem Blut zu bestreichen? Und es dann doch wieder einsehen, weil sie aus freien Stücken hier leben auf diesem fremden Flecken Erde und ihnen ihr gezwirbelter Schädel sagt: »Mach weiter, damit es dir mal besser geht und du was mitbringst nach Hause.« Manche holen ihre Familie nach, Mädchen mit schön geformtem Schädel und knackigem Hinterteil, eine Zahl krausköpfiger Buben mit zarthellen Innenflächen in den Patschhänden. Als ob die jemand heimlich geschrubbt hätte. Hasenfratz mit Rosenzunge im Pechgesicht.

Es gibt viele hübsche junge Mischlinge in den Städten der Textilindustrie. Blonde Mädel schieben Wagen mit Schwarzbraunen drin. Lassen sich nicht die Butter vom Brot nehmen. Die kleinen Mulatten quatschen das breiteste Sächsisch, das es gibt. »Niggerhure!«, pfeift eine dicke Brünette der mit dem schwarzbraunen Kinderwagen hinterher.

Auf einer Zugfahrt durchs schöne Vuchelbeerbaamland sagt ein tiefschwarzer Mann zu Marie: »Wenn ein Mädchen wie du in meinem Dorf auftauchten würde, würden alle Frauen um dich tanzen, ein Mädchen mit solch goldenen Haaren, sie würden vor Entzücken in die Hände klatschen, ein Fest veranstalten, dir zu Ehren.« Er lächelt Marie an.

Hoffentlich hat mich niemand mit dem Schwarzen sitzen sehen, sonst denken die, ich hab was mit dem. Rotlackiert mit schwarzen Punkten … Vater würde 'nen Tobsuchtsanfall kriegen, Mutter die Heilige Leberwurst anflehen. Wäre nicht schlecht, so ein Tanz. Was aber kommt dann? Dorfheilige? Hexe? Tag für Tag Wasserschleppen und Jamswurzeln kochen bei 40 Grad im Schatten? Trinken aus dem Leguanfluss mit Malarialianen und fruchtbaren Choleramaulbeerbäumen. Dem Dorffürsten immer neue kleine Fürsten gebären. Ausgefranst werde ich dann sein wie eins dieser gelben Rattanröckchen.

Es duftet nach Beefsteaks in der Pfanne. Das Wasser gluckst durch den Abfluss, dreht und windet sich in konkaven Tänzen durch den nächtlichen Gulli. Zum Ende bildet es einen taumelnden Trichter und verschwindet. Eine einsame Spirale, weg ist es. Marie rubbelt die Haare und klaut einen Klacks von Gerdas duftender Kakaobuttercreme. Gerda heiratet. Und Marie gibt eine würdige Brautjungfer, die nicht nach Spinnpumpen stinkt.

Gerd und Gerda

Die Orgel rauscht, die Glocken setzen sich in Bewegung, klein, mittel und groß. Das Gewölbe beginnt zu singen. Gerd und Gerda ziehen in die Johanniskirche ein. Sie in einem blendend weißen, langen Kleid mit Spitzen an Hals und Ärmeln und einem prallen gelben Rosenstrauß in der Rechten, eine Rose im lockigen schwarzen Haar über dem linken Ohr befestigt, die Augen schön getuscht, einen Gold-Rosen-Puder auf den Wangen. Gerd mit einem Bund duftender Veilchen am Revers und zitternden Händen.

Zum Auszug des getrauten Paares singt Marie mit Inbrunst zur klingenden Orgel: »*Lass unser Haus gegründet sein auf deine Gnade ganz allein und deine große Güte. Auch lass uns in der Nächte Graun auf deine treue Hilfe schaun mit kindlichem Gemüte; selig, fröhlich, selbst mit Schmerzen in dem Herzen dir uns lassen und dann in Geduld uns fassen.*«

Familie, Paten und Freunde feiern im Ratskeller, mit Rindsrouladen, Kalbsmedaillons und Rehrücken, Kartoffelbällchen und schmelzendem Pückler-Eis in durchsichtigen, malvenfarbenen Schalen. Eine Band spielt, Vater hält eine kurze, wohldurchdachte Rede, Mutter weint, Klaus spielt Schlagzeug auf den leeren Tellern und Schüsseln, Großmutter Gretl überreicht Gerda aufrecht blickend einen großen weißen Umschlag, Gerds Bläserquintett kommt aus Dresden auf ein paar jazzige Nummern vorbei, die Stimmung steigt und Marie trägt mit angemessenem Pathos eigens verfasste Reime vor, spielt einen Sketch von Karl Valentin, zitiert zu Vaters Entsetzen Kurt Tucholsky, mimt Caterina Valente, erntet Lachtränen und Beifall.

Gerd und Gerda haben einen Ehekredit aufgenommen, den sie abkindern wollen – mit jedem Kind, das ein Paar bekommt, schrumpft die Tilgung – und ziehen in eine schöne

Dreizimmerwohnung in der Stadt mit Parkettboden, altrosa gekacheltem Bad und hohen Fenstern, die Mutter mit ihnen zusammen das letzte halbe Jahr lang voller Enthusiasmus eingerichtet hat.

Mutter hält eine lange Rede. »Und vielleicht«, schließt sie gerührt und lächelt Gerda vielsagend an, »vielleicht liegt ja im nächsten Jahr was Kleines in der Wiege. Darauf wollen wir trinken, ja, das wollen wir. Auf Gerd und Gerda!« – »Auf das Kleine«, setzt sie flüsternd hinzu.

Gläser werden erhoben, Stühle scharren, leises Klirren. Prost Gerd. Prost Gerda. Prost Vater. Prost Marie. Prost Klaus. Prost Gretl. Die werten Schwiegereltern. Das Brautpaar lebe hoch! Hoch!

Superhannes

Die Mädchen sind im Umkleideraum der Zellwollefabrik versammelt, schälen sich aus Hosen und T-Shirts, hinein in den blauen Overall, an dem immer der Geruch der Spinnpumpen haftet, auch wenn er frisch gewaschen ist. Heute ist technischer Unterricht, Einführung in die sozialistische Produktion. Abba und Mona stehen schwatzend in der Türe, Mario, Jonny und Jens kommen dazu, werfen neugierige Blicke herein. Die Mädchen sind noch beim Umziehen, halbnackt, 15-jährige Mädels, drehen sich vor den Augen der Jungs weg.

In der Türe versammelt sich eine tratschende Traube. Hannes stürzt herein, schnüffelt, betatscht die Klamotten, grapscht nach BHs und Höschen, streift Conny mit der Hand am Hintern, tänzelt dicht bei Kati, Betty und Marie. Kein Mädchen sagt was, sie haben Angst vor Abba, Schnauzenmona, Manuela und den Jungs. Marie ist angewidert, sie möchte nicht betatscht und beschnüffelt werden, sie steht auf, wehrt sich, wie man es machen soll, sich nichts gefallen lassen, allen Mut zusammennehmen, jetzt endlich einmal laut und deutlich sagen: »Kannste bitte draußen warten, Hannes, wir ziehen uns um. Tür zu! Kerle raus!«

Die Mädchen sehen sich an. Es herrscht vollkommene Stille.

Hannes stutzt. Pflanzt sich vor Marie auf. Fängt an, sie anzuschreien. Wirft sie gegen die schmale Bank, gestikuliert, schreit und trampelt mit beiden Füßen auf ihren Füßen herum, schlägt und tritt. Die anderen sehen zu. Nach einer Weile fährt er sich mit der Rechten verwirrt durch den dichten, strubbeligen Blondschopf, sieht sich um und stiefelt triumphierend hinaus.

Alle sehen Marie an. Sie sammelt still die Kleider auf, die auf dem Boden liegen. Verlegenheit macht sich breit. Abba, Mona und Manuela verziehen sich nach draußen, eine rauchen.

Eigentlich, denkt sie, kann ich die Sache abhaken. Nächstes Jahr die Prüfungen gut bestehen, dann ist alles vorbei. Sie werden mit dem Stoff zu kämpfen haben, keine überschüssige Kraft zum Trampeln und Schreien.

Im Unterricht herrscht drohendes Schweigen. Der Lehrer merkt, dass etwas nicht stimmt, fragt aber nicht. Junge Leute, vielleicht Liebeskummer.

In der Pause steht Marie allein. Betty kommt zu ihr. »Kannste dir nicht gefallen lassen. Musst was unternehmen. Hannes markiert den Macker, der denkt doch, als Lehrerkind kann er sich alles erlauben«.

»Was soll ich denn machen!«, bricht es aus Marie heraus. »Ich würde ihnen auch gerne mal eins verpassen. Aber allein? Selbst zu dritt hast du gegen die keine Chance.« Lehrer sind was wert, eine heilige Kaste, sie erziehen die Jugend zu ordentlichen, intelligenten und friedliebenden

Menschen. Kinder von Lehrern wissen alles, können alles und dürfen alles.

»Trotzdem«, erwidert Betty. »Du musst was sagen. Es reicht.«

»Wem denn?«

»Dem Lehrer. Du musst es melden.«

»Nein.« Marie windet sich. »Nie und nimmer, du weißt, was dann kommt. Sie werden ermahnt, müssen länger bleiben, zur Strafe. Das lassen sie dann an mir ab, am nächsten Tag, in der nächsten Woche, es gibt kein Entrinnen.«

»Komm«, sagt Betty. »Na komm, bist völlig fertig, wir gehen zusammen.« Sie legt den Arm um sie, schleift sie weg.

Die Knie zittern. »Herr Weiß, bitte …« Marie stottert, Betty ergänzt.

Der Lehrer ist schockiert, sieht Marie an, dann Betty, wieder Marie. Erschrocken schüttelt er den Kopf. »Das lassen wir nicht durchgehen. Auf keinen Fall. So nicht, Leute.«

Betty streicht die Locken aus der Stirn, nickt ihr zu. »Jetzt kriegen wir sie dran, verlass dich drauf.«

Marie atmet auf.

Der Lehrer bringt die Sache sofort zur Sprache. Die Rotte grinst empört, Abba sieht Schlägermanuela an, Schnauzenmona dreht den Kopf zu Mario, Hannes bläst Blasen. Klatsch. Der Kaugummi klebt ihm im Gesicht. Er zieht ihn runter.

»Ausspucken, Hannes!«

Er grinst gelassen.

Herr Weiß brüllt: »Ausspucken!«

Hannes schiebt seinen Hintern vom Stuhl, aufreizend langsam, schlenkert zum Papierkorb.

»Wird's bald!«

179

Hannes lacht. Spuckt den Kaugummi aus. Macht den Clown vor Betty. Wirft Marie auf dem Rückweg einen drohenden, hasserfüllten Blick zu.

»Es war falsch«, denkt Marie. »Auch das letzte Jahr versaut. Ich hätte einen klaren Kopf behalten müssen.«

Der Lehrer will wissen, was los war. Die Klasse schweigt. Er fragt, wartet. Was die Jungs in der Umkleide der Mädchen zu suchen haben. Wer getobt hat. Marie sieht rüber zu Betty, die stumm an der bleichen Wand sitzt, die Arme verschränkt.

In der Pause schneiden sie Marie. Alle. Das Beste wäre, eine Knarre zu nehmen und drauflos zu ballern. Doch woher die Knarre nehmen.

Am Nachmittag ist der Unterricht beendet, doch der Lehrer lässt die Klasse warten. Er will Namen hören. Wer geschlagen hat, wer zugesehen, wer geschwiegen. Sie sollen sich entschuldigen, auf der Stelle. Er werde ihnen die Suppe versalzen, die Kopfnoten in Betragen und Form, die in die alljährliche Beurteilung eingehen, so kurz vor den Prüfungen. Er wird die Leistungskontrollen in seinen Fächern verschärfen, sie werden ihn kennenlernen, den Kürzeren ziehen, so oder so. Die Klasse sitzt dumpf und brütend. Ab und zu schaut jemand auf die Uhr. Eine Stunde schon drüber. Marie sieht aus dem Fenster.

Zarte Knospen tanzen auf den Bäumen. Eine Trauerweide wandelt ihr Kleid in durchsichtiges Grün. Weiches, helles Licht schwebt über den Feldern.

»Wenn er das wahr macht«, flüstert Abba Hannes zu, »dann überlebt die das nicht.«

»Ich schlag sie tot«, flüstert Hannes zurück. »Meine Alte schreit mich in Fetzen, wenn ich keine guten Noten anbringe.«

Nach fast zwei Stunden hält der Lehrer eine Predigt über Anstand, Moral und Achtung. Was sie gelobt haben zur Jugendweihe. Sie sollten nicht nur die Kohle kassieren, das Moped, den Kassettenrecorder, sondern etwas begriffen haben für die Zukunft. Die Klasse stöhnt gelangweilt auf. Mach endlich Feierabend, Alter.

Auf dem Heimweg. Ein Zug ist gerade weg, der nächste kommt in einer Dreiviertelstunde. Marie wartet ein paar Minuten, bis die anderen hinter dem Feld verschwinden, außer Sichtweite sind, und geht dann hinterher. An morgen wagt sie nicht zu denken. Krank machen? Die Schule wechseln? Zu kurz die Zeit, zu wichtig die Prüfungen. Die Lehrer wissen nichts, woher auch. Ich kann doch nicht einfach Abba küssen, Micki auf den Hintern hauen und verkünden: Hop, Mädels, hier steht eure neue Freundin. Hab »Dallas« gesehen. Gestern mit Mario geknutscht, die halbe Nacht unterm Block der Volkssolidarität. Super, ey.

Als Marie am nächsten Morgen die Tür zur Klasse öffnet, empfängt sie eisiges Schweigen. Geht sie nach links, weichen die anderen nach rechts aus. Sie wartet, dass irgendetwas passiert. Dass jemand sie anmacht. Ihr ein Bein stellt. Ein Wort sagt. Die Tasche versteckt. Einen Stuhl nach ihr wirft. – Nichts.

Sie fragt Katja etwas, zur Mathematikaufgabe. Conny über einen Film, den sie alle toll finden. Betty über das Wetter. – Keine Antwort.

Sie halten es ein paar Tage durch, dann wandelt es sich in ruhige, kalte Verachtung, in Gleichgültigkeit.

Halbwüchsige Jungs laufen über die Pickelstraße, lachen und gröhlen. »Guck dir die aa! Baah, wie Skistöck. Bei der stößte dir'n Knochen wund, kannste auch 'n Gerippe ficken.«

Betty rät: »Lass dir doch die Haare färben, Marie, blond oder braun. So wie du aussiehst … das ist wirklich zum Lachen.«

181

Wenn Marie in buntem Pulli, einen schwarzen Schlapphut auf den roten Locken und in passend gemachten Jeans über den Geradewohlplatz geht, manchmal auch mit Lederstirnband und krachenden Absätzen, bleiben die Leute stehen und gucken erstaunt.

Manchmal sagt einer, was er denkt. »Eeeh, was bist'n du für aane, Schlampe!«

»Rodewisch, mach's Türle auf, de Zora kommt im Dauerlauf!«

Oder einfach nur: »Fasching ist vorbei, du Assi.«

Töchterlein

»Verdienst ja net emal das Salz auf de Supp!«, rügt der aufsichtshabende Fabrikarbeiter im Lichtmaschinenwerk, als sich Marie in den Sommerferien mit Lampenputzen ein Taschengeld verdient.

So lahm war Marie nicht. Vater erdenkt in der Entwicklungsabteilung Neuerungen, ein Aktentaschenträger, wie Wissenschaftler und Künstler von Arbeitern und Bauern neidisch oder verächtlich genannt werden. Wissenschaftler haben zwar mehr im Kopf, aber weniger in der Tasche. Oben sitzt der Aktentaschenträger und denkt, unten sitzt sein Töchterlein und putzt.

Welche Tristesse, jeden Morgen beim schönsten Sonnenaufgang zum Werk ans andere Ende der Stadt zu fahren und das Glas der Glühlampen stupide mit ATA zu schrubben, dessen feinkörnige Substanz täglich acht Stunden lang schlierende Geräusche auf der durchsichtigen Materie hinterlässt. Welche Zumutung, drei Wochen lang die weich- oder hohlwangigen Arbeiterinnen mit den bunten Plastikwicklern im Haar zu ertragen, die sie gegen vier Uhr herausnehmen, sich im Gemeinschaftsraum bürsten und »Grüner Apfel«, »Odorex« oder »Koivo« unter die Achseln sprühen, um den metallenen Maschinengeruch zu übertrumpfen. Mit lackierten Pumps an den vom langen Stehen geschwollenen Füßen, im geblümten Sommerkleid oder treudoof gemusterten Kostüm über den strammen Hüften pilgern sie dann in die Stadt, wo es einzukaufen gilt, was haarklein besprochen wurde. All dies erleben zu dürfen, ist ein echter Härtetest für die zartfühlende Elite des Landes.

Marie zählt Stunden, Minuten, Sekunden. Diese Knalltüten unterhalten sich über westliche Vorabendserien, Karls neue Freundin und Ninas Hängebusen und Zellulitis. Die Männer sind so attraktiv wie die speckige Mülltonne mit den federnden Spinnen, sie maßen sich übelriechende Sätze an und schütteln verständnislos die pockennarbigen, dumpfbackigen Köpfe.

Nur die Pausen sind interessant. Marie eilt zu Vater hinauf in die Entwicklungsabteilung, bestaunt den großen eckigen Rechner, die Topfpflanze am Fenster. Bewundert das Labor, aus dem sie ihn heraustelefonieren musste, damals, bei Albertus. Er erklärt ihr die technischen Geräte, knickt einen Zweig der Pflanze ab und taucht ihn in siedenden Stickstoff, zieht ihn aus dem nebligen Gefäß und haut ihn auf die Tischkante. Er zersplittert wie Glas.

Sie sitzt mit baumelnden Beinen auf dem Fensterbrett und sieht zu, wie Vater das Butterbrot und die Linsen mit Speck aus der Kantine verzehrt, die er mit heraufgenommen hat. Bedauert den öden Blick aus dem Fenster, die grauen Fassaden im Inneren des Hofes, die er gezwungen ist, Tag für Tag zu ertragen. Er sagt »Na, so ist das eben. Bin ja weit genug oben. Ja, schwindelfrei musst du schon sein, hier.«

Sie freundet sich mit Schorsch und Blume an, den wissenschaftlichen Mitarbeitern. Findet etwas in Vater, das sie bisher nicht kannte. Hier kommt er her, wenn er die Vorsalontüre aufschließt und mit weich schmatzenden Schuhen die Diele betritt.

Dennoch weint Marie am Nachmittag heftig die Couch im blauen Salon nass, über die Trostlosigkeit des Lebens und die Ungerechtigkeit der Vorarbeiter. Über die sich das Maul zerreißenden Tussen in Lockenwicklern und Pumps. Über das Elend der Welt. Der ersten. Der zweiten. Der dritten. Und das aller anderen Welten.

Vater versucht zu trösten, es gelingt ihm nicht.

Oh Jesus

Im Turmzimmer des alten Pfarrhauses neben der Johanniskirche geht es fromm zu, nicht wie in den wilden Discos auf den umliegenden Dörfern. Hier gibt es weder Schnaps noch Wodka-Cola oder Sexy Hexy mit 2/3 Gin, 1/3 Tonic, Zigaretten nur vor der Haustüre, und Gras wird ausschließlich im Pfarrgarten geduldet.

Beten ist keine verwerfliche Tätigkeit, aber damit in den christlichen Hinterzimmern kein subversives Gedankengut ausgebrütet wird, gibt es in jeder frommen Gemeinschaft, zu jeder größeren Veranstaltung mit Prediger und Band einen Freund des Hauses, einen charismatischen Führer der evangelischen Jugend, einen besonders engagierten Leiter des diakonischen Heimes, der dem Staat Bericht erstattet, damit unser schönes, fettes und blühendes Staatsgebilde nicht von Reaktionären unterwandert wird wie des Pfarrers gepflegter Rasen von einem giftigen Maulwurf.

Der blond gelockte Diakon Markus öffnet das Fenster, ein lauer Abendhauch weht herein. Seit ein paar Wochen ist auch Schlägermanuela mit dabei, Betty, die ein paarmal mit Thomas kam, hatte sie mitgebracht. Staunend sitzt sie unter den fröhlichen jungen Menschen, hält zum ersten Mal in ihrem Leben eine Bibel in der Hand, sieht auch manchmal mit scheuen Augen zu Marie herüber, besonders heute, da von Sanftmut und gegenseitiger Liebe die Rede ist, und singt mit schrägem Alt: »*Es geht ohne Gott in die Dunkelheit, aber mit ihm gehen wir ins Licht ...*«

Lalü ist sehr vertieft in seine Bibel, Marie stirbt fast vor Angst, dass er sie ansehen könnte, weil sie sich dann dunkelrot verfärben würde. Hat er ihr eben einen Blick zugeworfen oder war es eine Halluzination? Sie braucht kein Hasch, ist high von Lalü, den klaren Liedern und all den lieben, lockeren und friedlichen Menschen, die nichts gegen sie haben, nichts gegen das rote Haar und den kackgelben Pulli, der kein westliches Label, Lobel oder Nobel hat, ein Ostpulli eben. Hier darf sie sein, wie Gott sie geschaffen hat, nicht ganz so toll wie die strammen Bauernmaiden und Handwerkersprösslinge, die bald praktische Mütter, Väter, und in absehbarer Zeit rechtschaffene vuchelbeerbaamische Bürger sein werden, aber doch geschaffen.

Gott liebt den Sünder, der seine Sünden einsieht und Buße tut.

Wie das geht, will Marie wissen.

Man beichtet Gott seine Sünden allein oder in der betenden Gruppe, im Gottesdienst oder in Gegenwart eines Pfarrers oder Diakons. Dann bittet man Gott um Vergebung, und erhält diese dann auch. Schon sind die Sünden weg.

Das geht ja wie in der Westwerbung, denkt Marie. Uups, da ist was passiert, flüstert die blonde Jungmutti, als sie den bösen Fleck auf den weißen Fliesen entdeckt. Mit einem Wisch ist alles weg!, schnattert die göttliche Stimme fröhlich aus dem Off.

»Wenn das so einfach ist«, fragt Marie, »kann ich ja machen, was ich will: Bin ich auf meine Nachbarin neidisch, verkloppe ich sie auf dem Schulweg, der Lehrer kommt mir dumm, gibt mir Fünfen statt Einsen, obwohl ich ihm das mehrmals verboten habe, also ziehe ich das Messer und steche ihn ab, die Oma auf der Straße will mir ihren Fuffi nicht rausrücken, dabei kann ich den definitiv besser brauchen, ich hau ihr eine in die Fresse. Ach lieber Gott, verzeih, es war nicht bös gemeint!«

Diakon Markus wehrt energisch ab. Gott ist ein liebevoller, aber auch ein rächender und schrecklicher Gott. Das zeigen die Menschen im Alten Testament. Gott kann furchtbar sein. Wenn er zum Beispiel von jemandem restlos bedient ist, straft er ihn grausam ab. Manchmal muss auch die ganze Nachkommenschaft daran glauben, Enkel und Urenkel des Sünders, dann nimmt Gott die ganze Sippe in Haft. Denn es steht geschrieben: »*Ich der Herr, dein Gott, bin ein eifriger Gott, der da heimsuchet der Väter Missetat an den Kindern, bis in das dritte und vierte Glied, die mich hassen; und tue Barmherzigkeit an vielen Tausenden, die mich lieb haben und meine Gebote halten.*« Geschrieben steht aber auch: »*Die Väter sollen nicht für die Kinder, noch die Kinder für die Väter sterben, sondern ein Jeglicher soll für seine Sünde sterben.*«

Lass mal sehen Lalü, wo das in deiner Bibel steht ...

Leise Berührungen sind grauenhaft. Wie im Horrorfilm die Furcht schleicht sich Liebe die Knochen hoch, idiotische Gedanken zwängen sich auf, der Himmel wird blau und blauer, der Mond will platzen vor Glück, die Welt beginnt zu tanzen, sich zu drehen und verfällt in einen taumelnden Galopp, die Erde scheppert mit ungeheurer Kraft durchs All, grünviolette Regenbogenbilder drehen sich rasend im Kreis.

Dazu dieses unbefangene Geplänkel – »Tschüss, ich geh dann mal« und »Hey, da bin ich wieder«. Marie will es nicht ernst nehmen, sie weiß, es ist Lug und Trug, sie darf es nicht auf sich beziehen, weil sich bisher noch keiner für sie interessiert hat, und wenn, war es einer, für den sie sich nicht interessierte. Lieber Gott, wenn es dich gibt, hilf mir heraus aus diesem Wahn.

Marie tritt in die laue Nacht, steht noch ein Weilchen mit den anderen zusammen und verabschiedet sich dann langsam. Ziggis glühen. Die Kastanien duften, ein warmer Wind weht von den Glaszinnen des Schlosses herüber. Wer geht da Arm in Arm den Berg hinunter? Es ist … – Das kann nicht sein! Wieso denn … Lalü mit Schlägermanuela! Der Hintern entscheidet, nicht die Gerechtigkeit, wie in den Liedern vom Herrn Jesus.

Gespenster

Grandyddy sitzt im Gefängnis in Frankfurt am Main, seit fast einem Jahr schon. Die Untersuchung dauert an, Mutter sagt, es fehlen Beweise.

Eines Abends verkündet sie laut und feierlich beim Essen: »Kinder, sie haben die Hauptanklage zurückgenommen.«

»Welche Hauptanklage?«, fragt Marie.

»Nu, de Hauptanklach. Vorm Jüngsten Gericht will ich es bezeugen. Wenn euch mal jemand im Leben nach eurem Großvater fragt, dann sagt: Sie haben die Hauptanklage zurückgenommen.«

Marie bezweifelt, dass es das Jüngste Gericht gibt. Die geballte gestorbene Menschheit, diese ganzen zerfallenen Massen, die zur Zeit Lebenden und sämtliche noch ungeborenen Generationen – die alle sollen sich zitternd vor Gottes hell erstrahlendem Thron versammeln und Rechenschaft über ihr Leben geben? Das dauert ewig. Doch gesetzt den Fall, es gibt ein Jüngstes Gericht, und tritt dann auch Grandyddy vor Gottes Angesicht, was wird er da zu melden haben? Das fragt man besser nicht im trauten Familienkreis.

So genau weiß man auch nie, wer was weiß. Es ist zum Beispiel völlig unsicher, ob Vater, was er weiß, Mutter mitteilt. Vielleicht sagt er nur so viel, wie sie wissen soll. Mutter nickt herzlich, wenn man von Geschichte spricht. Ihr Gesicht zerfließt vor Mitleid. Marie ist so richtig mittendrin, beim Stacheldraht, den medizinischen Versuchen und ausgemergelten Leichen, da fragt sie mit leidiger Miene, ob die Spargelsuppe nicht schmecke.

Es gibt Fragen, die trägt jeder allein mit sich herum. Und Vater? Der setzt seine Franzosenmütze schräg aufs Ohr, trägt seine Aktentasche zur Garage und schwingt sich auf dem Radel zur Arbeit. Mutter? Die trägt ein neues Kleid. Fragt sie sich etwas, was Vater sich nicht fragt? Oder fragt sich Vater, ohne Mutter zu fragen? Fragt überhaupt jemand irgendetwas?

Schraps hat'n Hut verlorn. Wer hat'n?

Himmler hat'n!

Himmler hat'n nicht, Göbbels hat'n!

Göbbels hat'n nicht. Der Hut fliegt.

Schwarzes Käppi. Prozesse. Untersuchungen, Befragungen. Beschuldigungen. Beweise. Augen. Zeugen. Raus. Reden. Verlorene Unschuld.

Eichmann hat'n.

Eichmann schwört, er habe auf Befehl gehandelt. Das Volk hat'n!

Aufschrei.

Die Wehrmacht hat'n!

Nie und nimmer.

Die Industrie, die Wirtschaft hat'n.

Entsetztes Schweigen.

Der Hut fliegt. Himmler hat'n nicht, Eichmann hat'n nicht, das Volk hat'n nicht, die Wirtschaft hat'n nicht, wer hat'n?

Hitler! Hitler?

Hitler. Hat'n.

Im Staatsbürgerkundeunterricht wird die Existenzphiloso-phie durchgenommen, als leuchtende Vertreter gelten Al-bert Camus und Jean-Paul Sartre.

Ich sollte mich mit 'nem Schild »Freiheit für die Deut-sche Jugend!« mitten auf den Geradewohlplatz stellen und schreien: Ich will französische Eltern! Verlachte Ju-gend nach Frankreich! Vive la France! Da werden sie mich geradewohl woanders hinschaffen. Stickige Luft hier. Maries Hand fällt schlaff auf die Tischplatte, der Kopf baumelt regungslos zur Seite. Sie versinkt in den Tiefen eines Ozeans. Langsam schwappt das Wasser über ihr zusammen.

Sie steht vor dem Tribunal in der Aula. Alle sind ver-sammelt, Lehrer und einige Kreissekretäre vom Rathaus.

Stillgestanden! Augen geradeaus!

Einige Halswirbel knacken. Nur die Stille lacht.

Der Rektor hebt die rechte Hand zum Gruß: Seid be-reit!

Die Menge brüllt mit donnernder Stimme: Immer be-reit!

Die Sportlehrerin ruft: Rührt euch!

Marie tritt aus der Menge heraus, geht quer über das Parkett der Aula und stellt sich auf die Tribüne. Sie steht sehr allein.

Wer bist du?

Die heilige Maria des Kreuzrippengewölbes. Marie A. Maler, A für Annette, in Reminiszenz an Antoinette, die ge-köpfte Französin.

Bist du getauft?

Auf den Namen des dreibeinigen Gottes.

Trugst du das rote Halsband?

Ich trug es mit Stolz.

Glaubst du an den Weltfrieden? Warum hast du den Aufnäher »Schwerter zu Pflugscharen« von deinem Parka abgetrennt, als die Klassenlehrerin dich darum bat?

Ich ... will doch auf die EOS.

Glaubst du an Gott? Warum hast du das »Jesus lebt«-Abzeichen von deiner Jacke abgemacht, als die Klassenlehrerin es dir befahl?

Ich ...

Findest du AC/DC gut? Warum hast du ...

Ich ... habe sie alle untereinander. Obendrauf die Taube von Picasso. Darunter »Schwerter zu Pflugscharen«, darunter »AC/DC« und in der Jackentasche das »Jesus lebt«-Zeichen.

Singst du zu Jugendweihen?

Kampflieder, Jugendlieder und Frühlingslieder. Wir haben auch Strauss und Schubert im Programm.

Singst du im Kirchenchor?

Ich studiere während der rückständigen religiösen Handlung im mittelalterlichen Kulturbau die Schallgeschwindigkeit der rhetorisch geschulten Stimme des studierten Theologen im traditionellen Talar vom Mikrofon aus über das spätgotische Sterngewölbe hin zur Empore und bereite bereits eine experimentelle Studie als physikalisches Fallbeispiel vor. Ich schwöre. Wöre. Öre. Re. Lein.

Der Rektor sieht sie erstaunt an: Auf was willst du denn schwören, Mädchen, auf die Gefängniszelle deines Großvaters?

Ich weiß doch nichts!, schreit Marie. Woher denn?!

Bim bim! Klausis nostalgische Eisenbahn rattert durch die Aula. Der Rektor ist irritiert und trommelt unruhig aufs Parkett. Marie marschiert an der Runde vorbei, die Linke zum Gruß erhoben.

Seid Brei!

Immer Brei.

Rührt euch!

Tut Tut!, macht die Bimmelbahn.

Sie schreit dem Direktor ins Gesicht: Tun Sie doch mal was gegen diese Leute, die sich meine Eltern nennen! Journalismus darf ich nicht studieren, weil das rot ist. Germanistik nicht, weil das rot ist. Philosophie und Geschichte sind verboten, weil das rot ist. Ich bin auch verboten.

Was darfst du denn?, fragt der Rektor.

Medizin, Geologie und Mathematik. Ach und Pfarrer, Pfarrer darf ich auch. Ihr kotzt mich an!

Glaubst du, Gott wird das ändern?

Marie umklammert die Füße des Rektors. Sagen Sie mir bitte, was Grandyddy gemacht hat, ich will alles wieder gut machen, was es auch gewesen ist.

Die Mittagssonne bricht durch die hohen Fenster und zeichnet helle, geometrische Muster auf das Parkett. Die Menge bildet ein dichtes, orangefarbenes Quadrat, das leise schwankt.

Was ist das für ein weißer Nebel hier. Marie schreit: Angriff aus den USA! Gasmasken auf in 9 Sekunden!

Marie!, ruft irgendwer. Marie!

Jemand zerrt an ihr. Marie will sich verteidigen.

»Marie. Geht es Ihnen besser?« Frau Diskurs steht dicht neben ihr.

Marie liegt regungslos auf der Bank, die Hand hängt schlaff herunter. Das Fenster ist weit geöffnet, sie wird still und neugierig von der Klasse beäugt.

»Was ist …?«

»Sie sind weggeklappt, Fräulein, einfach so.«

Neuigkeiten

Marie sitzt im kleinen blauen Salon und dreht am Radio. Die sind alle beschäftigt, Mutter bereitet das Abendbrot, Marie hat Hering in Aspik im Kühlschrank gesichtet, außerdem ist noch ein Rest vom Eierkuchenteig übrig. Vater bastelt im

Schuppen an seinem eisernen Rad, das aus unerfindlichen Gründen eiert, und Klaus spielt Feuerwehrauto.

Für den Englischunterricht sollen die Schüler aktuelle News hören und übersetzen.

»News von der BBC, Frau Jäger?«

»The British Broadcasting Company, ladies and gentlemen.«

»The official Feindsender, Ms. Hunter, are you sure?«

»Beloved girls and boys. Take it as a wonderful preparation for your final examiniations next year.«

Ah, da ist ein englischer Sender. Es ist noch nicht acht Uhr. Eine Reportage? Marie dreht am Knopf, bis sie den Sprecher deutlich verstehen kann.

In Kanada wurde voriges Jahr Geschichte gemacht. Zum ersten Mal wurde ein kanadischer Staatsbürger ausgeliefert, der angeklagt ist, Verbrechen während der NS-Okkupation in Europa begangen zu haben. Hartmut Albert Maler ist von der westdeutschen Regierung der Anstiftung und Beihilfe zum Mord an über 10.000 litauischen jüdischen Männern, Frauen und Kindern während des 2. Weltkriegs angeklagt.

Der Fall Hartmut Maler beginnt in Kaunas, Litauen. Die deutsche Armee erreichte Kaunas im Juni 1941. Den vorrückenden Truppen folgten Einsatztruppen, Sondereinheiten zur Verfolgung von Juden und Gegnern des Nationalsozialismus – mobile Mordeinheiten der SS. Nach wenigen Wochen wurden die Juden in ein Ghetto umgesiedelt, umgeben von Stacheldraht und scharf bewaffneten Wachen. Am 28. Oktober 1941 wurden hier 9.200 jüdische Männer, Frauen und Kinder an einem einzigen Tag selektiert und abgeschlachtet. Überlebende der tödlichen Selektion wie Dr. Benjamin Blumenthal haben ausgesagt, dass der Verantwortliche für diese Selektion SS Hauptscharführer Hartmut Maler war.

Hören Sie Dr. Blumenthal: »Maler war der Solist, der auf das große Publikum sieht, wie in einer griechischen Tragödie. Fast 30.000 Menschen erwarteten ihr Schicksal und wussten nicht, was dieser Tag für sie bringt.«

Joel Fisher ist Journalist in Montreal. Auch er überlebte diesen schrecklichen Tag. »Der Verantwortliche kommandierte: rechts, links, rechts, links. Er trennte Mütter von Kindern, Männer von Frauen, Eltern von ihren Kindern. Es herrschte Verwirrung, denn keiner wusste, welche die gute und welche die schlechte Seite war.«

Benjamin Blumenthal sagte aus: »Ich habe Maler den ganzen Tag des 28. Oktober 1941 gesehen. Er stand ungefähr acht Meter neben mir, zusammen mit dem Oberhaupt der jüdischen Gemeinde des Ghettos, und selektierte die ganze Zeit.«

Joel Fisher: »Es dauerte 7 oder 8 Stunden, bis die Selektion beendet war. Bis zum Sonnenuntergang nahm Maler fast 10.000 Menschen weg.«

Benjamin Blumenthal: »Er selektierte fast 10.000 Menschen und brachte sie alle in den kleineren Teil des Ghettos. Am nächsten Tag wurden sie früh morgens direkt zum Fort IX gebracht.«

Im Fort IX wurden die 9.200 von Maler selektierten Menschen vor ein Massengrab gestellt und erschossen. Ihre Leichen blieben während des Winters in dem gefrorenen Boden. Im Frühjahr wurden sie ausgegraben und verbrannt. Fünf Augenzeugen bezeugten, dass der Mann, der sie selektierte, SS Hauptscharführer Hartmut Maler war, Spezialist für jüdische Angelegenheiten, Einsatzkommando 3A, stationiert in Kaunas.

Warum dauerte es so lange, bis man Maler fand? Malers Heimatstadt Plauen liegt auf ostdeutschem Territorium. Die kanadischen Behörden lehnten es ab, mit einem Land hinter dem eisernen Vorhang in Verhandlungen zu treten. Der DDR-Staatsanwalt Weinberger wusste bereits 1959, dass Maler nach Kanada emigriert war. Er schickte die Akte an das Büro für NS-Verbrechen in Ludwigsburg in Westdeutschland, um eine Weiterverfolgung der Strafsache zu ermöglichen. 1961 erließ das westdeutsche Amtsgericht in Frankfurt/Main den ersten Haftbefehl für Maler. 1971 hatte man konkrete Hinweise, dass er in Kanada sei. Und die kanadische Polizei brauchte dann noch einmal über 10 Jahre, bis sie Hartmut Maler ausfindig machen konnte.

Den Ausschlag für die Auslieferung gab letztlich jedoch eine wahltaktische Entscheidung. Jüdische Einwanderer hatten einem einflussreichen kanadischen Politiker ihre Wählerstimmen versprochen, falls er die Auslieferung irgendeines in Kanada ansässigen NS-Kriegsverbrechers ermöglichte. Die Wahl fiel auf Maler, gestützt durch die Schwere der Anklage, sowie die schnell und sicher zu beschaffenden Beweise.

Malers Anwälte bestritten die Beweise gegen ihn nie, sondern argumentierten, dass es gegen die Verfassung sei, einen kanadischen Staatsbürger auszuliefern. Die Entscheidung des Obersten Gerichtes in Ontario verneinte dieses Argument schließlich. Die Verfassung könne nicht als Schutzschild gegen eine Auslieferung missbraucht werden.

Hartmut Albert Maler befindet sich jetzt in der Bundesrepublik Deutschland in Untersuchungshaft. Der Prozess gegen ihn wird in wenigen Wochen in Frankfurt/Main eröffnet.

This is Sol Berry for the BBC.

FISCHES NACHTGESANG

–

U U

– – –

U U U U

– – –

U U U U

– – –
U U U U
– – –
U U U U
– – –
U U
–

Sanft erhebt sich das Vuchelbeerbaamland zwischen Hügeln und grünen Wiesen. Korn rauscht, klare Quellen springen über schwarze Steine ins Tal.

Marie rennt mit dem Kopf gegen die Wand. Rennt und rennt. Sie kann sich die Zahl nicht vorstellen. Diese verdammte Zahl … Ins Theater am Geradewohlplatz passen ungefähr 500 Leute. Das ganze Stadttheater voller Kinder. Das Parkett und alle beide Ränge voll besetzt. Auf jedem roten Samtsessel ein Kind. Wie zur Nachmittagsvorstellung von »Hänsel und Gretel«. Siebenmal das Theater voll besetzt. So viele Kinder hat Grandyddy ausgesucht und erschießen lassen. Das ganze Theater und alle beiden Ränge voller Männer. Sechs mal das Theater voller Männer, junge und alte. Das Theater und alle Ränge voller Frauen. Wie zu »My fair Lady« oder »Madame Butterfly«. Siebenmal.

»Ich habe es mit eigenen Ohren gehört.«
»Was?!«, ruft Mutter. »Wo willst du das gehört haben?«
»Ich habe es im Radio gehört. Der Sender heißt BBC.«
»Schreiberlinge und Schmierfinken«, murmelt Vater. »Die brauchen etwas, um sich wichtig machen zu können, dumm schwätzendes Journalistenpack.«
»Grandyddy hat 10.000 Menschen …«
»Was maßt du dir an!«
»Hartmut Albert Maler ist ein Massenmörder. Grandyddy ist … ein tausendfacher … Massen…mörder.«

»Was erlaubst du dir! Sie haben die Hauptanklage zurückgenommen!«

»Nein, das haben sie nicht.«

»Widerliches Miststück!«

»Er hat sie alle erschießen lassen. Im Frühling haben sie
die Leichen ausgegraben und verbrannt.«

»Du gehörst ja in eine Irrenanstalt.« Vater steht auf und
geht hinaus. Im Türrahmen dreht er sich noch einmal um.
»Das ist über vierzig Jahre her. Sie hatten Zeit genug. Sie
haben vierzig Jahre lang nichts gefunden. Sie sollen es gut
sein lassen. Einen alten Mann aus seinem Land herauszu-
holen, ihn vor aller Augen in eine Anhörung zu zerren, nach
Deutschland auszufliegen und ihn dort in ein Gefängnis zur
Untersuchungshaft zu stecken, um ihm nach vierzig Jahren
den Prozess zu machen – das ist fraglich. Mehr als fraglich.
Das ist typisch nach Art der Zionisten, die wieder einmal
eine Sau durchs Dorf treiben, damit die Welt ihre Opferrolle
nicht vergisst.«

Marie schließt sich im Klo ein und kotzt sich die Lunge aus
dem Hals. Mühsam ringt sie um Fassung, vertuscht das
Chaos im Innern, kaschiert die abgrundtiefe Verzweiflung.
Von außen sieht man nur ihr blasses Gesicht, einen hoch-
mütigen, arroganten und kalten Gesichtsausdruck. – Jetzt
tut sie wieder so, sie will was Besseres sein. Was die sich
einbildet! – Marie möchte ihnen ins Gesicht schreien: Ich
bilde mir nichts ein, mir geht es beschissen, ich kann nicht
schlafen, ich sehe einen morschen, violetten Knochenmann
mit Glasaugen in meinen Träumen, der Menschen den
Hals wie einen Strohhalm umknickt, ich höre es knacken,
ich sehe, wie sich riesige kalkige Leichengruben heben
und senken, weil die, die drunter liegen, gerade ersticken,
wie sie im Mai die Leichen ausgraben und verbrennen, im
Traum fallen mir die Augen aus dem Kopf und ich finde sie
nicht mehr, ich werde verfolgt, wache mit irrsinnigem Herz-

rasen auf, und das alles kurz vor den Prüfungen … Aber sie sieht Vater und Mutter nur höhnisch an und schweigt.

Marie besieht sich im Spiegel. Augen, blau wie das Meer. Haare, rot wie die untergehende Sonne. Hände schmal, sommersprossige Gelenke. Nase, Ohren, Kirschmund, spitzbübisch. Wer ist sie? Wo kommt sie her? Marie, das Hexenkind? Der Bestie Spätgeburt?

Alles paletti

Mopeds und Motorräder summen über die Sauinsel, die Friedensbrücke, die alte Elsterbrücke, am Ratskeller, an der Feuerwache, den Schlosszinnen vorbei, unter dem Reichsadler, den Insektenaugen des Neuen Rathauses hin. Junge Menschen sammeln sich im Lutherpark. Sie tragen Jeans und Pullover, blaue und weiße Musselinkleider unter Mänteln und Schals, Stickereien aus Ungarn, der Tschechoslowakei und Bulgarien, weitärmelige gebatikte Blusen aus der heimatlichen Waschmaschine und den verbotenen Aufnäher »Schwerter zu Pflugscharen« auf Parkas und Jacken. Lederne Stirnbänder, handgemachten Holz- und Silberschmuck und gehämmertes Plattgold. Eine Schwarzhaarige schmückt sich mit Prager Strass. Freudiges Grüßen und lässiges Winken, wenn Neuankömmlinge den Helm abnehmen und die Haare durchschütteln. Heute ist Jugendgottesdienst in der Lutherkirche, mit einem charismatischen Prediger.

Eine Band, die sich »Pichelsteiner Gevatterncombo« nennt und lässige Rhythmen zum Besten gibt, eröffnet den Abend. Klarinetten, Sax und Schellenringe kommen zum Einsatz, ein hochgewachsener, junger Mann mit Bart wippt mit den Knien, bläst und flötet, ein anderer schrammelt auf einem Waschbrett, eine Kleine mit blonden Zöpfen und reiner Stimme singt: »*Jesus liebt dich, liebt dich ganz gewiss*«. Die Menge pfeift und trommelt auf die hölzernen Bänke. Marie sitzt eingequetscht zwischen Mensch und Mensch, über ihr der Sound der Gitarren, unter ihr die Bässe.

Ein bärtiger Jugendpfarrer aus Karl-Marx-Stadt tritt ans Pult. Er spricht von der Liebe Gottes, von Jesus, der jeden Menschen kennt und annimmt, ohne auf sein Gesicht oder seine Klamotten zu achten, der diesen Menschen liebt, egal, ob er dick oder dünn, blond oder schwarz ist, fleißig oder faul, ob er mit seinen Eltern klarkommt oder nicht. Er spricht von der unermesslichen Güte Gottes, der lange auf sein verirrtes Schaf wartet, und wenn es sich noch so schmutzig gemacht hat. Wenn er's endlich gefunden hat, nimmt er's, freut sich und trägt es nach Hause, er schätzt es höher als tausend Gerechte. Dafür ist er am Kreuz gestorben. Dafür haben sie ihm die dicken Nägel durch die Hände und die Füße gejagt und er hat unter Schmerzen geschrien: »Mein Gott, mein Gott, warum hast du mich verlassen.« Für dich ist er gestorben, Mädchen. Für dich hat er geblutet, junger Mann. Wenn du das jetzt erkennst, wenn Gott dich beim Namen nennt und ruft, dann darfst du jetzt nach vorn kommen und dich segnen lassen. Dann vergibt Gott dir alle deine Sünden, dann bist du geheilt für alle Ewigkeit.

Wieder geht ein Mann mit einer Gitarre zum Mikrofon, spielt und singt. »*Macht Platz, räumt auf! Gott will neu beginnen. Macht Platz, räumt auf! Gott fängt neu mit uns an ...*«

Du bist gemeint, Marie.

Ich?

Ja, du. Marie Maler. Mach Platz. Räum auf. Gott will neu beginnen. Mit dir. Jetzt.

Das ist ein Irrtum. Ich bin schon lange dabei. Bin getauft und konfirmiert. Andere haben es nötig. Schnauzenmona und Schlägermanuela, auch Abba und Betty wären hier goldrichtig.

Komm.

Marie steht auf und geht nach vorn.

Grandyddy ist gestorben. Ganz plötzlich, im Gefängniskrankenhaus in Frankfurt. Keiner weiß, wie. Gerüchte machen die Runde. Frau Tanz sei bei ihm gewesen, im getupften Kostüm, einen koketten Hut auf dem braungewellten Haar. Eine schwere Krankheit soll er gehabt haben, eine verborgene. Er sei eines natürlichen Todes gestorben, wird versichert. So sagt es der Staatsanwalt, so schreibt es die Presse.

Die Akte wird geschlossen, der Fall ist erledigt. Alle atmen erleichtert auf. Er bekommt ein Grab, ohne Stein, damit kein Aufsehen erregt wird. Jetzt kann Gras über die Sache wachsen.

Grün wuchert, Efeu rankt. Ein paar Amseln pissen ins Laub. Der Wind weht. Eine Katze miaut. Ein Kind schreit. Gerda bringt eine kleine Inge zur Welt.

Rüstzeit

Die Talsperre ist fast vollständig zugefroren, das Eis von einer leichten, lockeren Schneeschicht bedeckt. Häuser und Gärten liegen, schlafenden Riesen gleich, unter einer dichten Decke. Zart stechende Nadeln verwandeln Tannen und Birken in Schönheiten aus klirrender Kälte. Um den Bach haben sich eisige Kuhlen gebildet, die an den Rändern leicht einsinken. Gegen Mittag bricht sich die Sonne Bahn und taucht die Häuser in ein weißes Leuchten, das in den Augen brennt.

Ein barocker Zwiebelturm ragt aus den niedrigen Dächern. Junge Leute mit Kraxe, Schlafsack und Gitarren, in

dicken Schals, bunten Mänteln und grünen Parkas sind auf
dem Weg zur Kirche. Trabis brummen, fräsen sich durch
den Schnee. Winken und Lachen. Einige hocken dick vermummt auf Motorrädern, mit frostroten Gesichtern. Silves-
terrüstzeit in Steina.

Marie verstaut das Gepäck in der Herberge und erkundet
das Fachwerkhaus, mit fließend, aber kaltem Wasser in
den Zimmern und Dusche auf dem Gang, das alte Posthaus, in dem Großvater Hartmut Albert geboren wurde.
Die Kirche hatte das Haus nach dem Tod des Postmeisters
und Grandyddys Verschwinden für ein Spottgeld gekauft,
alle Ansprüche seiner Geschwister und von Großmutter Gretl waren abgeschmettert worden, vielleicht exis-
tierten geheime Absprachen, schließlich hatte ein edler
christlicher Zirkel Grandyddys Überfahrt unterstützt und
Fluchthilfe bis nach Kanada geleistet. Jetzt werden hier
seit Jahrzehnten fromme Freizeiten und missionarische
Treffen abgehalten, die Wohn- und Arbeitsräume sind
vollgestopft mit hölzernen Doppelstockbetten und quietschenden, versifften Liegen.
    Mutter war aus dem Häuschen, als Marie ihr eröffnete,
wo sie den Jahreswechsel verbringen wolle: Stell dir vor, im
Posthaus zu Steina. Und ließ sie gnädig ziehen. Hier ist für
das Seelenheil gesorgt, keine roten Pauker, die das Kind
versauen.

Zwischen den Seminaren werden im Fachwerkhaus Nu-
deln gekocht, Salate gemixt, Käsesemmeln und Speckfett-
bemmen geschmiert, Tomaten, Paprika und grüne Gurken
geschichtet, mit Öl begossen, mit Salz bestreut, zum Silves-
terabend soll es Apfelbowle mit Sekt geben, das einzige
alkoholische Getränk, das zugelassen ist. Marie hat frische
Novemberäpfel mitgebracht, die mit der rauen Schale und
dem süßen Kern, Großmutter Gretl hatte sie Stück für Stück

mit dem Apfelpflücker ganz oben vom guten Baum geholt, als sie hörte, dass es ins Steinaer Posthaus gehen sollte: »Für dich, hörste Mariele, nicht für die anderen!« Und ihr einen neuen Zehner zugesteckt. »Aber dass du ihn nicht in den Bettelsack der Kirch gibst, kauf dir was Schönes.«

Jungs und Mädels hocken mit der Gitarre vor dem alten Kamin im Erdgeschoss, das Feuer flackert und knackt, an der Wand hängen gekreuzte Ski aus den Dreißigern mit Lederlaschen – Grandyddys? Ein ausgestopfter Fuchs sieht mit glasigen Augen aus seinem struppigen, etwas verrußten Fell über die Schneeberge hin, draußen trocknen dreißig Paar lederne Wanderschuhe.

Am Silvesternachmittag baut Diakon Petrus die Pinnwand auf. Es geht um Gott und den Teufel, Himmel und Hölle. Petrus bearbeitet mit dem Plektrum die Stahlsaiten seiner Gitarre, leckt sich die saftigen roten Lippen, rückt den Bauch zurecht und redet sich in Rage. Die Hölle ist ein schrecklicher Ort. Dort wird das Böse vergolten. Aug' um Auge, Zahn um Zahn. Wer eine schwere Schuld trägt, auch eine Erbschuld, wer das Heil nicht erlangt, kommt in die Hölle. Man kann das ignorieren. Abstreiten. Sich darüber lustig machen. Man kann sich aber auch darauf vorbereiten. Wer seine Sünden beichtet, dessen Leben wird sich wunderbar neu ordnen, er wird Liebe empfangen und weitergeben. Er greift zur Gitarre und singt: »*Herr, wir bitten: Komm und segne uns; lege auf uns deinen Frieden ...*« Die Luft ist rosafarben heilig, alle singen mit warmen, leuchtenden Augen.

Am frühen Abend sitzt Marie mit ein paar Mädchen in der Runde, sie singen und beten. Sie kämpft mit sich, sucht schließlich Petrus' Nähe, berichtet stockend und mit roten Ohren, sie glaube, eine solche Schuld, von der er heute gesprochen hat, laste auch auf ihr.

Petrus sieht sie aufmerksam an. Er trommelt seine Mitarbeiter zusammen, eine stattliche Runde erscheint mit ernsten Augen, sie gehen in die Kirche und schließen ab, um ungestört zu sein.

Marie kniet in der Mitte des Altarraums, die Beter bilden einen geschlossenen Kreis. Sie beten lautlos. Sie senkt den Kopf, hält die Augen geschlossen und denkt an nichts. Im Kopf herrscht vollkommene Leere.

Ein verhaltenes Murmeln ist zu hören. Marie lauscht, ob irgendetwas geschieht, aber es geschieht nichts. Flackernde Kerzen werfen zottige Schatten an die Wand. Sie beten. Kein Knabbern am linken Ohr, kein Stich ins Herz, keine Übelkeit. Keine dämonischen Schatten huschen vorbei und sagen tschüss. Das Murmeln wird lauter. Einer beginnt in einer fremden Sprache zu lallen. Marie läuft ein eisiger Schauer den Rücken herunter. Das Lallen wird mächtiger, die Stimmen schwellen an und gipfeln in einem spitzen Schrei, der an der weißen Wand verhallt.

Dann ist es urplötzlich still. Die Stille ist unheimlich.

Da, ein Rascheln, ein Räuspern. Petrus steht auf und legt seine warme Hand auf Maries Kopf. »Das hat lange gedauert«, sagt er. »Jetzt bist du frei.«

Sie stehen auf, schließen die Kirche auf und gehen nach draußen.

Marie setzt sich auf eine der hölzernen Bänke und betrachtet die romanische Holzdecke. Ein schlichtes Kreuz mit großem Jesuskörper hängt an der weiß getünchten Mauer, links und rechts hohe, in Blei gefasste Fenster. Ein kleiner Altar, darauf zwei große weiße Kerzen. Kurz vor Mitternacht füllt sich die Kirche. Jemand stimmt ein Lied an. Die meisten verharren schweigend, aufrecht oder gebeugt sitzend. Jubel bricht aus, Umarmen und Küsse. Die Kirchentür wird geöffnet, Glocken läuten, eisige klare Luft dringt in den warmen Raum. Draußen liegen Fackeln bereit. Es flackert, knistert und riecht nach Petroleum. Dann ziehen sie los, in die erste Nacht des neuen Jahres.

Tief verschneit liegen Wiesen und Felder, vom lodernden Feuer erhellt. Sterne flammen auf. Marie sieht zurück. Langsam gehen die Lichter aus, in Steina.

Ein neues Jahr

Marie sitzt im Zug, auf der Heimfahrt von Steina. Was erwartet sie? Die Prüfungen zur Zehnten. Die sollte sie mit Auszeichnung bestehen, da gibt es keine Frage. Dann geht sie auf die Erweiterte Oberschule, macht das Abitur, das ist auch klar. Mit der Studienentscheidung lässt sie sich noch Zeit. Muss sie eigentlich immer unter den Ersten sein? Wenn nicht, stehen als Studienmöglichkeiten nur noch Pädagogik und Ökonomie zur Wahl.

Wie soll man denn fürs Leben grundlegende Entscheidungen treffen, wenn man noch so jung ist und noch nicht weiß, was man will? Es gibt viele interessante Berufe. Soll sie die vorher alle ausprobieren, um einigermaßen zu wissen, was für sie taugt und was nicht? Sie geht zu jedem Offenen Abend. Zu jedem Jugendgottesdienst. Sie geht sogar sonntags in die Johanniskirche, wenn der alte Pfarrer Humbert predigt, obwohl seine Predigten stinklangweilig sind. Wenn in der Johanniskirche nichts los ist, geht sie in die Lutherkirche, die Pauluskirche oder die Markuskirche. Sogar in der Methodistischen Kirche war sie schon. Es wird nicht lange dauern, dann geht sie noch zu den Katholiken. Marie sieht zum Fenster hinaus. Der Zug rattert über schneeverwehte Felder. Telegrafenmasten huschen vorbei. Was sucht sie dort? Was zieht sie an? Die jungen Leute. Keiner lacht über sie, keiner guckt komisch. Sie hat endlich Freunde, sie glauben an die gleiche Sache, sie beten zu dem gleichen

Gott. Keiner darf zuschlagen, den anderen beleidigen. Es ist wie in einer großen Familie, in der sich immer alle lieb haben. Der Zug zuckelt über die Göltzschtalbrücke. Marie sieht hinunter. Weites Land. Ich bin wie ein verletztes Tier, das nach Balsam für seine Wunden sucht. Ich bin ein Vogel mit gebrochenen Flügeln, der vor den Raubtieren flüchtet, in ein Nest, in dem ihm niemand was tun kann. Suche ich wirklich Gott? Ich suche Halt. Wärme und Liebe.

Netzschkau. Der Zug hält. Leute steigen ein und aus.

»Treten Se von der Bahnsteichkante zurück!«, brüllt der Schaffner. Die Lok ruckt an, tuckert durch das Dorf, an Bauernkaten und Scheunen vorbei.

Sie sagen, dass Jesus Liebe gibt. Dass alle, die an ihn glauben, geheilt werden, weil er am Kreuz gestorben ist.

Was sagt Sartre? Er sagt, dass sie zur Freiheit verurteilt und für sich selbst verantwortlich ist. Zur Freiheit verurteilt? Hat sie keine Wahl, muss sie die Freiheit wie ein Urteil annehmen? Der Zug steht lange, auf offener Strecke. Der Karlex rast vorüber, in die entgegengesetzte Richtung.

Marie grübelt weiter. Was wollen die eigentlich? Mir Schuldgefühle einreden? Meinen Willen brechen? Mich an sie binden? Damit ich ein Schaf in ihrer Herde werde, das mittrabt und mäh macht, ohne zu fragen? Limbach, hier Limbach. Zurückbleim, bitte! Im Mittelalter hätten sie ein Feuerchen gemacht und mich verbrannt. Und ich lasse mich beeindrucken von dieser frommen Truppe? Ihren simplen Sprüchen, ihrem satten, sentimentalen Gitarrensound, der Zelt- und Lagerfeuerromantik, mit der sie auf Lämmerfang gehen? Der Zug schleicht über die Elstertalbrücke. Ein Wehrmachtskommando hatte die Brücke im April 45 gesprengt, militärisch völlig sinnlos, wie Vater sagte. Das Vuchelbeerbaamland liegt tief verschneit im Tal.

Grandyddy. Auch das noch. Von ihrer Geschichte kann sie keiner befreien. Sie wird sich damit auseinandersetzen müssen, die unbequeme Variante wählen, wenn sie ehrlich sein will, das Wissen und die Erinnerung daran nicht unter den Teppich kehren. Die Wagen rollen langsam an den Schrebergärten und Häusern der Plauener Vororte vorüber. Plauen Vogtland Oberer Bahnhof, hier Plauen Vogtland Oberer Bahnhof. Bitte alle aussteigen, der Zuch endet hier.

Am Neujahrstag kommt die Familie in der Memelstraße zusammen. Gerda mit klein Inge, auch Gerd kommt zu diesem traditionellen Anlass, Großmutter Gretl erscheint mit einer Schüssel selbstgemachtem Heringssalat, Marie stürzt herein, wirft Rucksack, Gitarre und Bibel in die Ecke, betet vor dem Abendessen für das Seelenheil aller Nazi-Enkel und macht sich über Gretls Heringssalat her. Gerda schmatzt mit offenem Mund, Inge nuckelt an ihrer Brust, Klaus will keinen Fisch. Vater begibt sich in den blauen Salon und legt Händels »Feuerwerksmusik« auf. Mutter tänzelt und wippt in den Hüften fröhlich mit. Er öffnet Sekt und einen guten Roten, sichert sich den ersten Schluck, wiegt den Kopf, prüft noch einmal, schenkt ein. Die Gläser werden erhoben, Stühle scharren, leises Klirren.

»Auf das Neue Jahr. Auf Gerd und Gerda. Auf klein Inge. Sie leben hoch! Hoch!«

Mutter geht zum Bücherschrank und greift ein dickes Album heraus. Marie wendet die knisternden Seiten.

»Das gibt's doch nicht!«, ruft Gerda.

Ein Feld voller Knopfaugen. Der Himmel tiefrot und dunkelblau geflockt.

»Wo war das eigentlich?«

»Florida«.

Bild reiht sich an Bild, dazu kleine Kommentare in Mutters runder Handschrift, eine Jahreszahl, ein gereimtes Gedicht. Inge liegt mit roten Bäckchen und strampelt vor sich hin. Auf einem Foto ist ein hübscher junger Mann zu sehen, mit Schulterklappen, hoch ausrasierten Ohren, das Herrensträußchen über der linken Brusttasche, die weißen

205

Handschuhe und den Ehrensäbel in der Linken, Wange an Wange mit einer bildschönen Frau. Auf einem anderen Foto steht er mit Führerkoppel und Schulterriemen, die doppelte Rune auf dem Kragenspiegel, auf der Schirmmütze den silbernen Parteiadler und Totenkopf, und fixiert den Betrachter mit stählernem Blick.

Marie springt auf und zieht im Vorsalon Stiefel und Parka an. Zerrt den Rucksack hervor, reißt das »Jesus lebt«-Abzeichen ab. Wirft die Tür hinter sich zu. Über der Tanne hängt der Mond. Der Neuschnee knirscht unter ihren Füßen.

Die Morgenstern-Zitate folgen der Ausgabe »Christian Morgenstern. Ausgewählte Werke«, 1. Band, hrsg. von Klaus Schuhmann. Gustav Kiepenheuer Verlag Leipzig und Weimar, 1985. Der Radiobericht auf S. 192 ff. folgt im Wesentlichen der CBC TV-Reportage „The Helmut Rauca Case" von Sol Littman vom 4.11.1982.

2008
© mdv Mitteldeutscher Verlag Halle
Printed in the EU
Alle Rechte vorbehalten
Gestaltung: behnelux gestaltung, Halle
Satz: Mitteldeutscher Verlag GmbH

ISBN 978-3-89812-542-0
www.mitteldeutscherverlag.de